DIA 21

Obras da autora publicadas pela Galera Record

Série *The 100*
The 100
Dia 21
De volta

KASS MORGAN

DIA 21

Tradução de
Rodrigo Abreu

6ª edição

— Galera —

RIO DE JANEIRO
2024

CIP-BRASIL. CATALOGAÇÃO NA PUBLICAÇÃO
SINDICATO NACIONAL DOS EDITORES DE LIVROS, RJ

Morgan, Kass

M846d   Dia 21 / Kass Morgan; tradução Rodrigo Abreu. –
6ª ed.   6ª ed. – Rio de Janeiro: Galera Record, 2024.
    (The 100; 2)

    Tradução de: Day 21
    Sequência de: The 100
    ISBN 978-85-01-05281-0

    1. Ficção americana. I. Abreu, Rodrigo. II. Título.
III. Série.

14-14770   CDD: 813
                              CDU: 821.111(73)-3

Título original em inglês:
Day 21

Copyright © 2014 by Alloy Entertainment

Publicado mediante acordo com Rights People, London.

Todos os direitos reservados.
Proibida a reprodução, no todo ou
em parte, através de quaisquer meios.
Os direitos morais do autor foram assegurados.

Texto revisado pelo Acordo Ortográfico da Língua Portuguesa de 1990.

Composição de miolo: Abreu's System
Adaptação de capa: Renata Vidal

Direitos exclusivos de publicação em língua portuguesa somente
para o Brasil adquiridos pela
EDITORA RECORD LTDA.
Rua Argentina 171 – Rio de Janeiro, RJ – 20921-380 – Tel.: (21) 2585-2000
que se reserva a propriedade literária desta tradução.

Impresso no Brasil

ISBN 978-85-01-05281-0

Seja um leitor preferencial Record.
Cadastre-se no site www.record.com.br e receba informações
sobre nossos lançamentos e nossas promoções.

Atendimento e venda direta ao leitor:
sac@record.com.br

Para meus pais e avós, que me ensinaram
a olhar o mundo e as palavras com encanto

CAPÍTULO 1

Wells

Ninguém queria chegar perto do túmulo. Apesar de quatro dos seus já estarem enterrados no cemitério improvisado, o resto dos cem ainda ficava perturbado com a ideia de colocar um corpo debaixo do solo.

E também não queriam ficar de costas para as árvores. Desde o ataque, um galho rangendo era o suficiente para fazer os sobreviventes ansiosos se assustarem. E então, as quase cem pessoas que tinham se reunido para dar adeus a Asher formaram um semicírculo bastante compacto, os olhares se revezando entre o cadáver sobre o solo e as sombras na floresta.

O crepitar confortante da fogueira estava visivelmente ausente. Tinham ficado sem lenha na noite anterior, e ninguém estava disposto a se arriscar saindo para buscar mais. Wells teria ido, mas estava ocupado fazendo a cova. Ninguém tinha se oferecido para aquela tarefa também, a não ser um garoto arcadiano alto e quieto chamado Eric.

— Temos certeza de que ele está realmente morto? — sussurrou Molly, se afastando do buraco fundo, como se estivesse preocupada com a possibilidade de também ser engolida por ele.

Molly tinha apenas 13 anos, no entanto parecia mais nova. Pelo menos, costumava parecer. Wells se lembrava de ajudá-la depois da queda, quando lágrimas e cinzas criavam linhas em suas bochechas redondas. Agora o rosto da menina era fino, quase cadavérico, e havia um corte em sua testa que parecia não ter sido lavado adequadamente.

Os olhos de Wells se viraram involuntariamente para o pescoço de Asher, para a ferida irregular onde a flecha tinha perfurado sua garganta. Havia dois dias que Asher tinha morrido, havia dois dias que os vultos misteriosos tinham se materializado nas montanhas, subvertendo tudo que os Colonos já ouviram, tudo o que achavam que sabiam.

Eles foram enviados à Terra como cobaias, as primeiras pessoas a colocarem os pés no planeta em trezentos anos. Mas eles estavam enganados.

Algumas pessoas nunca foram embora.

Tudo tinha acontecido tão rápido. Wells não percebera que algo estava errado até Asher cair no chão, sufocando enquanto tentava arrancar a flecha alojada em sua garganta. Foi então que Wells se virou — e os viu. Emoldurados pelo sol poente, os desconhecidos se pareciam mais com demônios do que com humanos. Wells tinha piscado, meio que esperando que os vultos fossem desaparecer. Não havia como serem reais.

Mas alucinações não disparavam flechas.

Depois de seus gritos por socorro serem ignorados, Wells carregou Asher até a barraca da enfermaria, onde guardavam os suprimentos médicos que tinham sido recuperados do incêndio. Mas não adiantou. Quando Wells começou a procurar freneticamente por ataduras, Asher já havia partido.

Como poderiam existir *pessoas* na Terra? Isso era impossível. *Ninguém* tinha sobrevivido ao Cataclismo. Aquilo era incontestável, tão profundamente arraigado na mente de Wells quanto o fato de que água congelava a 0 grau Celsius, ou que planetas giravam ao redor do sol. E, ainda assim, ele os tinha visto com seus próprios olhos. Pessoas que certamente não tinham vindo da Colônia no módulo de transporte. *Terráqueos*.

— Ele está morto — disse Wells a Molly, enquanto se levantava com esforço antes de perceber que a maior parte do grupo estava olhando fixamente para ele.

Algumas semanas atrás, suas expressões estariam cheias de desconfiança, ou seriam até mesmo total desprezo. Ninguém acreditava que o filho do Chanceler tinha realmente sido Confinado. Fora fácil demais para Graham convencê-los de que Wells havia sido enviado para espionar a mando do pai. Mas agora, olhavam para Wells com esperança.

No caos após o incêndio, Wells tinha organizado equipes para selecionar os suprimentos restantes e começar a construir estruturas permanentes. Seu interesse em arquitetura da Terra, antes uma fonte de aborrecimento para seu pai pragmático, tinha permitido a Wells projetar as três cabanas de madeira que agora ficavam no centro da clareira.

Wells olhou para o céu que escurecia. Ele daria qualquer coisa para que algum dia o Chanceler visse as cabanas. Não para provar alguma coisa — depois de ver o pai baleado na plataforma de lançamento, o ressentimento de Wells tinha desaparecido mais rápido do que a cor do rosto do Chanceler. Agora ele apenas desejava que seu pai um dia pudesse chamar a Terra de lar. O restante da Colônia deveria se juntar a eles assim que as condições na Terra fossem consideradas seguras, mas 21 dias tinham passado sem ao menos uma faísca vinda do céu.

Quando Wells baixava os olhos para o solo, seus pensamentos voltaram à tarefa iminente: dizer adeus ao garoto que estavam prestes a mandar para um local de descanso muito mais escuro.

Uma menina ao seu lado estremeceu.

— Podemos seguir com isto? — perguntou ela. — Não quero ficar aqui fora a noite toda.

— Não use este tom — repreendeu outra menina, chamada Kendall, os delicados lábios apertados e a testa franzida.

A princípio, Wells achou que ela também era phoeniciana, mas acabou percebendo que seu olhar arrogante e a cadência distinta em sua fala eram apenas uma impressão das garotas com quem Wells tinha crescido. Aquela era uma prática bastante comum entre jovens waldenitas e arcadianas, embora nunca tivesse conhecido ninguém que fizesse aquilo tão bem quanto Kendall.

Wells virou a cabeça de um lado para o outro, procurando Graham, o único outro phoeniciano além de Wells e Clarke. Ele normalmente não gostava de deixar Graham assumir o controle do grupo, mas o outro garoto tinha sido amigo de Asher e estava mais bem preparado do que Wells para falar em seu funeral. No entanto, o rosto era um dos poucos que estava faltando na multidão — além do de Clarke. Ela tinha saído com Bellamy logo depois do incêndio para procurar a irmã dele, deixando nada além da memória das seis palavras tóxicas que tinha lançado sobre ele antes de partir: *Você destrói tudo em que toca.*

Um estalo veio da floresta, desencadeando arfadas na multidão. Sem pensar, Wells colocou Molly às suas costas com um dos braços e pegou uma pá com o outro.

Um momento depois, Graham entrou na clareira acompanhado por dois arcadianos — Azuma e Dmitri — e uma garota de Walden chamada Lila. Os três rapazes carregavam braçadas de madeira, enquanto Lila tinha alguns galhos enfiados debaixo do braço.

— Então era com *vocês* que estavam os machados — falou um waldenita chamado Antonio, olhando para as ferramentas apoiadas sobre os ombros de Azuma e Dmitri. — Poderíamos tê-los usado esta tarde, sabiam?

Graham ergueu uma sobrancelha enquanto examinava a cabana mais nova. Estavam finalmente pegando o jeito; não havia vãos no teto dessa vez, o que significava que ela ficaria muito mais aquecida e seca à noite. Mas nenhuma das estruturas tinha janelas. Era muito demorado cortá-las e, sem acesso a vidro ou plástico, seriam pouco mais do que buracos abertos nas paredes.

— Acreditem em mim, isso é mais importante — disse Graham, erguendo a pilha de madeira nos braços.

— Lenha? — perguntou Molly.

Ela se encolheu quando Graham expressou impaciência.

— Não, *lanças*. Algumas barracas de madeira não vão nos manter em segurança. Precisamos nos defender. Na próxima vez que aqueles desgraçados aparecerem, estaremos prontos.

Seus olhos pararam sobre Asher, e uma expressão estranha percorreu o rosto de Graham. Sua costumeira fachada de raiva e arrogância tinha se desfeito, revelando algo como pesar verdadeiro.

— Você pode vir aqui um minuto? — perguntou Wells, amolecendo. — Achei que seria bom falarmos algumas palavras por Asher. Você o conhecia bem, então talvez quisesse...

— Parece que você tem tudo sob controle — interrompeu Graham, evitando o corpo de Asher quando seus olhos encontraram os de Wells. — Vá em frente, Chanceler.

Quando o sol tinha acabado de se pôr, Wells e Eric estavam colocando as últimas pás de terra sobre o novo túmulo enquanto Priya envolvia a lápide de pedra com flores. O resto do grupo havia dispersado, ou para evitar assistir ao sepultamento em si, ou para garantir um lugar em uma das novas cabanas. Cada uma delas podia confortavelmente, comportar vinte trinta se as pessoas estivessem cansadas demais — ou com frio demais — para reclamar de pernas errantes esparramadas sobre sua montanha de cobertores chamuscados ou de possíveis cotoveladas no rosto.

Wells ficou decepcionado, embora não estivesse surpreso ao descobrir que Lila tinha mais uma vez reivindicado uma das cabanas para Graham e seus amigos, deixando as crianças mais novas tremendo no frio enquanto examinavam cautelosamente a clareira repleta de sombras. Mesmo com guardas voluntários mantendo a vigília, ninguém que tivesse sido deixado do lado de fora teria uma noite sossegada.

— Ei — falou Wells, quando Graham passou por ele carregando uma de suas lanças parcialmente terminadas. — Como você e Dmitri assumirão o segundo turno da guarda, por que não dormem do lado de fora? Será mais fácil encontrá-los quando meu turno acabar.

Antes que Graham pudesse responder, Lila se aproximou e prendeu seu braço no dele.

— Você prometeu que ficaria comigo esta noite, lembra? Estou muito assustada para dormir sozinha — disse ela, imitando uma voz sussurrada e aguda muito diferente de seu habitual tom incisivo.

— Sinto muito — falou Graham para Wells, encolhendo os ombros. Wells podia sentir o tom presunçoso em sua voz. — Odeio quebrar uma promessa. — Graham jogou sua lança para Wells, que a segurou com uma das mãos. — Ficarei responsável por um turno amanhã à noite, se não estivermos todos mortos até lá.

Lila estremeceu de forma exagerada.

— *Graham* — repreendeu ela. — Você não deveria falar assim!

— Não se preocupe, vou proteger você — disse Graham, passando o braço em volta dela. — Ou pelo menos garantir que sua última noite na Terra seja a melhor da sua vida.

Lila deu uma risadinha, e Wells lutou contra o impulso de revirar os olhos.

— Talvez vocês dois devessem dormir do lado de fora — falou Eric, surgindo das sombras. — Assim, o resto de nós pode ter a chance de descansar um pouco.

Graham debochou:

— Não finja que não vi Felix saindo do seu saco de dormir hoje de manhã, Eric. Se tem algo que não suporto é gente hipócrita.

O esboço de um raro sorriso cintilou no rosto de Eric:

— Sim, mas você não nos *ouviu*.

— Vamos *logo* — disse Lila, puxando Graham. — Venha antes que Tamsin dê nossa cama a alguém.

— Você quer que eu fique neste turno com você? — ofereceu Eric, olhando para Wells.

Wells negou com a cabeça:

— Está tudo bem. Priya já está lá fora checando o perímetro.

— Você acha que eles vão voltar? — perguntou Eric, abaixando a voz.

Wells olhou para trás, procurando alguém que pudesse estar escutando escondido na escuridão, então fez que sim com a cabeça:

— Foi mais que um aviso. Foi uma demonstração de força. Quem quer que sejam, querem que saibamos que não estão felizes com nossa presença.

— Não. Claramente não estão — falou Eric, se virando para olhar para o outro lado da clareira, onde Asher estava enterrado.

Com um suspiro, ele deu um boa-noite a Wells e seguiu na direção do grupo de camas improvisadas, que Felix e alguns dos outros tinham agrupado em volta da cavidade vazia da fogueira por força do hábito.

Wells ergueu a lança sobre o ombro e se virou para encontrar Priya. Só tinha dado alguns passos quando seu ombro bateu em algo, e um ganido soou na escuridão.

— Você está bem? — perguntou Wells, esticando a mão para se equilibrar.

— Estou bem — falou uma menina, com a voz trêmula.

Era Molly.

— Onde você vai dormir esta noite? Vou ajudá-la a encontrar sua cama.

— Do lado de fora. Não tinha mais espaço nas cabanas.

A voz da menina era fraca.

Wells foi tomado por um impulso de pegar Graham e Lila e jogá-los no riacho.

— Você tem agasalho suficiente? — perguntou ele. — Posso arranjar um cobertor para você.

Ele arrancaria do corpo de Graham se fosse necessário.

— Estou bem. Está bem quente esta noite, não está?

Wells a examinou, desconfiado. A temperatura tinha caído consideravelmente desde que o sol se pôs. Ele esticou o braço e pressionou as costas da mão contra a testa de Molly. Sua pele estava quente:

— Você tem certeza de que está se sentindo bem?

— Talvez um pouco tonta — admitiu ela.

Wells apertou os lábios. Tinham perdido muitos de seus suprimentos no incêndio, o que significava que as porções de comida haviam diminuído significativamente.

— Aqui — disse ele, enfiando a mão no bolso para pegar o pacote de proteína que não tivera tempo de terminar. — Coma isto.

Ela fez que não com a cabeça.

— Está tudo bem. Não estou com fome — falou ela, de forma pouco convincente.

Depois de fazê-la prometer que avisaria a ele caso não estivesse se sentindo melhor no dia seguinte, Wells partiu para procurar Priya. Haviam recuperado a maior parte dos remédios, mas de que eles serviriam sem a única pessoa que sabia como usá-los? Ele se perguntou o quão longe Clarke e Bellamy chegaram a essa altura e se encontraram algum sinal de Octavia. Uma pontada de medo abriu espaço em sua exaustão, e ele pensou sobre os perigos que estavam diante de Clarke na floresta. Ela e Bellamy tinham partido antes do ataque. Não faziam a menor ideia de que havia *pessoas* por lá, Terráqueos que se comunicavam através de flechas mortais.

Ele suspirou enquanto inclinava a cabeça para trás e olhava na direção do céu, enviando uma prece silenciosa para a garota por quem tinha arriscado incontáveis vidas para proteger. A garota cujos olhos queimavam com ódio quando ela lhe disse que nunca mais queria vê-lo.

CAPÍTULO 2

Clarke

Eles já estavam caminhando há dois dias, descansando apenas de uma ou de duas em duas horas. A parte posterior das coxas de Clarke estava queimando, mas Bellamy não mostrava nenhum sinal de querer parar. Clarke não se importava — na verdade, agradecia a dor. Quanto mais pensava sobre os músculos de sua perna, menos pensava sobre a dor em seu peito e sobre a amiga que ela não tinha sido capaz de salvar.

Ela respirou fundo. Mesmo se estivesse vendada, seria capaz de dizer que o sol tinha se posto. O ar estava pesado com o aroma das flores brancas que só desabrochavam à noite, fazendo parecer que as árvores tinham se vestido para o jantar. Clarke desejava saber que tipo de vantagem evolutiva as flores estranhas ofereciam. Talvez atraíssem um tipo de inseto noturno? Seu perfume distinto chegava a ser exagerado nos locais onde as árvores cresciam próximas, mas Clarke preferia aquilo às fileiras ordenadas de macieiras que ela e Bellamy tinham visto mais cedo. Sua nuca se arrepiou ao se lembrar dos troncos uniformemente espaçados, como guardas com as costas eretas parados em formação.

Bellamy caminhava alguns metros à sua frente. Ele tinha ficado calado, exatamente como ficava em suas expedições de caça. Mas dessa vez não estava rastreando um coelho ou seguindo um cervo. Estava procurando pela irmã.

Já havia se passado quase um dia inteiro desde que tinham visto o último par de pegadas, e a verdade implícita deixava o silêncio mais espesso até que Clarke pudesse senti-lo apertando seu peito.

Eles tinham perdido o rastro de Octavia.

Bellamy parou no topo da colina, e Clarke parou ao seu lado. Estavam de pé na beira de uma cordilheira. Apenas alguns metros adiante, o solo se inclinava de forma íngreme, descendo até um corpo d'água cintilante. A lua no alto estava enorme e brilhante, enquanto uma segunda lua tremulava logo abaixo, refletida na superfície.

— É linda — falou Bellamy, sem olhar para ela, mas havia certa tensão em sua voz.

Clarke colocou a mão no braço de Bellamy. Ele se encolheu, mas não se afastou:

— Aposto que Octavia achou o mesmo. Será que devemos descer para ver se há algum sinal...

Clarke foi perdendo a voz. Octavia tinha saído para uma caminhada espontânea pela floresta. Nenhum dos dois queria falar em voz alta, mas o desaparecimento repentino de Octavia, a forma como suas pegadas sugeriam que ela havia sido arrastada — que tinha sido *levada*.

Mas por quem? Clarke pensou nas macieiras mais uma vez, e estremeceu.

Bellamy deu alguns passos adiante.

— Parece um pouco menos íngreme aqui — disse ele, esticando o braço para segurar a mão dela. — Vamos.

Eles não conversaram enquanto desciam a ladeira. Quando Clarke deslizou num pedaço de lama escorregadia, Bellamy a segurou com mais força e a ajudou a recuperar o equilíbrio. Mas, no momento em que chegaram à terra plana, ele a soltou e correu na direção da água, examinando a margem à procura de pegadas.

Clarke ficou para trás, olhando para o lago enquanto o encanto eliminava completamente a exaustão que tinha se estabelecido em seus membros. A superfície era lisa como vidro e o reflexo da lua se parecia com uma das pedras preciosas que ocasionalmente vira no Entreposto, trancadas num mostruário transparente.

Quando Bellamy se virou, sua expressão estava cansada, quase derrotada.

— Acho melhor descansarmos — falou ele. — Não faz sentido vagar pela escuridão sem uma trilha.

Concordando com a cabeça, Clarke deixou a mochila cair no chão, ergueu os braços no ar e se alongou. Estava cansada e suada, e havia uma camada de fuligem de dias em sua pele que estava desesperada para lavar.

Ela caminhou lentamente na direção do lago, agachando na beira e afundando as pontas dos dedos na superfície. Assim que chegaram à Terra, tinha sido cuidadosa em purificar qualquer água que eles fossem beber ou usar para tomar banho, caso estivesse contaminada com bactéria radioativa. Mas estava ficando sem gotas de iodo e, depois de ver um incêndio matar sua melhor amiga enquanto seu ex-namorado a impedia de fazer alguma coisa, um pouco de água de lago parecia o menor de seus problemas.

Clarke soltou o ar longamente e fechou os olhos, deixando a tensão se dissipar com a respiração no ar da noite.

Ela se colocou de pé e se virou para olhar para Bellamy. Ele estava completamente imóvel, olhando fixamente para o outro lado do lago com uma intensidade que fez Clarke estremecer. Seu primeiro instinto foi se afastar e dar espaço a ele. Mas então outro impulso a dominou, e um sorriso malicioso surgiu em seu rosto.

Sem dizer uma palavra, tirou a camisa encharcada de suor, arrancou as botas com os pés e se livrou da calça coberta de terra e fuligem. Ela se virou, desejando poder ver a expressão no rosto de Bellamy enquanto a observava entrar no lago vestindo nada além de calcinha e sutiã.

A água estava mais fria do que tinha imaginado e ela começou a ficar arrepiada, embora não soubesse se por causa do ar da noite ou da sensação dos olhos de Bellamy sobre ela.

Continuou a entrar, berrando quando a água envolveu seus ombros. Água era algo escasso demais na Colônia para justificar banhos de banheira, e essa era a primeira vez que Clarke sentia seu corpo inteiro submergir. Experimentou tirar os pés da lama e tentar boiar, se sentindo estranhamente poderosa e vulnerável. Por um momento, esqueceu que um incêndio tinha tirado a vida de sua melhor amiga. Esqueceu que ela e Bellamy haviam perdido o rastro de Octavia. Esqueceu que seu traje de banho improvisado ficaria transparente quando saísse da água.

— Acho que a radiação deve ter finalmente bagunçado seu cérebro.

Clarke se virou e viu Bellamy olhando para ela com uma combinação de surpresa e prazer. Seu sorriso malicioso e familiar tinha reaparecido.

Ela fechou os olhos, respirou fundo e imergiu na água, reaparecendo um segundo depois com uma risada enquanto a água escorria por seu rosto:

— Está ótimo.

Bellamy se aproximou:

— Então sua aguçada mente científica instintivamente soube que a água era segura?

Clarke fez que não com a cabeça:

— Não. — Ela ergueu a mão e a examinou de uma forma bastante teatral. — Nadadeiras e guelras podem estar crescendo em mim enquanto conversamos.

Bellamy balançou a cabeça, concordando com uma falsa seriedade:

— Bem, se crescerem nadadeiras em você, prometo não abandoná-la.

— Oh, acredite em mim. Eu não serei a única mutante.

Bellamy levantou uma sobrancelha:

— O que você quer dizer com isso?

Clarke juntou as mãos, as encheu com água e a jogou em Bellamy com uma risada:

— Agora você também vai ter nadadeiras.

— Você realmente não devia ter feito isso.

A voz de Bellamy era grave e ameaçadora e, por um momento, Clarke achou que podia realmente tê-lo aborrecido. Mas então ele segurou a barra de sua camisa e a tirou com um movimento ágil.

A lua estava tão grande e brilhante que não dava para confundir o sorriso no rosto de Bellamy enquanto ele esticava a mão para desabotoar a calça, jogando-a de lado como se aquela não fosse a única que tinha no planeta. Suas pernas longas e musculosas estavam pálidas contra a cueca samba-canção cinza. Clarke enrubesceu, mas não desviou o olhar.

Bellamy mergulhou no lago e cobriu a distância entre eles com algumas braçadas poderosas. Gabara-se de ter aprendido a nadar sozinho em suas incursões no riacho e, pelo menos dessa vez, não havia exagerado.

Ele desapareceu debaixo da água durante tempo suficiente para Clarke sentir uma centelha de preocupação. Então a mão de Bellamy a segurou pela cintura e ela soltou um grito enquanto ele a girava, esperando que jogasse água de volta nela em retaliação. Mas ele apenas olhou para ela por um momento antes de erguer a mão e passar o dedo pelo pescoço de Clarke.

— Nada de guelras ainda — falou ele delicadamente.

Clarke estremeceu ao olhar para ele. O cabelo de Bellamy estava para trás, e gotículas de água se agarravam à barba espetada do maxilar. Seus olhos escuros queimavam com uma intensidade muito distante de seu habitual sorriso brincalhão. Parecia difícil acreditar que ele era o mesmo rapaz com quem tinha despreocupadamente andado de braços dados pela floresta.

Algo mudou em seu olhar, e ela fechou os olhos, certa de que ele estava prestes a beijá-la. Mas então um estalo surgiu das árvores, e Bellamy virou o rosto.

— O que foi aquilo? — perguntou ele.

Sem esperar Clarke responder, ele correu na direção da margem, deixando-a sozinha na água.

Clarke viu Bellamy pegar seu arco e desaparecer nas sombras. Ela suspirou, então silenciosamente se repreendeu por sua tolice. Se fosse a sua família que estivessem procurando, ela também não perderia tempo brincando na água. Ela jogou a cabeça para trás, fazendo gotas de água escorrerem por seu rosto enquanto olhava para o céu e pensava nos corpos vagando entre aquelas mesmas estrelas. O que seus pais diriam se pudessem vê-la agora, ali no planeta que sempre tinham sonhado em chamar de lar?

— Podemos brincar de jogo do atlas? — perguntou Clarke, se encostando no pai para olhar para seu tablet.

Ele estava coberto com equações aparentemente complicadas que Clarke não reconhecia. Mas as reconheceria num futuro próximo; apesar de ter apenas 8 anos, tinha começado a aprender álgebra. Quando Cora e Glass ficaram sabendo daquilo, rolaram os olhos e sussurraram suficientemente alto sobre como matemática era inútil. Clarke tinha tentado explicar que, sem matemática, não existiriam médicos, nem engenheiros, o que significava que todos morreriam de doenças possíveis de evitar... se a Colônia não explodisse em chamas antes disso. Mas Cora e Glass apenas riram e então passaram o resto do dia cochichando toda vez que Clarke passava.

— Um minuto — disse seu pai. Ele franziu a testa de leve enquanto deslizava os dedos na tela, reorganizando a ordem das equações. — Só preciso terminar isto primeiro.

Clarke aproximou seu rosto do tablet:

— Posso ajudar? Se você me explicar, aposto que consigo resolver a parte difícil.

Ele riu e passou a mão em seu cabelo:

—Tenho certeza de que conseguiria. Mas já está me ajudando ficando sentada aqui. Você me faz me lembrar de por que nossa pesquisa é tão importante.

Ele sorriu, fechou o programa em que estava trabalhando e abriu o atlas. Um globo holográfico apareceu no ar logo acima do sofá.

Clarke passou o dedo no ar e o globo girou.

— Qual é este? — perguntou ela, apontando para o contorno de um país grande.

Seu pai apertou os olhos:

—Vamos ver... essa é a Arábia Saudita.

Clarke pressionou o dedo contra a forma. Ela ficou azul e as palavras *Nova Meca* apareceram.

— Ah, está certo — falou o pai. — Esse aí mudou de nome algumas vezes antes do Cataclismo. Ele girou a esfera e apontou para um país longo e estreito no outro lado do globo. — E quanto a este aqui?

— Chile — respondeu Clarke de forma confiante.

— Sério? Acho que se parece mais com um burrito.

Clarke revirou os olhos:

— Papai, você vai fazer essa piada toda vez que brincarmos?

—Todas. As. Vezes. — Ele sorriu e puxou Clarke para seu colo. — Pelo menos até realmente estarmos *no* Chile. Então ela pode ficar velha.

— *David* — advertiu a mãe de Clarke da cozinha, onde ela abria embalagens de proteína e a misturava com a couve da estufa.

Ela não gostava quando o pai de Clarke fazia piadas sobre ir à Terra. De acordo com sua pesquisa, seriam necessários outros cem anos para que o planeta estivesse seguro.

— E quanto às pessoas? — perguntou Clarke.

O pai inclinou a cabeça para o lado:

— O que você quer dizer com isso?

— Quero ver onde todas as pessoas moravam. Por que não existem apartamentos no mapa?

Seu pai sorriu:

— Infelizmente não temos nada *tão* detalhado. Mas as pessoas viviam em todos os lugares. — Ele passou o dedo sobre as linhas finas. —Viviam perto do oceano... viviam nas montanhas... no deserto... na margem dos rios.

— Por que elas não fizeram nada quando souberam que o Cataclismo estava chegando?

Sua mãe veio se juntar a eles no sofá.

—Tudo aconteceu muito rápido — falou ela, depois de se sentar. — E não havia muitos lugares na Terra onde as pessoas podiam se esconder de toda aquela radiação. Acho que os chineses estavam construindo uma estrutura aqui. — Ela tirou o zoom do mapa e apontou para um ponto bem à direita. — E havia rumores sobre algo próximo do banco de sementes, aqui.

Ela moveu o dedo até o topo do mapa.

— E quanto a Mount Weather? — perguntou seu pai.

A mãe de Clarke manejou o globo.

— Isso ficaria no que teria sido a Virginia, não?

— O que é Mount Weather? — perguntou Clarke, se inclinando para ver melhor.

— Muitos anos antes do Cataclismo, o governo dos Estados Unidos construiu um enorme bunker subterrâneo para o caso de uma guerra nuclear. O cenário parecia improvável, mas eles tinham que fazer algo para proteger o Presidente, que era como o Chanceler deles — explicou ela. — Mas, quando as bombas finalmente caíram, ninguém chegou lá a tempo, nem mesmo o Presidente. Tudo aconteceu muito de repente.

Uma pergunta desconfortável se debatia entre a mistura de outros pensamentos na mente de Clarke:

— Quantas pessoas morreram? Tipo, milhares?

O pai suspirou:

— Está mais para bilhões.

— *Bilhões?* — Clarke se levantou e caminhou até a pequena janela redonda repleta de estrelas. — Vocês acham que eles estão todos aqui em cima agora?

A mãe se aproximou e colocou a mão no ombro de Clarke:

— Como assim?

— O paraíso não deveria ser em algum lugar do espaço?

A mãe de Clarke apertou o ombro da filha:

— Acho que o paraíso é onde imaginamos que ele seja. Eu sempre pensei que o meu seria na Terra. Numa floresta, em algum lugar cheio de árvores.

Clarke colocou a mão dentro da de sua mãe:

— Então é lá que vai ser o meu também.

24

— E eu sei que música vai estar tocando nos portões perolados — falou o pai, com uma risada.

Sua mãe se virou:

— David, não ouse colocar aquela música novamente.

Porém era tarde demais. A música já estava saindo dos alto-falantes nas paredes. Clarke sorriu quando ouviu os primeiros versos de *Heaven is a place on Earth*.

— Sério, David? — perguntou a mãe, levantando uma sobrancelha.

Seu pai apenas riu e se aproximou para segurar as mãos das duas, e os três rodopiaram pela sala de estar, cantando juntos a música preferida do pai.

— Clarke! — Bellamy surgiu na linha de árvores, ofegante. Estava escuro demais para ver a expressão em seu rosto, mas ela podia ouvir a urgência em sua voz. — Venha ver isso!

Ela caminhou de forma desajeitada pela água. Chegou à margem enlameada e, esquecendo que estava seminua, saiu correndo, ignorando as pedras debaixo de seus pés descalços e as pontadas do ar gelado da noite.

Ele estava agachado sobre o solo, olhando fixamente para algo que Clarke não conseguia identificar.

— Bellamy! — gritou ela. — Você está bem? O que foi aquele barulho?

— Nada. Um pássaro ou algo assim. Mas olhe para *isto*. É uma pegada. — Ele apontou para o solo, o sorriso cintilando com esperança. — É de Octavia, tenho certeza disso. Encontramos o rastro.

Alívio percorreu Clarke quando ajoelhou para olhar melhor. Parecia existir mais uma pegada alguns metros adiante, num pedaço de lama. As duas pareciam bastante recentes, como se Octavia tivesse passado por ali apenas horas antes.

Mas, antes que pudesse responder, Bellamy se levantou, ajudou Clarke a ficar de pé e a beijou.

Ele ainda estava molhado do lago e, quando passou os braços em volta de sua cintura, a pele úmida de Clarke se colou à dele. Por um instante, o mundo em volta deles desapareceu. Tudo o que existia era Bellamy — o calor de seu hálito, o gosto de seus lábios. Ele moveu uma de suas mãos da cintura para a parte baixa das costas de Clarke e ela estremeceu, de repente profundamente ciente de que ela e Bellamy estavam vestindo apenas roupas íntimas, totalmente encharcados.

Uma brisa fria sacudiu as copas espessas das árvores e soprou na nuca de Clarke. Ela tremeu mais uma vez, e Bellamy afastou seus lábios dos dela.

— Você deve estar congelando — falou ele, esfregando as mãos nas costas dela.

Clarke inclinou a cabeça para o lado:

— Você está usando ainda menos roupa do que eu.

Bellamy passou o dedo pelo braço de Clarke, e deu um puxão provocador na alça molhada de seu sutiã:

— Podemos resolver isso, se você estiver incomodada.

Clarke sorriu:

— Acho que provavelmente é uma boa ideia vestir *mais* roupas antes de entrarmos na floresta para seguir aquelas pegadas.

Apesar de não achar que os rastros desapareceriam durante a noite, ela sabia que Bellamy não ia querer parar agora que tinha descoberto a trilha.

Ele olhou para Clarke.

— Obrigado — falou ele, se aproximando para beijá-la novamente antes de segurar sua mão e levá-la na direção da margem.

Eles se vestiram rapidamente, depois pegaram suas mochilas e entraram na floresta repleta de sombras. O rastro era bastante simples de seguir, apesar de Bellamy sempre encontrar a próxima pegada muito antes de Clarke ver alguma coisa. Será que seus olhos tinham ficado mais aguçados com as caçadas? Ou aquilo era um subproduto de seu desespero?

— Esqueça as guelras. Acho que você está desenvolvendo visão noturna — gritou ela, quando ele disparou na direção de outra pegada que ela não tinha notado.

Ela falou aquilo de brincadeira, claro, mas então franziu a testa. Os níveis de radiação na Terra claramente não estavam tão altos quanto ela um dia tinha temido, mas aquilo não queria dizer que eles já estavam salvos. Envenenamento por níveis baixos de radiação podia levar semanas para se manifestar, mesmo que suas células já tivessem começado a se deteriorar. Na sua opinião, era por isso que nenhum outro módulo de transporte tinha chegado. E se o Conselho não estivesse esperando para determinar se a Terra estava segura porque os dados biométricos dos cem já tinham provado que ela estava?

Com o coração disparado, Clarke olhou para o monitor preso ao seu pulso e contou há quantos dias estavam na Terra. Ela olhou para a lua, que estava três quartos cheia. Era uma fatia fina naquela primeira noite terrível depois que tinham caído. Seu estômago embrulhou quando se lembrou de um momento crucial da pesquisa de seus pais. O dia em que a maioria dos pacientes ficava mais doente. O dia 21.

— Estou acostumado a procurar coisas no escuro — disse Bellamy, diante dela, sem perceber sua ansiedade. — Na Colônia, eu entrava escondido em áreas de depósito abandonadas. A maior parte delas não tinha mais eletricidade.

Clarke se encolheu quando um galho arranhou sua perna.

— O que você procurava? — perguntou ela, deixando a preocupação de lado.

Se alguém começasse a apresentar sinais de envenenamento por radiação, tinham uma medicação que poderia ajudar, apesar de ser uma quantidade muito pequena.

— Peças de máquinas antigas, panos, alguma possível relíquia feita na Terra... qualquer coisa que valesse a pena trocar no Entreposto. — Seu tom era casual, mas ela podia ouvir uma ponta de tensão em sua voz. — Octavia nem sempre recebia comida suficiente no centro de custódia, então eu tinha que encontrar uma forma de conseguir mais.

A confissão afastou Clarke dos próprios pensamentos. Seu coração doía com a ideia de uma versão mais jovem e fraca do garoto diante dela, sozinho numa área de depósito escura e cavernosa.

— Bellamy — começou ela, procurando as palavras certas, então parou abruptamente quando viu algo brilhando nas profundezas sombrias atrás das árvores.

Ela sabia que devia seguir em frente; não podiam se dar o luxo de perder mais tempo. Ainda assim, algo na forma como aquilo cintilava fez Clarke parar.

— Bellamy, venha dar uma olhada nisso — disse ela, se virando para chegar mais perto.

Havia algo no solo, espalhado entre as raízes de uma árvore enorme. Clarke se abaixou para olhar com mais atenção e viu que era metal. Ela respirou fundo e esticou o braço para passar o dedo sobre um dos pedaços longos e retorcidos. Isso poderia ser parte de quê? E como isso acabou ali, no meio da floresta?

— Clarke? — gritou Bellamy. — Aonde você foi?

— Estou aqui — berrou ela de volta. — Você precisa ver isto.

Bellamy surgiu silenciosamente ao seu lado:

— O que está acontecendo? — Sua respiração estava pesada e a voz, irritada. — Você não pode sumir deste jeito. Precisamos ficar juntos.

— Veja. — Clarke apanhou um pedaço de metal e o segurou sob o luar. — Como isto poderia ter sobrevivido ao Cataclismo?

Bellamy movia o peso de seu corpo de um pé para o outro.

— Não faço ideia — disse ele. — Agora podemos continuar andando? Não quero perder o rastro.

Clarke estava pronta para colocar o artefato estranho de volta ao chão quando notou duas letras familiares talhadas no metal. *TG*. Trillion Galactic.

— Oh, meu Deus — murmurou ela. — Isto veio da Colônia.

— O quê? — Bellamy agachou ao lado dela. — Deve ser parte do módulo de transporte, não?

Clarke fez que não com a cabeça:

— Acho que não. Devemos estar a pelo menos 6 quilômetros do acampamento. Não tem como isso fazer parte dos destroços da queda.

Pelo menos não da nossa *queda.*

Clarke se sentiu repentinamente desorientada, como se estivesse tentando distinguir uma memória de um sonho:

— Há mais pedaços espalhados. Talvez tenham algo que vai...

Ela interrompeu a frase com um grito enquanto uma pontada de dor se alastrava por seu braço direito.

— Clarke? Você está bem?

O braço de Bellamy estava em volta dela, mas ela não conseguia olhar para ele. Seus olhos estavam fixos em algo no solo.

Algo comprido, escuro, fino e *retorcido*.

Ela tentou apontar a criatura para Bellamy, mas descobriu que não conseguia se mover.

— Clarke! O que houve? — gritou ele.

Ela abriu a boca, mas nenhum som saiu. Seu peito estava começando a apertar. Seu braço estava pegando fogo.

— Oh, *merda*. — Ela ouviu Bellamy falar.

Clarke não conseguia mais vê-lo. O mundo à sua volta tinha começado a girar. Estrelas e céu e árvores e folhas giravam na escuridão. O calor escaldante que estava subindo por seu braço passou. Tudo estava passando. Ela caiu de costas sobre Bellamy, então sentiu seu corpo ser erguido no ar. Ela estava sem peso, exatamente como estivera no lago. Exatamente como seus pais estavam agora.

— Clarke, fique comigo — gritou Bellamy, de algum lugar muito distante.

A escuridão estava se fechando ao seu redor, envolvendo suas pernas e seus braços com estrelas.

E então só havia o silêncio.

CAPÍTULO 3

Glass

Glass levantou a cabeça do peito de Luke, tentando não ficar assustada com o esforço que era necessário. Ele sorriu enquanto ela se esforçava para ficar sentada e deixava suas pernas longas recostarem na lateral do sofá. Glass não sabia se a falta de oxigênio a estava deixando sonolenta, ou se ela estava apenas cansada por ter ficado acordada a maior parte da noite. Deitada na cama com Luke, a última coisa que ela queria fazer era dormir. Eles não sabiam quanto tempo ainda tinham, então cada momento era precioso. Ela e Luke tinham passado as últimas noites abraçados: sussurrando seus pensamentos fugazes e incompletos, ou apenas deitados em silêncio, memorizando o som de seus corações.

— Acho que eu devia sair para procurar mais suprimentos.

Luke falava com leveza, mas ambos sabiam da gravidade do que ele estava propondo. Desde que a ponte suspensa entre as naves tinha sido fechada, o caos em Walden havia alcançado altos níveis. As tentativas desesperadas dos waldenitas de encontrar e acumular comida se tornaram violentas. Armados com um escasso punhado de pacotes de proteína, Glass e Luke tinham se trancado dentro do pequeno apartamento de Luke, fazendo o possível para ignorar os sons que ecoavam nos corredores — os gritos furiosos de vizinhos brigando por suprimentos, os berros frenéticos de mães procurando crianças perdidas, a respiração ofegante e entrecortada daqueles com dificuldades para respirar o ar cada vez mais rarefeito.

— Está tudo bem — falou Glass. — Temos o suficiente para alguns dias, e depois disso...

Ela parou, afastando os olhos.

— Você é realmente muito boa em manter a calma sob pressão. É um pouco assustador. Você deveria ter entrado para a guarda. — Ele colocou um dedo debaixo do queixo dela. — Estou falando sério — disse ele, em resposta ao seu ceticismo. — Sempre achei que mulheres são as melhores guardas. É uma pena meninas em Phoenix nunca realmente levarem isso em consideração.

Glass sorriu por dentro, imaginando a surpresa de seu melhor amigo, Wells, se ela aparecesse no primeiro dia do treinamento para oficiais. Embora a princípio ele provavelmente ficasse chocado demais para falar, ela estava certa de que ele a teria apoiado. Antes de conhecer Luke, Wells era a única pessoa a tratá-la seriamente, a única que acreditava que tinha talentos além de flertar e pentear o cabelo.

— Acho que eu poderia ter tentado, contanto que ninguém tentasse me fazer caminhar no espaço.

Só a expressão era suficiente para deixá-la nauseada ao imaginar entrar para a gravidade zero.

Luke limpou a garganta.

— Você sabe que não deixam *qualquer um* caminhar no espaço — disse ele, com uma grandiosidade brincalhona.

Luke era parte dos oficiais de elite da guarda que também eram treinados como engenheiros, responsáveis por fazer reparos cruciais — e perigosos — na nave. Ela nunca se esqueceria de como tinha ficado apavorada algumas semanas antes quando viu Luke ir até o lado de fora da nave para examinar uma das câmaras de vácuo que estava com defeito. Por vinte minutos de coração acelerado, uma corda fina tinha sido tudo o que o impediu de se perder no vazio do espaço. A corda e as preces fervorosas de Glass.

— Sem contar que você ficaria muito gata de uniforme.

— Quer que eu experimente um dos seus para confirmar? — perguntou Glass inocentemente.

Ele sorriu:

— Talvez mais tarde.

Mas, assim que as palavras saíram de sua boca, seu rosto ficou sério. Os dois sabiam que não existiria um "mais tarde".

Glass se levantou com um salto e jogou seus longos cabelos por cima do ombro.

— Vamos lá — falou ela, segurando a mão de Luke. — Tenho uma ideia para o jantar.

— Sério? Você conseguiu se decidir entre pasta de proteína de dois dias atrás e pasta de proteína de três dias atrás?

— Estou falando sério. Vamos torná-lo especial. Por que não usamos os pratos?

Relíquias feitas na Terra eram raras em Walden, mas a família de Luke tinha guardado dois lindos pratos que um ancestral trouxera para a nave.

Luke hesitou por uma fração de segundo, então se colocou de pé:

— Parece uma boa ideia. Vou buscá-los.

Ele apertou a mão de Glass antes de desaparecer em seu quarto, onde mantinha as valiosas relíquias escondidas.

Glass entrou no banheiro minúsculo e olhou para si mesma na fatia fina de espelho arranhado sobre a pia. No passado, achava a falta de espaço para se arrumar infinitamente frustrante, mas agora estava grata por não saber qual era a sua aparência depois de três dias com as mesmas roupas. Ela penteou o cabelo com os dedos e lavou o rosto com a água morna.

Não achava que tinha demorado muito, mas, quando voltou à sala de estar, Glass encontrou o apartamento transformado. As luzes tremeluzentes junto à mesa não eram lanternas — eram velas.

— Onde você arrumou isso? — perguntou Glass, surpresa, se aproximando para olhar mais de perto.

Não havia sobrado muitas velas na Colônia, muito menos em Walden.

— Eu as estava guardando para uma ocasião especial — disse Luke, saindo de seu quarto.

Enquanto os olhos de Glass se ajustavam à escuridão, ficou com a respiração presa no peito. Luke vestira uma calça escura e o que parecia ser um paletó combinando. Será que aquilo era um terno de verdade? Eles raramente apareciam no Entreposto. Mesmo os homens de Phoenix tinham problemas para encontrá-los.

Glass havia visto Luke com as costas eretas e o rosto sério em seu uniforme da guarda. Ela o flagrara casual e rindo com suas roupas de civil, jogando bola com crianças pequenas em seu corredor. Com o terno, ele parecia confiante como o Luke soldado, mas se portava de forma diferente. Mais relaxado.

— Não estou vestida para a ocasião — falou Glass, puxando a manga de sua camisa levemente encardida.

Luke inclinou a cabeça para o lado e a examinou por um longo momento:

— Você está perfeita.

Havia um tom de admiração em sua voz que fez Glass ficar agradecida pelas velas, pela luz tremeluzente que escondia suas roupas velhas e suas bochechas repentinamente coradas.

Ela deu alguns passos na direção dele e passou o dedo pela manga do terno de Luke:

— Onde você conseguiu isto?

— Era de Carter, na verdade.

O nome fez Glass tirar a mão imediatamente, como se ela tivesse sido queimada.

— Você está bem? — perguntou Luke.

— Sim, ótima — respondeu Glass rapidamente. — Só fiquei surpresa. Carter nunca me pareceu ser um sujeito que usaria um terno.

Carter era um rapaz mais velho que tinha acolhido Luke depois que sua mãe morreu — por caridade, ele alegava, mas Glass sempre desconfiara que era por causa dos pontos adicionais de ração. Ele era preguiçoso, manipulador e perigoso, e uma vez tentara atacar Glass quando ela estava esperando no apartamento que os dois dividiam. Embora Luke normalmente estivesse longe de ser ingênuo, sua admiração de infância por Carter o cegava para seus defeitos, e Glass nunca havia sido capaz de fazê-lo ver a verdade sobre o homem que ele via como uma espécie de mentor.

Luke encolheu os ombros:

— E não era mesmo. Teve um mês que ele estava com poucos pontos, então comprei o terno dele. Foi muita generosidade da parte dele, na verdade. Ele poderia ter conseguido muito mais no Entreposto.

Não, ele não teria conseguido, pensou Glass. *Porque teria sido preso por vender mercadoria roubada.* Mas então ela sentiu uma pontada de culpa. Carter era um cafajeste, mas agora estava morto — executado por um crime que ele não tinha cometido.

E era culpa de Glass.

Ano passado, Glass tinha ficado aterrorizada ao descobrir que estava grávida — uma violação do rígido controle populacional da Colônia passível de punição com Confinamento a menores... e morte a qualquer um com mais de 18 anos.

Desesperada para manter Luke em segurança. Glass tinha feito o possível para esconder sua condição. Mas, quando a gravidez foi descoberta, foi detida e forçada a dar o nome do pai. Glass sabia que, se dissesse a verdade, Luke, que tinha 19 anos, seria executado. Então, num momento de pânico, deu o nome de um homem que a fazia se arrepiar, um homem que sabia que de qualquer forma seria detido mais cedo ou mais tarde: Carter.

Luke não sabia o que Glass tinha feito. Ninguém em Walden fazia ideia de por que Carter havia sido arrancado de casa no meio da noite. Pelo menos, isso era o que Glass pensava até dois dias atrás, quando a melhor amiga de Luke, e sua ex-namorada, Camille, ameaçara revelar o segredo de Glass se ela não fizesse tudo o que Camille quisesse.

— Vamos comer? — sugeriu Glass, desesperada para mudar de assunto.

Luke colocou os dois pratos sobre a mesa com um tilintar:

— O jantar está servido.

A pasta de proteína era risivelmente pouca, mas Glass notou que Luke tinha dado a ela uma porção bem maior. O lado positivo das porções minúsculas era que permitiam que Glass admirasse as cenas pintadas nos pratos — uma representava um casal em frente à Torre Eiffel, enquanto o outro mostrava o mesmo casal levando um cachorro para passear no parque. Luke não conhecia a história por trás das relíquias, mas Glass gostava de imaginar que um casal de verdade havia comprado os pratos em sua lua de mel e então os trazido para a Colônia como recordação.

— É estranho se vestir todo para comer pasta de proteína? — perguntou Luke, pegando um bocado com a colher.

— Acho que não. Durante um tempo, Wells ficou obcecado por um livro sobre um naufrágio famoso. Aparentemente, todos vestiram suas melhores roupas e então escutaram música enquanto o navio afundava.

Glass orgulhava-se de saber esse pequeno fato sobre a história da Terra, mas, em vez de parecer impressionado, Luke se retraiu.

— Você devia ter ficado em Phoenix — disse ele delicadamente. — Vir até aqui foi como embarcar num navio que está afundando.

Embora Walden e Arcadia tivessem sido abandonados pelo Conselho — deixados à própria sorte enquanto seu suprimento de oxigênio se esgotava —, Phoenix, a nave central, ainda tinha reservas de oxigênio. Glass fugira da segurança de sua nave de origem para vir ficar com Luke em Walden.

— Você acha que Camille conseguiu atravessar? — perguntou Luke, enquanto usava sua colher para fazer um desenho na sua pasta de proteína.

Glass reprimiu o ímpeto de também se encolher. Quando chegou a Walden, a ex-namorada de Luke, Camille, tinha exigido que Glass lhe mostrasse como ela havia atravessado escondida de uma nave para a outra. E quando Glass hesitou, sabendo que os guardas provavelmente disparariam contra uma waldenita invadindo Phoenix agora que a ponte suspensa fora fechada, Camille sussurrou a ameaça mais aterrorizante que Glass poderia imaginar: se Glass não a ajudasse, Camille contaria a Luke sobre Carter. Glass não fazia ideia de como a outra garota descobrira seu segredo, mas não perdeu tempo tentando descobrir, e levou Camille com toda a pressa até o duto de ventilação secreto que conectava Walden a Phoenix.

— Espero que sim — falou Glass, em resposta à pergunta de Luke, se virando para evitar os olhos dele.

— Não é tarde demais para você — disse Luke cuidadosamente. Ele tinha implorado para que Glass voltasse com Camille, mas ela se recusou. — Você poderia atravessar pelo duto e...

A colher de Glass caiu sobre seu prato.

— *Não* — respondeu ela, de forma um pouco mais seca do que desejava. — Nós já conversamos sobre isso.

Luke suspirou:

— Certo, e quanto a isso?

Ele respirou fundo para falar, mas então viu o olhar de Glass e soltou uma gargalhada.

— O quê? — perguntou Glass. — O que é tão engraçado?

— Você estava me *fuzilando* com os olhos.

Glass se ajeitou na cadeira:

— Bem, estou chateada. Não sei por que você acha isso tão engraçado.

— Porque tenho certeza de que essa era exatamente a mesma expressão que você costumava usar quando era criança e não conseguia o que queria.

— Luke, vamos lá. Estou tentando falar sério.

— Eu também — disse ele, se levantando da cadeira. — Venha aqui. — Ele a segurou pela mão e a ajudou a se levantar. — E se você atravessar o duto e apenas vasculhar as redondezas? Se não parecer que guardas estão patrulhando Phoenix, você pode voltar e me avisar.

Glass parou por um momento para examinar o rosto de Luke, tentando ter certeza de que ele estava falando sério. Que aquela não era uma manobra para fazê-la voltar à segurança de Phoenix e então fechar o duto de ventilação de forma permanente, para ela não poder voltar.

— E então você vai comigo para lá?

Luke concordou com a cabeça:

— Se não houver nenhum guarda perto de onde o duto acaba, podemos tentar ir até seu apartamento sem sermos vistos. E então...

Ele ficou sem palavras.

Glass segurou a outra mão dele e a apertou. Eles dois sabiam que entrar escondidos em Phoenix apenas lhes daria um pouco mais de tempo. A Colônia estava se desintegrando e até mesmo Phoenix acabaria ficando sem oxigênio.

Depois de um longo momento, Luke rompeu o silêncio:

— Eles podem começar a enviar pessoas pelos módulos de transporte.

— O quê? Antes de saberem se é seguro ou não?

Glass não deveria estar surpresa. A Colônia tinha perdido contato com os cem adolescentes Confinados à Terra para testar os níveis de radiação. Noventa e nove adolescentes, na verdade, pois Glass deveria ser um deles, mas havia escapado do módulo de transporte e voltado escondida para a Colônia. Seu coração doía ao pensar em Wells, que também estava na missão. Ele sempre sonhara em ir à Terra — Glass se lembrava de como ele os fazia brincar de gladiadores no ginásio de gravidade quando ele estava passando por sua fase romana, ou como ela fingia ser um gorila devorador de gente quando brincavam de explorador da selva nos fundos do escritório do pai dele.

Ela esperava que ele ainda estivesse vivo, que não estivesse sendo atacado por gorilas devoradores de homens — ou pior, morrendo lentamente com a radiação. Esperava que eles tivessem pelo menos chegado ao solo.

— Eles não têm nenhuma outra opção — falou Luke sem rodeios. Seus olhos examinaram os dela. — Você devia ter ficado naquele módulo de transporte quando teve chance.

— Sim, bem, acontece que eu tinha deixado algo muito importante para trás.

Luke esticou a mão e passou o dedo na corrente do medalhão que ele tinha lhe dado de aniversário de namoro:

— Claro. Você não podia ir à Terra sem suas joias.

Glass bateu no ombro dele de forma bem-humorada:

— Você sabe do que estou falando.

Luke riu.

— Mal posso esperar para ver você me fuzilar com os olhos na Terra.

— Essa é a única coisa que está esperando que aconteça?

— Não. — A mão de Luke se moveu para a nuca de Glass enquanto abaixava o rosto na direção do dela e a beijava delicadamente. — Estou esperando muito mais do que isso.

CAPÍTULO 4

Wells

Durante a noite, não havia como saber que horas eram, então Wells tinha que adivinhar quando estava na hora de mudar de turno. Pela dor que sentia nas juntas, fazia pelo menos quatro horas que estava na patrulha. Mas, quando foi buscar Eric, encontrou o arcadiano encolhido junto a Felix com um olhar tão tranquilo no rosto que não conseguia suportar a ideia de perturbá-los.

Com um suspiro silencioso, Wells alongou os braços sobre a cabeça e mudou a lança de uma das mãos para a outra. A arma era uma piada. A flecha que tinha matado Asher havia sido disparada com precisão mortal. Se os Terráqueos voltassem e mirassem em Wells, ele não teria nenhuma chance.

— Wells? — gritou uma menina.

Ele se virou, piscando na escuridão:

— Priya? É você?

— Não... — Havia uma ponta de mágoa na voz da menina. — Sou eu. Kendall.

— Desculpe — falou Wells. — O que houve? Está tudo bem?

— Oh, sim, está tudo ótimo! — disse ela, repentinamente animada. Muito animada para o meio da madrugada. Por sorte estava escuro demais para ela ver Wells contrair o rosto.

— Só achei que você gostaria de um pouco de companhia.

A última coisa que Wells queria nesse momento era ficar de conversa fiada.

— Estou bem. Já vou trocar de lugar com Eric — mentiu ele. Mesmo sem ver o rosto de Kendall, podia sentir a decepção emanando dela. — Agora volte para a cama antes que alguém roube o seu lugar.

Com um suspiro praticamente inaudível, Kendall se virou e voltou para a cabana. Quando ouviu a porta fechar depois de ela entrar, Wells voltou sua concentração à linha de árvores. Ele estava tão cansado que teve que usar toda a força para impedir que suas pálpebras cada vez mais pesadas caíssem.

Algum tempo mais tarde — poderiam ter sido minutos, poderia ter sido mais uma hora —, um vulto emergiu das sombras. Wells piscou, esperando que desaparecesse, mas ele só ficava maior. Wells ficou alerta, ergueu a lança e abriu a boca para gritar uma advertência — mas então a forma entrou em foco, e as palavras morreram em seus lábios.

Bellamy. Ele estava virando na sua direção, um vulto desfalecido em seus braços trêmulos. Por um breve momento, Wells pensou que era Octavia — mas, mesmo no escuro, não havia como confundir o cabelo desgrenhado, louro-avermelhado. Ele a reconheceria em qualquer lugar.

Wells saiu em disparada e os alcançou exatamente quando Bellamy caiu sobre seus joelhos. Seu rosto estava vermelho brilhante e sua respiração vinha em arfadas entrecortadas, mas ele segurou Clarke tempo suficiente para passá-la aos braços esticados de Wells.

— Ela... ela... — disse Bellamy, pressionando a mão contra a grama para se equilibrar, enquanto se esforçava para falar. — Ela foi mordida. Por uma cobra.

Isso foi tudo que Wells precisou escutar. Segurando Clarke com força contra seu peito, seguiu até a cabana da enfermaria.

O espaço minúsculo estava lotado de pessoas que dormiam — meia dúzia estava encolhida nos cobertores e nas camas restantes.

— Saiam — berrou Wells, sem se importar com os murmúrios indignados e os protestos sonolentos. — *Agora*.

— O que aconteceu? Eles voltaram?

— São os Terráqueos? — lamuriou-se alguém.

— Essa é a *Clarke*? Ela está bem?

Wells ignorou todos e colocou Clarke sobre uma das camas agora vazias, respirando fundo quando sua cabeça caiu para o lado.

— Clarke — falou ele, colocando a mão em seu cotovelo e a sacudindo delicadamente. — *Clarke!*

Ele ajoelhou e aproximou seu rosto do dela. Clarke estava respirando, mas com muita dificuldade.

Bellamy entrou correndo.

— Tire todo mundo daqui — ordenou Wells, apontando para as crianças restantes que ainda estavam cambaleando pela cabana, olhando para Clarke confusas e sonolentas.

Bellamy os reuniu na direção da porta.

— Todos para fora — disse ele, a voz rouca por causa da exaustão.

Quando os últimos tinham sido removidos sem nenhuma cerimônia, ele se aproximou de Wells, que estava procurando de forma descontrolada os suprimentos médicos.

— O que posso fazer? — perguntou Bellamy.

— Apenas fique de olho nela.

Wells jogou ataduras e frascos por cima do ombro, rezando para terem soro antiofídico, rezando para conseguir reconhecê-lo. Ele se amaldiçoou por não estudar mais nas aulas de biologia. Ele se amaldiçoou por não prestar mais atenção a Clarke quando falava casualmente sobre seu treinamento médico. Estava ocupado demais admirando a forma como seus olhos se iluminavam quando falava sobre seu estágio. E agora existia uma chance de aqueles olhos ficarem fechados para sempre.

— É melhor você se apressar.

A voz de Bellamy veio do leito. Wells se virou para vê-lo agachado ao lado de Clarke, tirando o cabelo de seu rosto pálido. A visão momentaneamente reacendeu a ira que ele tinha sentido quando vira Bellamy beijar Clarke na floresta.

— Não *toque* nela. — Ele se encolheu com o tom agudo da própria voz. — Apenas... lhe dê um pouco de espaço para respirar.

Bellamy olhou para os olhos de Wells:

— Ela não vai respirar por muito mais tempo a não ser que encontremos uma forma de ajudá-la.

Wells se virou novamente para o baú de medicamentos, determinado a manter a calma. Quando seus olhos pousaram sobre um frasco laranja brilhante, o alívio quase o derrubou no chão.

Há alguns anos, um grupo de cientistas tinha dado uma palestra sobre sua pesquisa no Salão do Éden. Eles estavam desenvolvendo um Antídoto Universal, um medicamento que daria às pessoas uma chance de sobreviver quando finalmente voltassem à Terra. Não apenas os humanos tinham perdido muitas de suas imunidades naturais, mas também era possível que muitas plantas e animais tivessem sofrido mutações, tornando os velhos remédios inúteis. A palestra parecia ter sido em outra vida, antes de Wells conhecer Clarke, antes de o Vice-Chanceler forçar seus pais a estudarem os efeitos da radiação em cobaias humanas. Wells só tinha ido porque aquilo era sua responsabilidade como filho do Chanceler. Jamais imaginara que algum dia botaria os pés na Terra, muito menos que precisaria usar tal antídoto para salvar a garota que amava.

Wells rangeu os dentes enquanto acoplava a seringa ao frasco e a posicionava sobre uma veia azul no braço de Clarke. Ele ficou imóvel enquanto seu coração batia forte numa advertência. E se ele estivesse errado em relação ao medicamento? E se ele errasse e injetasse uma bolha de ar fatal em seu sangue?

— Dê-me isso — exclamou Bellamy. — Eu faço.

— Não — falou Wells com firmeza.

Embora odiasse admitir, a ideia de Bellamy salvar Clarke era demais para ele suportar. Em primeiro lugar, era culpa sua ela ter sido enviada à Terra, mas não seria culpa sua se ela morresse.

Com um único movimento, ele enfiou a seringa na pele de Clarke e pressionou o êmbolo, observando o antídoto se esvaziar em seu corpo.

— Clarke — sussurrou ele, segurando sua mão. — Você pode me escutar? — Ele entrelaçou seus dedos nos dela e fechou os olhos. — *Por favor*. Fique comigo.

Ele permaneceu ali segurando a mão dela por alguns momentos, em silêncio.

— Graças a Deus — sussurrou Bellamy, atrás dele.

Wells levantou a cabeça e viu os olhos de Clarke tremularem e se abrirem. Ele soltou o ar dos pulmões e inclinou-se levemente, zonzo de alívio.

— Você está bem? — perguntou ele, sem se importar com o fato de sua voz ter falhado.

Ela piscou para ele, confusa. Wells se preparou para o momento em que ela se lembraria de tudo o que tinha acontecido, e então sua expressão seria de ódio. Mas os olhos de Clarke se fecharam novamente e seus lábios se curvaram num pequeno sorriso.

— Eu encontrei... — murmurou ela.

— O que você encontrou? — perguntou Wells, apertando a mão dela.

— Eu não tinha...

A voz de Clarke sumiu com um suspiro quando o sono a dominou.

Wells se levantou, pegou um cobertor de um dos outros leitos e o abriu sobre Clarke. Bellamy ainda estava parado, rígido, atrás dele, os olhos fixos no corpo enroscado da garota que, apesar de sua enorme força, sempre parecia mais jovem — e de alguma forma mais frágil — quando dormia.

Wells limpou a garganta.

— Obrigado — disse ele, estendendo a mão. — Por trazê-la de volta.

Bellamy balançou a cabeça lentamente, ainda em choque:

— Eu fiquei tão preocupado. Achei...

Ele passou a mão no cabelo, então deslizou até o chão e se sentou com as costas apoiadas contra o leito de Clarke.

Wells se irritou com o gesto possessivo, mas concluiu que não podia dizer nada. Estava agradecido a Bellamy por trazer Clarke de volta ao acampamento, mas doía pensar sobre o que eles talvez estivessem fazendo nos últimos dois dias.

Ele se sentou no chão com um suspiro:

— Imagino que isso significa que vocês não encontraram Octavia.

— Não. Encontramos um rastro, mas era... esquisito. — Ele falava sem levantar os olhos e sua voz estava estranhamente sem expressão. — As pegadas não sugeriam que ela fugiu. Parecia que ela havia sido *arrastada*.

— Arrastada? — repetiu Wells, enquanto as peças de informação se juntavam, formando uma imagem ainda mais perturbadora. — Não posso acreditar. Eles a levaram.

— *Eles*? — A cabeça de Bellamy se levantou abruptamente. — Quem?

Wells contou a ele tudo o que tinha acontecido desde que Bellamy e Clarke deixaram o acampamento — o ataque surpresa, a morte de Asher, o fato inegável de que havia outras pessoas na Terra.

Quando Bellamy finalmente falou, seu maxilar estava rígido de raiva:

— E você acha que essas pessoas levaram Octavia no meio do incêndio? — Wells fez que sim com a cabeça. — Quem são eles? Como sobreviveram ao Cataclismo? E que droga esses... esses *Terráqueos* querem com a minha irmã?

— Não sei. Eles podem estar defendendo seu território. Talvez a tenham levado como uma advertência, e então, quando não mostramos sinais de estarmos indo embora, tenham matado Asher para mandar uma mensagem mais clara.

Bellamy olhou fixamente para ele por um longo momento:

— Então você acha que eles vão voltar?

Wells abriu a boca para repetir a mesma resposta vaga que vinha dando aos outros em sua tentativa de prevenir um pânico desenfreado. Mas, quando olhou nos olhos de Bellamy, as palavras automáticas de conforto desapareceram:

— Sim. Eles vão voltar.

Ele contou a Bellamy sobre a obsessão crescente de Graham em montar um exército, uma medida que certamente levaria a mais mortes.

— Parece que por aqui as coisas também não andaram fáceis — falou Bellamy, bufando. Ele olhou para trás para checar Clarke, que ainda não tinha se mexido, embora seu rosto estivesse tranquilo e sua respiração estivesse constante.

— Você devia descansar um pouco. Eu fico de olho na Bela Adormecida aqui e aviso se houver alguma mudança.

Algo no tom de Bellamy irritou Wells.

— Estou bem — disse ele. — Tenho que ficar acordado para a vigília, de qualquer forma. Mas você definitivamente devia ir dormir. Parece exausto.

Os rapazes se encararam sem falar nada até que Bellamy levantou os braços sobre a cabeça e esticou as pernas com um gemido:

— Acho que nós dois vamos ficar aqui por um bom tempo, então.

Eles ficaram sentados em silêncio, evitando o olhar um do outro, se movendo apenas para olhar para Clarke nas poucas vezes que ela se mexia na cama ou suspirava durante o sono. Enquanto a noite passava, algumas pessoas tentaram voltar ao interior da cabana da enfermaria, mas Wells as enxotou. Era um pouco injusto fazer pessoas dormirem do lado de fora quando havia espaço num local coberto, mas ele não podia arriscar que incomodassem Clarke. Não depois das coisas por que ela passara.

Wells não sabia quanto tempo tinha passado, mas havia luz penetrando entre os troncos quando um baque alto o tirou de seu cochilo, o fazendo se levantar em um sobressalto. A cabeça de Bellamy se levantou abruptamente.

— O que está acontecendo? — perguntou ele, sonolento.

Sem esperar para responder, Wells correu para o lado de fora.

A clareira estava silenciosa e calma. As pessoas que tinha expulsado da enfermaria haviam se juntado aos outros em volta da cavidade da fogueira. Todo mundo parecia dormir.

Wells tinha começado a se virar quando um lampejo de movimento perto da linha de árvores chamou sua atenção. Algo disparou de trás de uma árvore e correu na direção do interior da floresta — um vulto baixo e magro vestido de preto.

Sem pensar, Wells começou a correr atravessando a linha de árvores, os pés voando sobre o solo acidentado e cheio de raízes. Ele se aproximou do intruso, arremetendo para derrubá-lo com um grito. Wells gemeu quando um joelho o acertou na barriga, mas aquilo não o impediu de rolar por cima do desconhecido e pressioná-lo contra o solo. Ele tinha apanhado um deles — um Terráqueo.

O sangue de Wells estava sendo bombeado tão rápido por suas veias que ele demorou um momento para olhar melhor para a pessoa cujos pulsos ele tinha agarrado, o dono dos olhos verdes o encarando de forma furiosa.

Era uma garota.

CAPÍTULO 5

Bellamy

Bellamy não se importava com o fato de a Terráquea ser uma garota. Ela era uma espiã. Ela era o inimigo. Ela era uma das pessoas que tinham matado Asher e levado sua irmã.

O medo cintilava em seus olhos, e os cabelos negros voavam sobre seu rosto enquanto ela se debatia na terra, tentando se desvencilhar. Mas Bellamy, ajoelhado ao lado de Wells, apenas segurou com mais força. Eles não podiam deixá-la escapar, não antes de ela lhes dizer onde Octavia estava.

Ele ajudou Wells a colocar a menina de pé e a empurrou com força.

— Onde diabos ela está? — gritou ele. Seu rosto estava tão próximo do dela que sua respiração fazia mechas do cabelo dela voarem. — Aonde vocês levaram a minha irmã?

A garota se encolheu, mas não falou nada.

Bellamy torceu seu braço atrás de suas costas, exatamente como costumava fazer com garotos que ele pegava importunando Octavia no centro de custódia:

— É melhor você me dizer *agora mesmo*, ou desejará nunca ter saído de qualquer que seja a caverna de onde você veio!

— *Bellamy* — falou Wells de forma séria. — Acalme-se. Não sabemos de nada ainda. Ela pode não ter nada a ver com...

— Até parece que não sabe — disse Bellamy, o interrompendo. Ele esticou o braço e puxou o cabelo da menina, trazendo seu rosto para mais perto do dele. — Você me conta agora mesmo, ou isto vai ficar muito desagradável, e muito rápido.

— *Pare com isto* — gritou Wells. — Até onde sabemos, ela não fala a nossa língua. Antes de fazermos qualquer coisa, precisamos...

Wells foi interrompido novamente, dessa vez por uma tempestade de gritos e passos quando o resto do grupo, atraído pelo barulho, veio investigar.

— Você pegou uma — falou Graham, abrindo caminho até a frente.

Sua voz tinha um quê de admiração.

— Então ela é da Terra? — perguntou uma garota de Walden, boquiaberta.

— Ela sabe falar? — perguntou outra.

— É provavelmente uma mutante. Vocês podem ser envenenados pela radiação só de encostar nela — disse um garoto arcadiano alto, esticando o pescoço para ver melhor.

Bellamy não se importava se a menina era radioativa, ou se tinha malditas *asas*. Tudo com que se importava era descobrir aonde ela e seus amigos haviam levado sua irmã.

— O que vamos fazer com ela? — perguntou uma garota trocando sua lança de uma das mãos para a outra.

— Nós a matamos — disse Graham, como se aquela fosse a coisa mais óbvia do mundo. — E então colocamos sua cabeça numa estaca para mostrar aos outros o que fazemos com pessoas que nos ameaçam.

— Não antes de eu e ela termos uma conversinha — rosnou Bellamy.

Os olhos da menina se estreitaram quando Bellamy se aproximou, e ela levantou o joelho numa tentativa de atingi-lo, mas ele se esquivou.

— Bellamy, *afaste-se* — ordenou Wells, se esforçando para mantê-la parada.

Graham zombou:

— Você quer se divertir um pouquinho com ela antes? Não posso dizer que entendo seu gosto para mulheres, mini-Chanceler, mas acho que todos nós temos necessidades.

Wells ignorou Graham e se virou para pedir que um garoto de Walden trouxesse uma corda:

— Nós a amarraremos e a manteremos na enfermaria até decidirmos o que fazer com ela.

Bellamy olhou para Wells enquanto sua ira subia do estômago para o peito. Aquilo não era o suficiente. Quanto mais ficassem ali, para mais longe o povo dela podia estar arrastando Octavia.

— Ela precisa nos contar onde podemos encontrar minha irmã — irritou-se ele, desafiando Wells a enfrentá-lo.

Como se aquela fosse uma decisão para ele tomar. Bellamy não tinha realmente se importado quando os outros começaram a deferir a Wells. Era melhor ele do que Graham. Mas aquilo não significava que Wells podia decidir o que fazer com essa garota — a única ligação com a irmã de Bellamy.

O garoto de Walden chegou correndo com a corda. Wells amarrou as mãos da menina pelas costas, então habilmente amarrou seus pés para que pudesse dar apenas passos curtos e arrastados. Seus movimentos tranquilos e treinados lembravam Bellamy de que Wells não era apenas um phoeniciano mimado. Antes de ser detido, estava treinando como guarda. Como oficial, na verdade. Os punhos de Bellamy se cerraram na lateral do corpo.

— Abram caminho — gritou Wells, conduzindo sua prisioneira na direção da cabana.

Seus longos cabelos negros caíram do rosto, e Bellamy conseguiu realmente olhar para ela pela primeira vez. Ela era jovem, talvez da idade de Octavia, tinha os olhos verdes amendoados. Sua blusa preta felpuda não era a coisa mais estranha nela. Havia algo em sua pele, Bellamy percebeu. A pele dos Colonos possuía uma grande variedade de tons, mas os cem tinham todos se queimado em sua primeira semana na Terra, antes de Clarke começar a insistir que as pessoas limitassem sua exposição ao sol. Mas a pele da prisioneira exibia uma espécie de brilho e algumas sardas sobre as maçãs do rosto. Ao contrário do resto deles, crescera sob a luz do sol.

Sua raiva se transformou em náusea quando pensou sobre como seu povo poderia estar tratando Octavia. Será que a tinham amarrado? Será que a haviam trancado numa caverna em algum lugar? Ela odiava lugares apertados. Será que ela estava aterrorizada? Será que gritava seu nome? Naquele momento, teria sido capaz de pegar aquele machado e arrancar sua mão se achasse que aquilo ajudaria a irmã.

Bellamy seguiu Wells e a Terráquea até a cabana da enfermaria, que agora estava vazia, a não ser por Clarke, que ainda dormia. Ele observou Wells instruir a menina a se sentar no outro leito, checar se suas mãos estavam bem amarradas atrás dela e depois dar um passo para trás, a examinando com uma expressão que ele deve ter aprendido em seu treinamento para oficial.

— Qual é o seu nome? — perguntou ele.

Ela olhou fixamente para ele e tentou ficar de pé, mas suas mãos amarradas a desequilibravam. Era fácil Wells empurrá-la de volta para a cama.

— Você entende o que estou dizendo? — continuou ele.

53

Um pensamento perturbador tomou forma em meio à névoa de fúria de Bellamy. E se ela *não* falasse inglês? Podiam ter pousado na América do Norte, mas isso não significava que Terráqueos falavam a mesma língua que falavam trezentos anos antes.

Wells agachou para seus olhos ficarem na mesma altura dos da menina:

— Não sabíamos que ainda havia gente vivendo aqui. Se fizemos algo que os ofendeu, nos desculpe. Mas...

— *Desculpe?* — proferiu Bellamy. — Eles levaram minha irmã e mataram Asher. Não vamos nos desculpar por nada.

Wells lançou um olhar de advertência para ele, então se virou novamente para a Terráquea:

— Precisamos saber para onde vocês levaram a nossa amiga. E você ficará aqui até nos dar alguma informação útil.

Ela se virou para Wells, mas, em vez de responder, simplesmente apertou os lábios e o encarou.

Wells se levantou, esfregou a cabeça com frustração, então começou a se virar.

— É isso? É *assim* que você está pensando em interrogá-la? — perguntou Bellamy, assolado pela fúria e pelo espanto. — Você sabe o que seu pai e seus amigos do Conselho fazem quando precisam tirar informação de alguém?

— Não é assim que vamos fazer as coisas aqui — disse Wells, de uma forma irritantemente moralista, como se as pessoas no acampamento nunca tivessem sido interrogadas pelos guardas de seu pai.

Ele caminhou até o leito de Clarke, ajeitou seu cobertor, e seguiu na direção da porta.

— Você vai simplesmente *deixá-la* ali? — perguntou Bellamy, incrédulo, os olhos se revezando freneticamente entre a prisioneira e Wells.

— Vamos ter pessoas vigiando a cabana o tempo todo. Não se preocupe, ela não vai escapar.

Bellamy se aproximou:

— Sim, ela com certeza não vai escapar, porque *eu* vou ficar aqui com ela. Com elas duas. — Ele fez um gesto com a cabeça na direção de Clarke, adormecida. — Você acha que é uma boa ideia deixá-la aqui com uma assassina?

Wells encarou Bellamy:

— Ela está amarrada. Não vai machucar ninguém.

A condescendência em sua voz era suficiente para fazer o sangue de Bellamy ferver.

— Não sabemos *nada* sobre essas pessoas! — rebateu ele. — Que tipo de mutações eles sofreram. Você se lembra do cervo de duas cabeças?

Wells negou com a cabeça:

— Ela é um ser humano, Bellamy, não alguma espécie de monstro.

Bellamy bufou e se virou para a menina. Ela estava olhando fixamente para eles, os olhos arregalados, se revezando entre Wells e Bellamy.

— Bem, eu ficaria mais confortável se a vigiasse pessoalmente — disse ele, tentando soar tranquilo.

Ele sabia que Wells não o deixaria ficar ali se achasse que ele ia feri-la.

— Tudo bem. — Wells olhou uma última vez para Clarke antes de se virar novamente para Bellamy. — Mas deixe-a em paz por enquanto. Volto daqui a pouco.

Quando Wells saiu, Bellamy caminhou até o outro lado da cabana e se sentou no chão ao lado de Clarke. A garota Terráquea tinha se mexido na cama para ficar de frente para a parede, mas Bellamy podia sentir, pela tensão em seus ombros, que ela estava prestando atenção em cada movimento dele.

Bom, ele pensou. É bom que ela se preocupe com o que ele poderia fazer a seguir. Quanto mais aterrorizada ficasse, melhores eram as chances de ela lhes dizer onde encontrar Octavia. Bellamy resgataria a irmã, não importava o que fosse preciso. Havia passado os últimos 15 anos arriscando a vida para mantê-la em segurança, e não tinha nenhuma intenção de parar agora.

Bellamy adorava o Dia da Lembrança. Não porque particularmente gostasse de escutar os tutores do centro de custódia falarem infinitamente sobre como tinham *sorte* por seus ancestrais terem conseguido fugir da Terra. Se o tataravô de Bellamy soubesse que seus descendentes teriam o privilégio de limpar banheiros numa lata flutuante cheia de ar viciado, provavelmente teria falado "Sabe o que, pessoal, estou bem aqui". Não, Bellamy esperava ansiosamente o Dia da Lembrança porque as plataformas de depósito ficavam quase vazias, o que transformava aquele num momento ideal para vasculhar.

Entrou atrás de um gerador obsoleto que tinha sido empurrado de forma descuidada contra uma parede. Locais assim podiam esconder coisas valiosas por décadas. No último Dia da Lembrança, encontrara um canivete de verdade dentro de uma grade na plataforma C. Bellamy sorriu quando seus dedos se fecharam sobre algo macio e puxaram um pedaço de tecido cor-de-rosa. Um cachecol? Ele o sacudiu, ignorando a poeira que se espalhava. Era um pequeno cobertor, com um enfeite cor-de-rosa mais escuro. Bellamy o dobrou cuidadosamente e o enfiou na jaqueta.

Enquanto voltava ao centro de custódia, Bellamy considerou a ideia de dar seu achado a Octavia. Ela havia sido transferida do pequeno quarto onde as crianças de 5 e 6 anos dormiam para o dormitório maior, das meninas mais velhas. Embora gostasse de ser considerada uma criança grande, o dormitório ainda era assustador para ela, e um cobertor bonito ajudaria muito a fazer o novo espaço parecer um lar.

Mas, quando reajustou o cobertor debaixo do braço e sentiu a lã macia contra a pele, ele soube que aquilo era valioso demais para guardar. A vida no centro de custódia era difícil. Embora a comida devesse ser distribuída igualmente, os órfãos tinham desenvolvido um sistema elaborado baseado em subornos e intimidação. Sem seu irmão, Octavia jamais conseguiria o suficiente para comer. Bellamy era bom em vasculhar itens valiosos, e ele trocava tudo o que encontrava por pontos de ração, ou para subornar a equipe da cozinha para conseguir mais comida. Durante os últimos anos, havia se saído muito bem em garantir que Octavia recebesse o suficiente para se alimentar. Ela nunca tinha aquele brilho selvagem e faminto em seus olhos que era tão comum no centro de custódia.

Ele entrou pela porta de serviço que raramente era usada e escondeu o cobertor em seu local habitual, uma grade na parede, baixa demais para que alguém notasse. Ele voltaria para pegá-lo à noite e o negociaria no mercado negro. Os corredores estreitos e mal iluminados estavam desertos, o que significava que todos ainda estavam enfiados na sala de reuniões lotada para o Dia da Lembrança, recebendo goela abaixo fatos engraçados sobre envenenamento por radiação e o Cataclismo.

Bellamy virou a esquina. Para sua surpresa, havia barulho vindo do dormitório das meninas, risadas agudas que não eram suficientemente altas para mascarar o som de — aquilo era um choro? Ele acelerou o passo e entrou no dormitório sem bater. O quarto comprido estava praticamente vazio, mas havia algumas garotas mais velhas formando um círculo, tão concentradas no que quer que estivessem fazendo que não notaram a sua chegada.

Uma garota loura e alta estava segurando algo no ar, dando risadinhas enquanto dedos menores se esticavam numa tentativa fútil de agarrá-lo. *Octavia*. Mesmo na luz fraca, Bellamy conseguiu ver suas bochechas molhadas de lágrimas e seus olhos enormes pelos espaços entre os corpos de suas torturadoras.

Elas estavam com sua fita vermelha, aquela que Octavia usava todos os dias em seu cabelo escuro.

— Devolvam — suplicou ela, com uma voz trêmula que fez o coração de Bellamy ficar apertado.

— Por quê? — provocou uma das meninas mais velhas. — Ela faz com que você pareça uma idiota. É isso o que quer?

— Sim — falou a terceira garota. — Estamos fazendo um favor a você. Agora as pessoas não vão perguntar "Quem é aquela menininha esquisita com a fita horrível?".

A garota que estava segurando o adorno o examinou de forma afetada:

— Acho que isso nem é uma fita de verdade. Aposto que caiu de um saco de lixo ou algo assim.

Sua amiga deu uma risada:

— Aposto que é por isso que ela tem o cheiro da plataforma de reciclagem.

— E você vai ter o cheiro de um cadáver apodrecido quando finalmente a encontrarem — interrompeu Bellamy, se aproximando a passos largos e arrancando a fita da mão da garota loura. Ele as empurrou para tirá-las do caminho e ajoelhou ao lado de Octavia. — Você está bem?

Ele esticou a mão para secar as lágrimas da irmã. Ela fez que sim com a cabeça, fungando. Ele lhe entregou a fita e Octavia a apertou dentro de seu punho minúsculo, como se fosse um ser vivo que poderia escapar.

Bellamy se levantou e, mantendo a mão sobre o ombro da irmã, se virou para encarar as garotas. Sua voz era tensa:

— Se eu ouvir uma palavra sobre vocês importunando minha irmã novamente, desejarão terem sido arremessadas no espaço.

Duas das garotas trocaram olhares nervosos, mas a loura apenas ergueu as sobrancelhas e deu uma risada desdenhosa:

— Ela nem deveria estar aqui. Ela é um desperdício de oxigênio que só nasceu por causa da mãe estúpida e vulgar. E sua *irmã...* — Ela falou a palavra como se aquilo fosse algo nojento. — ...vai acabar exatamente igual a ela.

Os músculos de Bellamy reagiram antes de seu cérebro. Antes de perceber o que estava fazendo, ele agarrou a garota pelo pescoço e a empurrou contra a parede.

— Se você algum dia falar com a minha irmã novamente, se você só *olhar* para ela, eu *mato* você — sussurrou Bellamy.

Ele apertou o pescoço da menina com mais força, tomado por um desejo repentino e assustador de calá-la para sempre.

À distância, ouviu alguém gritar. Ele soltou a menina e cambaleou para trás exatamente quando um par de braços o segurou e o tirou dali.

Não era a primeira vez que Bellamy era levado ao gabinete da diretora, embora nunca tivesse gritado tantas obscenidades no caminho. O inspetor que tinha agarrado Bellamy pelo braço o empurrou sobre uma cadeira e lhe disse para esperar ali pela diretora.

— Fique longe dessa aí — falou o homem, se referindo a uma menina na cadeira em frente a Bellamy.

Ele franziu a testa quando o inspetor balançou a mão em frente ao scanner, esperou a porta abrir e saiu. Parte dele queria fugir correndo agora. Será que tentar esganar aquele exemplar de lixo espacial que estava importunando sua irmã contava como uma Infração? Já tinha recebido tantas advertências que era apenas uma questão de tempo até a diretora escrever um relatório que o levasse ao Confinamento. Mas ele não duraria mais do que alguns dias como um fora da lei, e então quem cuidaria de Octavia depois que fosse capturado? Era melhor permanecer ali e tentar argumentar em sua defesa.

Ele olhou para a garota. Devia ter a sua idade, mas nunca a tinha visto antes; devia ser uma recém-chegada. Ela estava sentada com os pés debaixo da cadeira e mexia de forma nervosa nos botões de seu suéter. Seus cabelos louros ondulados eram bem penteados e brilhantes, e ele sentiu uma inesperada pontada de pena enquanto a imaginou se arrumando em seu quarto pela última vez, cuidadosamente ajeitando seu cabelo para a viagem até esse inferno.

— Então, o que você fez? — perguntou ela, interrompendo seus pensamentos.

Sua voz estava levemente rouca, como se ela não falasse há muito tempo — ou como se tivesse chorado recentemente. Ele se perguntou como ela fora parar ali, se seus pais tinham morrido ou se talvez tivessem cometido Infrações e tivessem sido arremessados no espaço.

Não fazia sentido mentir.

— Ataquei uma menina — falou ele, com o tom leve e descuidado que geralmente usava quando discutia suas várias indiscrições. Os olhos da garota cintilaram e ele repentinamente quis se explicar. — Ela estava machucando minha irmã.

Os olhos dela se arregalaram:

— *Sua irmã?*

Ao contrário da garota loura, ela fez a palavra soar como algo raro e precioso. Certo, ela era definitivamente nova; todo mundo no centro de custódia sabia sobre ele e Octavia. Com as leis populacionais rígidas, não havia irmãos na nave fazia pelo menos uma geração.

— Bem, tecnicamente ela é minha meia-irmã... mas somos a única família que o outro tem. O nome dela é Octavia. — Ele sorriu, exatamente como fazia sempre que falava o nome dela. — Então você acabou de chegar aqui?

Ela assentiu com a cabeça.

— Eu me chamo Lilly — apresentou-se ela.

— É um lindo nome. — As palavras lhe escaparam antes que percebesse como soavam estúpidas. — Eu sou Bellamy.

Ele tentou pensar em alguma outra coisa, para provar que não era um completo bobalhão, mas a porta abriu e a diretora entrou quase se arrastando.

—Você de novo, não — falou ela, disparando um olhar de reprovação antes de voltar sua atenção a Lilly. — Lilly Marsh? — perguntou ela, com uma voz que Bellamy nunca tinha ouvido direcionada a ele. — É muito bom conhecê-la. Vamos entrar no meu gabinete e vou lhe contar um pouco mais sobre como as coisas funcionam aqui. — Enquanto Lilly se levantava lentamente, a diretora se virou de novo para Bellamy. — Um mês de condicional, e se pisar com um dedinho fora da linha, vai embora daqui. Para sempre.

Alívio e confusão inundaram Bellamy, mas ele não ficaria por perto tempo suficiente para que a diretora mudasse de ideia. Ele se levantou da cadeira em um sobressalto e correu na direção da porta. Enquanto esperava que ela se abrisse, virou o rosto para olhar para Lilly.

Para sua surpresa, ela estava sorrindo para ele.

CAPÍTULO 6

Clarke

Não importa o que você faça, não entre no laboratório.

Os gritos angustiados a alcançavam, até Clarke não conseguir dizer o que estava vindo do outro lado da parede e o que estava ecoando nas profundezas sombrias do próprio cérebro.

Os experimentos usam níveis de radiação perigosos. Não queremos que você se machuque.

O laboratório não era como ela havia imaginado. Ele estava cheio de camas de hospital em vez de estações de trabalho. E em cada cama havia uma criança.

É nosso trabalho determinar quando a Terra será capaz de abrigar vidas humanas novamente. Todos estão contando conosco.

Clarke olhou para o quarto à sua volta, procurando sua amiga Lilly. Ela estava solitária. E assustada. Todos à sua volta estavam morrendo. Seus pequenos corpos definhavam até serem pouco mais do que fios de pele e osso.

Nunca quisemos que você descobrisse assim.

Mas onde estava Lilly? Clarke vinha visitá-la com frequência, sempre que seus pais não estavam no laboratório. Ela trazia presentes para sua amiga, livros que ela pegava na biblioteca e doces que roubava da despensa da escola. Nos bons dias de Lilly, suas risadas abafavam os sons dos monitores cardíacos.

Não foi nossa ideia. O Vice-Chanceler nos forçou a fazer experimentos com aquelas crianças. Eles teriam nos matado se tivéssemos recusado.

Clarke andou de cama em cama, cada uma abrigando uma criança doente. Mas nenhuma delas era a sua melhor amiga.

E então, de repente, ela se lembrou. Lilly estava morta. Porque Clarke a tinha matado.

Eles teriam matado você também.

Lilly tinha implorado para que Clarke fizesse a dor ir embora. Ela não queria, mas sabia que Lilly não tinha chance de melhorar. Então acabou concordando, e deu à amiga as drogas mortais que acabaram com seu sofrimento.

Sinto muito, Clarke tentou dizer à amiga. *Sinto muito. Sinto muito.*

— Está tudo bem, Clarke. *Shhh*, está tudo bem. Estou aqui.

Os olhos de Clarke se abriram de repente. Ela estava deitada num leito, seu braço enrolado com ataduras... por quê? O que tinha acontecido?

Bellamy estava sentado ao seu lado, o rosto sujo e extenuado. Mas ele sorria de uma forma que Clarke não tinha visto antes, um sorriso largo e radiante sem nenhuma ponta de prazer ou escárnio. Havia algo surpreendentemente íntimo nele, como se aquele sorriso expusesse mais de Bellamy do que ela vira quando eles foram nadar em roupas íntimas.

— Graças a Deus você está bem. Você se lembra de ser picada por uma cobra? — perguntou ele. Clarke fechou os olhos enquanto fragmentos de memória disparavam por sua mente. O movimento deslizante no solo. A dor ofuscante. Ainda assim, naquele momento, a única sensação de que ela estava ciente era o calor das mãos de Bellamy sobre as dela.

— Nós lhe demos aquela coisa de antídoto universal, mas eu não sabia se tinha sido a tempo.

Clarke se sentou, repentinamente alerta:

— Você me *carregou* todo o caminho até o acampamento? — Seu rosto ficou corado quando pensou em ter ficado inconsciente por tanto tempo nos braços de Bellamy. — E você teve a ideia do medicamento?

Bellamy olhou rapidamente para a porta:

— Essa parte foi toda do Wells.

O nome pousou com um baque no peito de Clarke. Depois de Wells tê-la impedido de entrar correndo numa barraca em chamas para salvar a amiga, Thalia, saíra do acampamento numa confusão de luto e raiva. Mas, enquanto olhava para a nova cabana da enfermaria, tudo o que sentia era tristeza. Thalia havia partido, mas ela não podia realmente culpar Wells pelo que ele tinha feito. Ele salvara sua vida — duas vezes agora.

No outro lado da pequena cabana, havia uma menina encolhida sobre um leito. Clarke se levantou sobre os cotovelos para olhar melhor, mas, quando Bellamy notou a direção de seu olhar, ele se sentou na beira da cama, como se quisesse protegê-la.

— Então — falou ele, dando uma olhada para trás. — Quanto a isso.

Com uma voz estranhamente distante, ele contou a Clarke sobre o ataque que tinha matado Asher, e sobre a menina que Wells havia capturado como prisioneira.

— O quê? — Clarke se sentou com as costas retas. — Você está me dizendo que aquela menina ali nasceu na *Terra*?

Alguma pequena parte dela esperara por isso desde o pomar, mas acordar para encontrar uma Terráquea a metros de distância era quase demais para processar. Milhares de perguntas explodiram em cada um dos setores de seu cérebro. Como tinham sobrevivido ao Cataclismo? Quantos deles existiam? Será que existiam concentrações de pessoas por todo o planeta, ou apenas nesta área?

— Mantenha a voz baixa — sussurrou Bellamy, colocando a mão no ombro de Clarke e de forma delicada a empurrando de volta para a cama. — Acho que ela está dormindo e quero que ela continue assim o máximo possível. É extremamente assustador tê-la aqui conosco.

Clarke afastou a mão dele e ficou de pé. A excitação e o choque pulsando por suas veias deixaram seu corpo todo tremendo:

— Isto é inacreditável. Tenho que falar com ela!

Antes que ela pudesse dar outro passo, Bellamy segurou-a pelo pulso.

— Isso não é uma boa ideia. O povo dela levou Octavia e matou Asher. Nós a pegamos nos espionando. — A boca de Bellamy se contorceu com desprezo. — Ela provavelmente estava tentando decidir quem seria o próximo a ser levado.

Clarke olhou fixamente para ele, confusa. Por que especulariam a respeito dos motivos da menina em vez de *perguntar* para ela?

— Alguém já tentou conversar com ela?

Não havia nenhum perigo em tentar, especialmente porque suas mãos e seus tornozelos estavam amarrados. Clarke ficou nas pontas dos pés para poder ver melhor. A menina estava encolhida de lado, as costas viradas para Bellamy e Clarke. Não parecia ter se mexido em nenhum momento.

Bellamy puxou Clarke de volta para o leito:

— Acho que a garota fala nossa língua. Ela não disse nada, mas parece que entende o que estamos falando. Assim que tirarmos alguma informação útil dela, saio para encontrar Octavia.

A voz estava calma, mas ele não conseguia esconder o tom de ansiedade quando pronunciava o nome da irmã. Por um instante, os pensamentos de Clarke abandonaram a menina no leito e voltaram à floresta onde ela e Bellamy seguiam as pegadas de Octavia. Ela sentiu uma pontada de culpa por ele ter tido que abandonar o rastro de Octavia para carregá-la de volta até ali.

— Bellamy — disse ela lentamente, quando outro pensamento tomou forma. — Aqueles destroços que encontramos. Você viu o logo nele? Dizia TG.

Qualquer criança na Colônia sabia que TG, Trillion Galactic, era a companhia que originalmente tinha construído a nave deles.

— Eu sei — falou ele. — Mas aquilo podia significar qualquer coisa.

— Não é do nosso módulo de transporte — disse ela rapidamente, a voz se erguendo com excitação. — O que significa que tem que ser de alguma outra coisa que a Colônia enviou para cá. Talvez algum tipo de drone? Ou se... — Ela deixou as palavras morrerem, de repente hesitante em compartilhar a centelha de ideia que se formava no fundo de sua mente. — Acho que é importante descobrirmos o que é aquilo — terminou ela de forma vaga.

Bellamy apertou sua mão:

— Assim que encontrarmos Octavia, vamos checar isso.

— Obrigada — falou ela em voz baixa. — Por tudo. Sei que você perdeu muito tempo me trazendo até aqui.

— Sim, bem, teria sido uma pena perder a única médica na Terra, mesmo que você tenha sido detida antes de terminar o treinamento. Você pode me lembrar novamente qual parte do corpo eu devo evitar machucar? — disse ele, com um sorriso. — Você é melhor com cotovelos ou tornozelos?

Clarke estava feliz por vê-lo de bom humor, mas aquilo não era o suficiente para afastar a culpa que se acumulava em seu peito. Ela abaixou a voz, olhando novamente para a menina no outro lado da enfermaria:

— É que... se você precisar partir, você deve ir. Já me sinto terrível por ter perdido um dia por minha causa.

O sorriso provocador dele amoleceu:

— Está tudo bem. — Ele levantou a mão e distraidamente começou a enrolar um cacho do cabelo dela em seu dedo. — Acho que neste momento minha melhor chance é descobrir o que essa menina sabe, antes de voltar para procurar o rastro.

Clarke concordou com a cabeça, aliviada por Bellamy não estar chateado por causa dela, e aliviada por ele não estar planejando partir imediatamente.

— Octavia tem sorte por ter você — disse ela, então inclinou a cabeça para o lado e examinou Bellamy com um sorriso. — Sabe, eu me lembro de quando fiquei sabendo que existiam *irmãos* em Walden.

Bellamy levantou uma sobrancelha:

— Minha reputação me precede? Acho que eu não deveria ficar surpreso. Como você poderia *não* falar de alguém tão bonito assim?

Clarke deu um empurrão nele, batendo com o cotovelo nas costelas de Bellamy. Ele fez uma careta exagerada, então riu.

— É verdade — continuou ela. — Minha amiga Lilly se lembrava de vocês dois do centro de custódia. Acho que suas palavras exatas foram, "Tem uma menina com um irmão mais velho. É ótimo ela ter um irmão, mas ele é tão espetacularmente atraente que ninguém pode olhar para ele de forma direta. É ofuscante demais, como olhar para o sol".

Em vez de sorrir, o rosto de Bellamy ficou pálido:

— Lilly? Não era Lilly Marsh, era?

O peito de Clarke se apertou quando ela percebeu o que tinha deixado escapar. É claro que Bellamy e Lilly tinham se conhecido. Não podia haver tantas crianças assim no centro de custódia de Walden, podia? Lilly raramente oferecia informações sobre sua vida em Walden, e Clarke não havia perguntado. Não tinha sido uma decisão consciente, porém ela percebia agora que era mais fácil pensar em Lilly como uma menina sem passado, sem pessoas que se importavam com ela.

— Como você conheceu Lilly?

Bellamy estava olhando fixamente para ela, vasculhando seus olhos em busca da informação que ela tentava desesperadamente esconder.

— Eu a conheci no hospital, durante o meu estágio — respondeu Clarke, sem se preocupar em contar o número de mentiras na curta frase. — Vocês eram amigos?

Ela rezou para que ele encolhesse os ombros e dissesse algo sobre conhecê-la vagamente do centro de custódia.

— Nós éramos... — Bellamy fez uma pausa. — Nós éramos mais do que amigos. Lilly foi a única garota de quem gostei. Até você.

— O quê?

Clarke olhou fixamente para ele, em estado de choque. Lilly, sua amiga e cobaia humana de seus pais, e Bellamy tinham sido...

— Você está bem? — perguntou Bellamy. — Você se incomoda por eu ter tido uma namorada quando estava na nave?

— Não. Claro que não — respondeu ela. — Estou bem. Apenas cansada.

Com o coração disparado, Clarke colocou o corpo de lado antes de conseguir ver a expressão no rosto de Bellamy. Era melhor ele achar que ela era irracionalmente ciumenta e possessiva do que qualquer coisa que pudesse dar alguma pista da verdade.

— Ah, tá — falou ele, claramente pouco convencido. — Porque foi há muito tempo.

Ela não se virou. A morte de Lilly podia parecer ter sido há muito tempo para Bellamy, mas Clarke revivia os momentos finais de sua amiga todos os dias. Ela ainda via o rosto de Lilly toda vez que fechava os olhos e tentava dormir. Ainda ouvia a voz dela ecoando em sua cabeça.

A morte de Lilly nunca se afastava de seus pensamentos. Porque Clarke era a pessoa que a tinha matado.

CAPÍTULO 7

Glass

Glass e Luke estavam em silêncio quando saíam do apartamento dele pela última vez. Quando chegaram ao corredor assustadoramente vazio, Glass segurou a mão de Luke, chocada com o silêncio. O caos que havia dominado a nave durante os últimos dias parecia ter desaparecido, levado por uma maré pesada de desespero. As luzes fracas do teto bruxuleavam de forma cansada, como uma criança exausta tentando manter os olhos abertos.

Em silêncio, eles seguiram pela escada principal, finalmente chegando aos andares inferiores da nave, usados para abrigar os sistemas elétrico e hidráulico. Nenhum dos dois falou até Glass fazer Luke parar em frente ao duto de ventilação, então esticar o braço para remover a grade.

— Por favor — pediu Luke. — Deixe que eu faço isto. — Ele tirou a grade da parede e a colocou no chão com uma delicadeza exagerada. — E pensar que passei todas aquelas horas me preocupando com que tipo de encontro poderia levar você, só para acabar te levando a um passeio romântico pelo sistema de ventilação.

— É tudo influência sua — disse Glass, conseguindo dar um sorriso, apesar das pontadas das lágrimas que podia sentir se formando no fundo dos olhos.

— O quê? — Luke esticou o braço e despenteou o cabelo. — E passar perrengue?

Glass ficou nas pontas dos dedos dos pés para lhe dar um beijo:

— Ser aventureira.

Luke a puxou para um abraço.

— Eu te amo — murmurou ele em seu ouvido.

Então ele a ajudou a subir no duto, esperou que ela entrasse e reposicionou a grade.

Glass parou por um instante para limpar as lágrimas que ameaçavam turvar sua visão.

— Também te amo — sussurrou ela, sabendo que Luke não conseguiria ouvir.

Então rangeu os dentes e começou a rastejar pela canaleta de metal.

Enquanto seguia adiante de forma lenta, se esforçando para enxergar na luz fraca, Glass tentava imaginar a expressão no rosto de sua mãe quando ela abrisse a porta. Será que ela seria tomada pelo alívio? Ou parte dela ainda estaria furiosa por Glass ter arriscado a vida ao entrar escondida em Walden? Pensar em toda a dor que tinha causado à mãe no último ano fazia o coração de Glass ficar apertado. Se esse era o fim, então precisava de uma última chance para se desculpar, uma oportunidade final de dizer à mãe o quanto a amava.

Glass se encolheu quando seu tornozelo bateu contra a parede de metal. Se há dois anos alguém tivesse lhe contado que um dia rastejaria por um duto de ventilação de Walden a Phoenix, teria rido na cara dessa pessoa. As coisas eram diferentes naquela época — *ela* era diferente. Ela sorriu na escuridão. Agora sua vida podia estar em perigo, mas era finalmente uma vida pela qual valia a pena lutar.

— ...quando o Cataclismo ocorreu, existiam 195 nações soberanas, embora a maioria tivesse se juntado a uma das quatro alianças principais.

Glass bocejou, cobrindo a boca sem muita convicção. Sua professora tinha escurecido a sala para tornar os hologramas mais fáceis de enxergar, então havia pouca chance de ela perceber que Glass não estava prestando atenção.

— Nas primeiras seis semanas da Terceira Guerra Mundial, quase 2 milhões de pessoas foram mortas...

— Cora — sussurrou Glass, se inclinando sobre a carteira. — *Cora*.

Cora levantou a cabeça e piscou de forma sonolenta para Glass:

— O quê?

— ...e nos seis meses seguintes, mais de 5 milhões morreram de fome.

—Você recebeu minhas mensagens?

Cora esfregou os olhos, então piscou novamente, ativando seu implante de córnea. Ela apertava os olhos enquanto passava por suas mensagens não lidas, incluindo uma de Glass perguntando se Cora queria ir com ela ao Entreposto depois da aula.

Alguns segundos depois, algo piscou no canto superior direito do campo de visão de Glass. Ela piscou enquanto uma mensagem de Cora aparecia. *Claro, se for rápido. Tenho que encontrar minha mãe às 15h.*

Por quê? Glass piscou de volta.

Missão na estufa ☺

Glass sorriu. "Missão na estufa" era o código da família de Cora para quando faziam uma visita extra aos campos solares. Isso era totalmente ilegal, mas os guardas faziam vista grossa porque o pai de Cora era o Chefe de Recursos e ninguém queria arriscar aborrecê-lo. Glass realmente não se importava se a família de Cora conseguia os melhores vegetais dessa forma — sua família tinha suas próprias vantagens —, e Cora deixava que ela a visitasse para comer frutas frescas de vez em quando.

— Sim, Clarke?

A professora apontou para uma garota na primeira fila que estava com a mão levantada. Glass e Cora reviraram os olhos. Clarke *sempre* tinha uma pergunta, e os professores ficavam tão encantados com sua "curiosidade intelectual" que a deixavam ficar falando mesmo quando era para a aula já ter acabado.

— Alguma espécie já tinha sido extinta? Ou isso aconteceu apenas depois do Cataclismo?

— Essa é uma pergunta interessante, Clarke. Até meados do século XXI, pelo menos um terço das...

— Eu gostaria que *ela* tivesse sido extinta — murmurou Glass, sem se importar em piscar aquilo para Cora como uma mensagem.

Cora riu, então suspirou e colocou a cabeça novamente sobre a carteira:

— Pode me acordar quando isto acabar.

Glass resmungou:

— Essa garota precisa arrumar o que fazer — sussurrou ela. — Se ela não calar a boca, vou arremessá-la no espaço.

Depois de a professora finalmente liberá-las, Glass se levantou rapidamente e segurou a mão de Cora.

—Vamos *lá* — reclamou ela. — Preciso encontrar botões para aquele vestido.

—Você vai ao Entreposto? — perguntou Clarke ansiosamente, tirando os olhos da mesa. — Eu vou com você. Estou tentando encontrar um travesseiro para a minha amiga.

Glass olhou para Clarke de cima a baixo, avaliando um conjunto de calça e camisa tão desleixado que podia ter vindo do Entreposto de Arcadia:

—Você pode queimar essa calça, rechear a camisa com as cinzas e, *voilà*, um novo travesseiro para sua *amiga* e menos uma coisa para irritar nossos olhos.

Cora caiu na gargalhada, mas a emoção que Glass estava esperando nunca veio. Os olhos de Clarke se arregalaram com mágoa e surpresa, então ela apertou os lábios e virou-se sem dar uma palavra.

Que se dane, Glass pensou. *É isso que ela merece por ser uma puxa-saco e arruinar o dia de todo mundo.*

Como tiveram que ficar na aula até tarde, Cora acabou não tendo tempo de ir ao Entreposto, então Glass foi para casa. Odiava fazer compras sozinha. Ela não gostava da forma como os guardas a encaravam quando o oficial encarregado não estava olhando. Ou da forma como os homens a encaravam quando suas esposas não estavam olhando, a propósito.

Na caminhada de volta para casa, ela pensou em formas de fazer seu pai lhe dar mais de seus pontos de ração. A Celebração do Dia da Lembrança estava se aproximando e, dessa vez, Glass estava determinada a ter um vestido mais bonito do que o de Cora.

Usou o scanner para entrar no apartamento e jogou a mochila da escola no chão.

— Mãe? — gritou ela. — Mãe, você sabe onde está o papai?

Sua mãe saiu do quarto. Seu rosto estava pálido sob o blush aplicado com precisão, e seus olhos cintilavam de forma estranha, embora pudesse ser apenas um truque da luz.

— O que houve? — perguntou Glass, olhando para trás. Ela queria que o pai chegasse. Nunca sabia o que fazer quando a mãe estava numa de suas crises de mau humor. — Onde está o papai? Ele ainda está no trabalho? Quero conversar com ele sobre a minha mesada.

— Seu pai foi embora.

— Foi embora? O que você...?

— Ele nos abandonou. Está indo morar com... — Ela fechou os olhos por um momento. — ...aquela *menina* do comitê.

O tom de sua voz era monótono, como se tivesse escondido suas emoções tão bem quanto um de seus vestidos elaborados.

Glass congelou:

— O que você quer dizer com isso?

— Isso quer dizer que sua mesada é o menor dos nossos problemas — disse Sonja, deixando o corpo cair sobre o sofá e fechando os olhos. — Nós não temos nada.

Seus pés estavam com câimbras e as mãos, esfoladas quando Glass contornou a junção do duto que levava a Phoenix. Rezou para que não houvesse guardas do outro lado, que conseguisse dar meia-volta e trazer Luke consigo. Com tudo o que estava acontecendo, certamente podia manter Luke fora de vista até chegarem ao apartamento da sua mãe, e então pensar sobre como entrar em um dos módulos de transporte.

Quando pensou pela primeira vez em ir à Terra — quando foi tirada de sua cela do Confinamento e avisada de que ela e outros 99 seriam enviados à superfície num módulo de transporte —, a ideia do planeta a tinha enchido de terror. Mas agora, uma imagem diferente da vida na terra firme começava a ganhar forma. Caminhar de mãos dadas com Luke pelas florestas. Ficar sentada no topo de uma montanha em um silêncio perfeito e prazeroso enquanto admiravam um pôr do sol de verdade. Talvez algumas cidades tivessem sobrevivido — e se conseguissem ir a Paris como o casal nos pratos de Luke?

Ela estava sorrindo quando esticou o braço para segurar a grade do lado de Phoenix, mas não estava conseguindo. Seus dedos arranhavam a superfície tentando segurar uma alça, mas não encontravam nada. Ela podia sentir as beiras do duto; algo plano estava cobrindo a saída, a prendendo pelo outro lado.

Glass virou o corpo para que seus pés estivessem virados para o fim da canaleta de ar. Ela respirou fundo e a golpeou com o pé. Nada aconteceu. Golpeou novamente, dessa vez gritando de frustração quando a grade chacoalhou, mas permaneceu no lugar.

— Não! — exclamou ela, se encolhendo enquanto sua voz ecoava pelo duto.

Camille deve ter bloqueado a saída pelo outro lado para impedir que qualquer um a seguisse. Fazia sentido — um clandestino de Walden tinha uma chance muito maior de ficar escondido do que um monte deles. Mas, ao fazer aquilo, havia sentenciado Glass e Luke à morte.

Glass abraçou os joelhos junto ao peito, tentando não imaginar a expressão no rosto de Luke quando ela lhe contasse que o caminho estava bloqueado. Como usaria cada grama de autocontrole para parecer impassível e corajoso, mas ele não conseguiria impedir que o desespero cintilasse em seus olhos.

Ela jamais conseguiria ver sua mãe. Quando o oxigênio finalmente acabasse em Phoenix, Sonja estaria completamente sozinha, aninhada em seu apartamento minúsculo enquanto resfolegava um último adeus à filha que tinha desaparecido sem dizer uma palavra.

Mas, exatamente quando Glass se virou para começar a rastejar pelo longo caminho de volta, uma ideia lhe veio à cabeça. Uma ideia tão imprudente e insana que podia acabar funcionando.

Se não havia uma forma de ir de Walden a Phoenix por *dentro* da nave, simplesmente teria que ir por *fora*.

CAPÍTULO 8

Wells

Molly não melhorou nem um pouco depois do café da manhã. Sua febre tinha aumentado e ela não conseguia parar de tremer, independentemente de quantos cobertores Wells usasse para cobri-la.

Quando deu meio-dia, Molly ainda estava encolhida em uma das cabanas agora vazias, onde tinha ficado desde a alvorada. Wells a examinou com a testa franzida. Gotas de suor se formavam em sua testa pálida e seus olhos tinham uma coloração amarela esquisita.

Wells vinha evitando se encontrar com Clarke pela primeira vez, mas agora ele não tinha escolha. Abaixando-se, segurou a pequena menina nos braços, e saiu para a clareira. A maior parte das pessoas no acampamento estava ocupada demais sussurrando sobre a Terráquea ou treinando com as novas lanças de Graham no lado mais afastado da clareira para notar, embora algumas tivessem olhado com curiosidade quando Wells abriu a porta da cabana da enfermaria e entrou carregando Molly.

A garota Terráquea estava deitada com as costas viradas para a porta, ou dormindo, ou fingindo dormir. Mas Clarke estava sentada, olhando para ela tão intensamente que não notou Wells logo de imediato.

77

Ele passou por cima de Bellamy, que aparentemente tinha dormido no chão ao lado do leito de Clarke, então colocou Molly de forma delicada sobre uma das outras camas vazias. Quando se levantou, Clarke tinha dado as costas à Terráquea e agora olhava para Wells, os olhos arregalados.

— Ei. — Ele deu alguns passos na direção dela. — Como você está se sentindo?

— Melhor — respondeu Clarke com a voz rouca, então limpou a garganta. — Obrigada... por me dar o antídoto. Você salvou minha vida.

Ela soava sincera. Não havia nenhum traço de raiva por trás de seu tom, nenhum sinal de que ela ainda se ressentia de Wells pelo que ele tinha feito durante o incêndio. Mas seu jeito vago e educado era quase pior do que fúria, como se ele fosse um desconhecido que tivesse feito uma boa ação. Será que as coisas seriam sempre assim entre eles agora, ele se perguntou, ou esse poderia ser um novo começo?

Enquanto Wells procurava a resposta correta, os olhos de Clarke se moveram na direção de Molly. A expressão distante de seu rosto desapareceu, substituída por um olhar penetrante muito mais familiar.

— O que houve com Molly? — perguntou ela, o rosto marcado pela preocupação.

Agradecido por ter algo diferente sobre o que falar, Wells contou a Clarke como a menina mais nova tinha repentinamente ficado doente. Clarke franziu a testa e começou a se levantar da cama.

— Espere — pediu Wells, se aproximando rapidamente. Ele colocou a mão no ombro de Clarke, depois a retirou. — Você precisa descansar. Pode examiná-la daqui?

— Estou bem — disse Clarke, encolhendo os ombros.

Ela colocou os pés no chão e se levantou com dificuldades. Wells lutou contra o instinto de lhe oferecer o braço.

Clarke caminhou lentamente na direção de Molly, então se ajoelhou para ver melhor:

— Ei, Molly. Sou eu, Clarke. Você pode me escutar?

Molly apenas gemeu em resposta, se debatendo contra o cobertor com que Wells a tinha envolvido. Clarke franziu a testa e colocou os dedos sobre o pulso da menina para checar seus batimentos cardíacos.

— O que você acha? — perguntou Wells, dando um passo hesitante na direção delas.

— Não tenho certeza. — Clarke tinha movido a mão para o pescoço de Molly para sentir suas glândulas, então se virou para olhar para Wells. — Ei, há quanto tempo estamos aqui? Parece que perdi a noção do tempo desde a picada de cobra e tudo mais.

— Pouco mais de três semanas. — Ele parou, calculando de cabeça. — Acho que completamos três semanas ontem.

— O dia 21 — falou Clarke em voz baixa, mais para si mesma do que para ele.

— O que é isso? De que você está falando?

Clarke virou o rosto, mas Wells conseguiu ver o medo em seus olhos. Sabia o que aquele olhar assombrado significava. Ele se lembrou da angústia que havia sentido quando Clarke tinha finalmente lhe contado sobre os experimentos de seus pais:

— Você não acha que isso tem alguma coisa a ver com radiação, acha? — perguntou ele. — Mas... as pessoas não teriam ficado doentes muito antes?

Clarke pressionou os lábios, torcendo o canto da boca como sempre fazia quando dava ao seu corpo tempo para acompanhar seu cérebro acelerado:

— Se estivesse no ar, sim, não seríamos capazes de respirar. Mas se fosse apenas uma pequena quantidade na água, então esse seria o momento. Mas não acho que é isso o que está errado com Molly — falou ela rapidamente. — Isso não *parece* ser envenenamento por radiação. — Uma sombra de dor cintilou em seus olhos, e Wells soube que ela estava pensando na amiga, a que tinha morrido. — Acho que ela pode estar tendo uma reação ruim a algo. O resto do antídoto universal ainda está no baú de medicamentos?

— O resto dele? — repetiu Wells. — Havia apenas um frasco.

Clarke olhou fixamente para ele:

— Por favor, diga que você não usou aquilo tudo em mim. Eram provavelmente 12 doses!

— E como exatamente eu deveria saber disso? — perguntou Wells, a indignação empurrando a culpa que tinha começado a se formar em seu estômago.

— Então acabou tudo? — Clarke se virou para Molly, e praguejou para si mesma. — Isso não é bom.

Antes que Wells pudesse pedir a Clarke para ser mais clara, a porta se abriu de repente, e Eric entrou, apressado, puxando Felix pela mão:

— Clarke? Graças a Deus você está acordada. Precisamos de você.

Assustado por ver o normalmente indiferente Eric tão agitado, Wells correu na direção dele e o ajudou a colocar Felix sobre um dos leitos restantes.

— Ele desmaiou quando estávamos voltando do riacho — falou Eric, alternando o olhar de forma ansiosa entre Clarke e Felix. — E disse que não consegue manter nenhuma comida no estômago.

A essa altura, Bellamy tinha acordado. Ele se levantou lentamente, esfregando os olhos enquanto bocejava:

— O que está acontecendo? Clarke, o que diabos você está fazendo fora da cama?

Ela o ignorou enquanto dava alguns passos trêmulos para começar a examinar Felix. Seus olhos estavam abertos, mas teve dificuldades para focar em Clarke, e não parecia capaz de responder nenhuma de suas perguntas.

— O que há de errado com ele? — perguntou Eric, examinando o rosto de Clarke com uma intensidade que fazia Wells se lembrar dos guardas no centro de comando da nave, aqueles encarregados de vasculhar os monitores em busca de asteroides e destroços.

— Não tenho certeza — disse ela, a voz uma mistura de confusão e irritação. Clarke odiava ficar confusa. — Mas provavelmente não é nada com que se preocupar. Pode ser desidratação causada por um vírus estomacal. Vamos hidratá-lo e ver o que acontece. Bellamy, você pode nos trazer um pouco mais de água?

Bellamy hesitou e olhou para Wells, como se quisesse sugerir que *ele* fosse, mas então balançou a cabeça e saiu correndo pela porta.

Wells agachou ao lado de Clarke, perto o suficiente para poder falar baixo, mas longe o suficiente para não correr o risco de encostar nela:

— Isso é estranho, não? O fato de Molly e Felix ficarem doentes basicamente ao mesmo tempo.

— Na verdade, não. Com cem pessoas vivendo juntas num espaço tão pequeno, é um milagre que não tenha ocorrido alguma espécie de surto antes.

Wells olhou para Eric, que estava ocupado acariciando o cabelo de Felix, e abaixou a voz:

— Mas e se isso não for um vírus? E se for a radia...

— Não é — interrompeu Clarke, enquanto inclinava a cabeça na direção do peito de Felix para escutar seus pulmões da melhor forma possível sem um estetoscópio.

— Mas e se fosse? Há alguma coisa no baú de medicamentos que poderia ajudar?

— Meus pais estavam desenvolvendo algo — disse Clarke delicadamente. — Tem um vidro de comprimidos que talvez possa retardar os efeitos do envenenamento por radiação.

— Será que não deveríamos dar a eles, então? Para garantir?

— Absolutamente não.

O tom de Clarke não permitia nenhum argumento, mas Wells insistiu assim mesmo:

— Por quê?

Clarke se virou para Wells abruptamente e lançou-lhe um olhar de frustração, misturada a medo:

— Porque, se não for envenenamento por radiação, os comprimidos vão matá-los.

CAPÍTULO 9

Clarke

— Você tem certeza de que ficará bem sozinha por algumas horas? — perguntou Bellamy, examinando com a testa franzida o braço ainda inchado de Clarke. — Tentarei não ir longe, para o caso...

— Eu tenho *certeza* — interrompeu ela. — Vá caçar. Está tudo bem, eu prometo.

Eles estavam com pouca comida e, quando Wells voltou aquela tarde para ver como estavam Molly e Felix, ele engoliu seu orgulho e pediu a Bellamy para ajudar a reabastecê-los de suprimentos.

Bellamy virou a cabeça na direção da menina adormecida no outro lado da cabana.

— Prometa que você não vai falar com ela — disse ele. — Não confio nela sozinha com você.

— Não estou *sozinha* — respondeu Clarke. — Molly e Felix estão aqui.

— Pessoas inconscientes não contam. Apenas mantenham distância, certo? E tente descansar um pouco.

— Descansarei. Eu prometo.

Clarke tentou manter a voz firme para Bellamy não suspeitar de como estava ansiosa para que ele saísse. Assim que ele saiu, ela ficou de joelhos para espiar a menina Terráquea.

Ela estava vestida toda de preto, mas Clarke não reconhecia a maioria dos materiais. A calça era justa e feita de algo liso e um pouco brilhante — talvez pele de animal? — enquanto o tecido que envolvia a parte superior de seu corpo parecia mais macio. Como era chamado pelo de animal trançado? Lã? O agasalho volumoso sobre seus ombros era inconfundivelmente pelo animal. Clarke estava desesperada para descobrir de que tipo de criatura ele vinha. Até agora, o único mamífero que tinha visto era um cervo; o pelo no agasalho da menina era muito mais grosso e escuro.

No outro lado do aposento, Felix gemeu em seu sono. Clarke se aproximou com pressa e colocou a mão em sua testa. Sua febre também estava aumentando. Ela mordeu o lábio enquanto pensava no que tinha dito a Wells. Era verdade que envenenamento por radiação se apresentava de forma diferente; depois da náusea e da febre vinham feridas, gengivas sangrando e perda de cabelo. Foi isso que tornou tão terrível observar Lilly. Clarke sabia o que estava esperando por sua amiga antes de cada nova onda de sofrimento.

Enquanto voltava para o próprio leito, Clarke pensou nos comprimidos no baú de medicamentos. Se a doença de Felix e Molly não tivesse nada a ver com radiação, o remédio os mataria. Mas, se Clarke estivesse errada, ela os estaria sentenciando a uma morte lenta e dolorosa. Os comprimidos tinham que ser administrados nos estágios iniciais do envenenamento por radiação.

Ela se sentou e colocou a cabeça nas mãos, se perguntando pela enésima vez por que o Conselho não tinha se dado o trabalho de conversar com ela antes de mandar os cem à Terra. Sim, ela era uma criminosa condenada, mas também era a única pessoa intimamente familiarizada sobre a pesquisa de seus pais.

— Então quem é Lilly? — perguntou uma voz desconhecida vinda do outro lado da cabana.

Clarke se assustou e virou o rosto na direção da menina Terráquea, se calando com o choque. Então ela *realmente* falava inglês. Estava sentada agora, de frente para Clarke. Seus longos cabelos negros estavam embaraçados, mas ainda brilhantes, e sua pele tinha um brilho caloroso que fazia seus olhos parecerem repentinamente verdes.

— O que... o que você...? — gaguejou Clarke. Então ela respirou fundo e se forçou a recuperar alguma compostura. — Por que você quer saber sobre Lilly?

A menina encolheu os ombros:

— Você falou esse nome no seu sono, quando estava tendo os delírios da febre. — Seu sotaque e sua cadência eram diferentes de como Clarke estava acostumada, um pouco mais musical. Ouvir aquilo era empolgante, como a primeira vez que ouviu um batimento cardíaco durante seu treinamento de medicina. — E então aquele garoto agiu de forma tão estranha quando você a mencionou — acrescentou a menina.

— Lilly era minha amiga, quando estávamos na nave — falou Clarke lentamente. Será que os Terráqueos ao menos sabiam sobre a Colônia? Um milhão de perguntas disputavam o domínio no cérebro de Clarke, uma subindo à superfície mais rápido do que as outras. Ela decidiu começar devagar. — Quantos de vocês existem?

A menina pareceu pensativa:

— Nesse momento, 334. Talvez 335, se Delphine já tiver tido o bebê. Ele deve nascer a qualquer momento.

Um bebê. Será que ele nasceria num hospital? Será que era possível que eles tivessem equipamentos em funcionamento desde antes do Cataclismo? Será que os Terráqueos tinham reconstruído alguma das principais cidades?

— Onde vocês vivem? — perguntou Clarke ansiosamente.

O rosto da menina se fechou, e Clarke se arrependeu de sua falta de tato. Ela estava sendo mantida como prisioneira; é claro que não queria dizer a Clarke onde seus amigos e sua família estavam.

— Qual é o seu nome? — perguntou ela, então.

— Sasha.

— O meu é Clarke — respondeu ela, embora tivesse a sensação de que a menina já sabia daquilo. Ela sorriu e se levantou lentamente. — Isso é uma loucura. Não posso acreditar que estou conversando com alguém da *Terra*. — Clarke atravessou a cabana e se sentou ao lado de Sasha. — Você sabia que existiam pessoas vivendo no espaço? O que você pensou quando nos viu?

Sasha olhou para Clarke por um longo momento, como se não soubesse se ela estava falando sério.

— Bem, eu não esperava que vocês fossem tão novos — disse ela finalmente. — Os últimos eram muito mais velhos.

As palavras tiraram o ar do peito de Clarke. *Os últimos?* Não podia ser. Ela deve ter entendido errado.

— O que você quer dizer com isso? — perguntou ela. — Você está dizendo que já conheceu pessoas da *Colônia*?

Sasha balançou a cabeça positivamente, deixando o coração de Clarke acelerado.

— Um grupo desceu há cerca de um ano. Sempre havia pessoas vivendo no espaço, mas de qualquer forma foi um choque encontrá-los frente a frente. A nave deles pousou com dificuldades, assim como a de vocês. — Ela fez uma pausa, aparentemente ponderando o quanto compartilhar com Clarke. — Na primeira vez, éramos inexperientes, então tentamos ajudá-los. Nós os levamos para o nosso... os deixamos ficar conosco. Nós lhes demos comida e abrigo, embora seus ancestrais tivessem deixado os nossos para trás. Meu povo estava querendo colocar o passado para trás em nome da paz e da amizade.

Um tom irônico tinha surgido em sua voz, e ela ergueu o queixo de leve, como se estivesse desafiando Clarke a contestá-la.

Clarke lutou contra o ímpeto de defender os Colonos, ou de fazer mais perguntas, Nesse caso, a melhor forma de ganhar a confiança da menina era provavelmente permanecer em silêncio. Como era de se esperar, depois de uma longa pausa, Sasha continuou:

— Fomos tolos de acreditar neles. Houve... um incidente.

Seu rosto se contorceu de dor por uma lembrança.

— O que aconteceu? — perguntou Clarke delicadamente.

— Não importa — exclamou Sasha. — Todos já se foram.

Clarke se sentou, lutando para organizar as informações surpreendentes.

Será que realmente pode ter havido uma missão à Terra no ano anterior? Ela pensou nos destroços que tinha encontrado, com o logo da TG, e aquilo de repente pareceu possível. Mas quem eram aqueles Colonos mais velhos na missão? Por que enviaram os cem, se outra missão já tinha vindo antes deles?

— Você sabe... você sabe alguma coisa sobre eles? — perguntou Clarke, fazendo o possível para manter a voz neutra. — Eles se ofereceram para vir, ou foram forçados?

— Não faço ideia — respondeu Sasha de forma desdenhosa. — Não ficávamos exatamente tendo conversas pessoais. Não depois que eles...

Ela ficou sem voz.

Clarke franziu a testa enquanto seu cérebro se apressava para completar o resto da frase. Ela não conseguia

87

imaginar o que os Colonos tinham feito para ofender tanto os Terráqueos. Mas não parecia que Sasha estava disposta a lhe contar muito mais, e ela não podia manter essas informações para si própria por mais nenhum minuto.

— Já volto — falou Clarke, se levantando. — Não vá a lugar nenhum.

Sasha levantou uma sobrancelha, esticando as pernas para que Clarke pudesse ver seus tornozelos amarrados.

As bochechas de Clarke queimaram de vergonha. Ela se aproximou rapidamente de Sasha, ajoelhou e começou a desamarrar a corda. Wells tinha dado um nó extremamente complicado — algo que aprendera no treinamento para oficial, sem dúvida — mas ela havia passado tempo suficiente suturando pacientes para descobrir como desamarrá-la. Sasha se encolheu quando a mão de Clarke encostou nela pela primeira vez, mas ela não protestou.

Clarke desfez o último laço e jogou a corda no chão.

— Vamos lá — disse ela, oferecendo a mão a Sasha. — Venha comigo. Eles nunca vão acreditar em mim, se você não vier.

Sasha olhou para a mão de Clarke cautelosamente, então se levantou sem ajuda. Ela sacudiu um pé, então o outro, se encolhendo enquanto a circulação voltava aos seus pés.

— Vamos — insistiu Clarke, segurando o cotovelo de Sasha e a guiando para o lado de fora.

CAPÍTULO 10

Bellamy

Só fazia dez minutos que ele tinha voltado com os coelhos, e já estavam sendo assados sobre o fogo. Os aromas sedutores tinham atraído a maior parte do acampamento até a fogueira, onde todos agora aguardavam com os olhos arregalados e famintos.

Eles faziam Bellamy se lembrar das crianças mais novas do centro de custódia, que o abordavam todas as vezes que ele voltava de uma de suas jornadas de pilhagem, torcendo para que ele tivesse encontrado algo para comerem. Mas nunca tinha sido capaz de alimentar todos eles, assim como não era capaz de alimentar todos agora.

— Você só trouxe dois? — perguntou Lila, tentando trocar um olhar desdenhoso com sua amiga, Tamsin, uma garota loura e magra que lembrava Bellamy de uma versão mais calada, e de alguma forma mais tola, de Lila.

Há uma semana, elas, e mais algumas das outras meninas, tinham cortado suas calças cinza iguais em shorts de comprimentos variados, ignorando a advertência de Clarke de que se arrependeriam daquilo quando o tempo virasse.

E agora estavam arrependidas. As duas estavam tremendo, embora Lila estivesse fazendo o possível para disfarçar. Tasmin simplesmente parecia péssima.

— Aprendeu a contar direitinho, Lila – falou Bellamy lentamente, como se estivesse elogiando uma criança capaz. — Você vai chegar a dez a qualquer momento.

Lila estreitou os olhos e cruzou os braços sobre o peito:

— Você é um babaca, Bellamy.

— Já ouviu aquele ditado "Não morda a mão que a alimenta"? — rebateu ele, com um sorriso. — Ou, por que não colocamos nesses termos? Temos *dois* coelhos, como você ressaltou de forma tão inteligente, e somos muito mais do que duas pessoas. — Noventa e três, para ser exato, embora ninguém precisasse ser lembrado do fato de já terem perdido tantos membros do grupo. — Nem todos vão ganhar um pedaço. E você acabou de deixar essa decisão um pouco mais fácil para mim. Então, obrigado. — Ele esticou a mão como se a oferecesse para Lila apertar. — Fico muito grato pela sua ajuda.

Ela deu um tapa na mão dele e girou sobre os calcanhares, puxando as pernas desiguais de seu short enquanto se afastava. *Uma típica walderanha*, Bellamy pensou, usando o termo que Octavia tinha criado para as meninas de Walden que intencionalmente agiam como cabeças de vento phoenicianas. Mas a lembrança de Octavia afastou seu sorriso, liberando a dor que vinha prendendo no peito. Só Deus sabia por que tipo de sofrimento ela estava passando nesse momento, enquanto Lila e o resto das amigas saracoteavam pelo acampamento com seus shortinhos curtos.

Dois garotos arcadianos tinham se encarregado de assar os coelhos, que Eric e Priya haviam esfolado. Bellamy estava ansioso para voltar à enfermaria e ver como estava Clarke, mas sabia que, se saísse agora, a carne teria desaparecido na hora em que voltasse. Ele não precisava de carne para si mesmo, mas queria se assegurar de que Clarke recebesse alguns pedaços.

— Não está nem perto de termos o suficiente para todos — dizia Priya a Wells, que tinha acabado de voltar de uma viagem até o riacho. — Quantas embalagens de proteína ainda temos?

Wells franziu a testa e sacudiu a cabeça, então se inclinou para sussurrar algo para Priya. Eles estavam obviamente tentando ser discretos, mas pelo menos vinte pessoas estavam observando os dois de forma nervosa.

Bellamy pensou nos dias seguintes a eles terem pousado, quando o grupo estava cheio de uma energia explosiva e quase perigosa. Agora a exaustão e a fome os deixavam bem menos falantes. Até mesmo a menina tagarela pseudophoeniciana, Kendall, estava calada enquanto olhava fixamente para Wells e Priya, embora o pequeno sorriso no rosto a fizesse parecer mais entretida do que desconfiada.

Por alguns minutos, os únicos sons na clareira eram o crepitar da lenha na fogueira e os baques das lanças de madeira ao baterem nos troncos de árvores e caírem sobre a grama. As pessoas que Graham tinha recrutado para sua "força de segurança" estavam treinando o dia inteiro, e mesmo Bellamy precisava admitir que alguns estavam ficando muito bons. Se eles se preocupassem tanto em caçar o jantar quanto com Terráqueos imaginários, então, no fim das contas, existia uma possibilidade de os Colonos não morrerem de fome.

Kendall foi a primeira a romper o silêncio:

— Então, Wells, quando chega o próximo módulo de transporte?

Bellamy bufou ao perceber sua óbvia tentativa de atrair Wells para uma conversa. Várias meninas vinham prestando muita atenção ao Chanceler Júnior recentemente.

— Quem se importa? — interrompeu Lila, enquanto se juntava mais uma vez ao grupo, alongando os braços sobre a cabeça de forma exagerada. — Não estou com pressa para termos guardas por aqui, agindo como se fossem donos do lugar.

Bellamy concordou silenciosamente, embora nunca fosse dar a Lila a satisfação de dizer aquilo em voz alta. Ele era quem mais tinha a perder entre todos eles. Apesar de seu plano insano de se fazer passar por guarda tivesse colocado Bellamy no módulo de transporte dos cem, o Chanceler — o pai de Wells — havia sido baleado no caos que aquilo causou, recebendo uma bala endereçada a Bellamy. Mesmo que os outros membros dessa missão fossem perdoados por suas Infrações, Bellamy seria considerado um criminoso. Até onde ele sabia, os guardas tinham ordens para matá-lo imediatamente.

— Mas o Conselho tem que saber que a essa altura já é seguro — falou Kendall, apontando para o monitor em seu pulso, aquele que deveria enviar sinais vitais de volta à nave.

— Seguro? — repetiu Lila, com uma risada amarga. — Sim, a Terra parece realmente *segura* para mim.

— Estou falando dos níveis de radiação — disse Kendall, olhando para Wells, claramente esperando que ele a defendesse.

Mas ele apenas olhava fixamente para dentro das árvores. Algo tinha chamado sua atenção.

Bellamy se levantou com um salto, pegou seu arco e correu na direção de Wells. Um grito triunfante invadiu a clareira, e Bellamy suspirou. Não eram os Terráqueos. Era Graham.

Ele atravessou um dos arbustos que crescia junto à linha de árvores com uma lança em uma das mãos e algo escuro e volumoso na outra. Algo escuro, volumoso e *peludo*. O desgraçado tinha realmente matado algo, Bellamy percebeu, sem saber se ele estava mais aliviado ou incomodado. Seria ótimo ter ajuda nas caçadas; apenas gostaria que ela viesse de alguém que não fosse Graham.

— Vejam o que eu trouxe — gritou ele, deixando a caça cair ao solo com um baque.

— Graham, isso ainda está *vivo* — falou Priya, se aproximando enquanto os outros se afastavam com medo e nojo.

Ela estava certa. A criatura estava se contorcendo. Era maior do que os coelhos que Bellamy havia trazido, mas era menor do que um cervo. Tinha um focinho longo, orelhas levemente arredondadas e um rabo listrado felpudo. Ele se aproximou para observar melhor e viu que a criatura estava sangrando de um golpe na barriga. Acabaria morrendo, mas sua morte seria longa e dolorosa. Wells enfiou a mão no bolso e tirou uma pequena faca que sempre carregava consigo.

— Você tem que atingi-lo no coração — disse Bellamy a Graham. — Dessa forma, é uma morte limpa, e o animal morre imediatamente. Ou então corte sua garganta.

Graham encolheu os ombros, como se Bellamy o tivesse repreendendo por não fechar a barraca de suprimento adequadamente.

— É uma *raposa* — falou ele, cutucando o animal com o pé.

— Na verdade, é um guaxinim — corrigiu Bellamy.

Pelo menos, achou que era. Ele se parecia com os guaxinins que tinha visto em fotos, a não ser pelo fato de essa criatura ter alguma coisa crescendo na cabeça, algo que *brilhava*. Um círculo de luz dançava sobre a grama escura enquanto o animal se debatia de um lado para o outro. Era quase como se estivesse usando uma lanterna na cabeça, como as que os engenheiros usavam para reparar o exterior da nave. Bellamy tinha a vaga lembrança de assistir a um vídeo sobre um peixe com um aparato semelhante, uma luz que usava para atrair a presa ao fundo do oceano.

— Espere um pouco. Você estava caçando sozinho? — perguntou Lila, a voz uma mistura de orgulho e censura. — E se o povo da Terra ainda estiver por aí?

— Espero que estejam. Vou fazê-los desejar que *tivessem* sido extintos durante o Cataclismo. — Graham riu, então jogou sua lança no ar e a segurou com uma das mãos. — Nós seremos o Cataclismo para *eles*.

— Não seja um idiota — exclamou Wells, sua paciência evidentemente acabando. — Podem existir centenas deles. *Milhares*. Se isso virar uma batalha de verdade, não temos nenhuma chance.

Graham ergueu o queixo.

— Acho que tudo depende de quem está nos liderando, você não acha? — disse ele, a voz repentinamente baixa. Ele e Wells se encararam por um instante, então Graham rompeu o silêncio com um sorriso. — Agora, quem vai esfolar essa coisa? Estou faminto.

— Passo um, espere até estar realmente *morto* — falou Bellamy.

Ele olhou para Wells, que ainda estava segurando seu canivete.

— Está morto — interrompeu Kendall animadamente. Ela estava agachada sobre o solo ao lado do guaxinim. — Acabei de quebrar seu pescoço.

Bellamy achou que ela estava brincando, mas então notou que a criatura estava imóvel e que a luz brilhante estranha tinha se apagado. Ele se virou para Kendall, um pouco assustado, mas, antes que pudesse perguntar onde ela aprendera a fazer aquilo, o som de passos atraiu sua atenção para o meio da clareira.

Clarke estava correndo na direção deles, arrastando a menina Terráquea pelo braço.

— Pessoal! — gritou ela, ofegante. Havia uma luz em seus olhos que Bellamy só tinha visto algumas vezes antes, quando ela encontrava algo novo sobre a Terra que deixava sua mente de cientista em chamas. — Vocês não vão acreditar nisso!

Todos se levantaram imediatamente, se reunindo ao redor de Clarke e da menina.

— O que foi? — perguntou Bellamy.

Os olhos de Clarke se viraram rapidamente para ele, antes de voltarem à prisioneira.

— Conte a eles — pediu Clarke. — Conte a eles o que você me contou.

Então, ele pensou, a menina *realmente* entendia inglês.

Era a primeira vez que a maior parte do grupo via a menina desde que a tinham capturado. Alguns olhavam fixamente para ela, fascinados, empurrando os que estavam ao lado para ver melhor, enquanto outros se afastavam de forma nervosa. Bellamy notou que Wells tinha voltado à fogueira de maneira silenciosa e observava Clarke e a menina com interesse.

A menina não falou nada, os olhos arregalados amedrontados enquanto examinava a multidão.

— Está tudo bem, Sasha — disse Clarke.

Sasha? Bellamy se irritou. Clarke sabia o *nome* dela? O que diabos tinha acontecido enquanto ele estava caçando?

Sasha limpou a garganta, e os sussurros que se erguiam na multidão desapareceram:

— Eu... eu disse a Clarke que vocês não são o primeiro grupo a descer da Colônia.

Um silêncio espantado tomou conta da clareira.

— Isso é impossível — disse Wells, se aproximando. — Como você poderia saber?

O rosto de Sasha se fechou e ela ergueu o queixo para olhar diretamente para os olhos de Wells.

— Porque — respondeu ela, a voz calma — eu os conheci.

O grupo irrompeu no caos, todos murmurando suas próprias teorias e seus medos ao mesmo tempo. Wells levou os dedos aos lábios e assoviou com força, uma lembrança desconfortável dos anos dolorosos que Bellamy e sua mãe passaram escondendo Octavia dos guardas. Um assovio era seu sinal para se esconder. Finalmente, o grupo se aquietou.

— Você viu outras pessoas da *Colônia*? — perguntou Wells, claramente cético.

— Sim. Eu os *conheci*. Nós os deixamos viver conosco depois que a nave caiu. — Sasha gesticulou na direção dos destroços do módulo de transporte chamuscado dos cem. — Vocês realmente não aprenderam a fazer pousos elegantes, não é mesmo?

Bellamy não aguentava mais aquilo:

— Por que você não guarda sua aula de história para mais tarde e me conta onde posso encontrar minha irmã?

— Não sei nada sobre sua irmã — respondeu Sasha. — Sinto muito.

— Não somos idiotas, você sabe. — Bellamy viu Clarke apontando um olhar de advertência para ele, mas a ignorou. — Vocês mataram Asher e levaram a minha irmã. É melhor começar a falar, *agora*.

— Bellamy, deixe-a terminar — pediu Wells, soando mais Chanceler do que tinha direito de soar. Ele se virou para Sasha. — Só nos conte o que aconteceu — continuou ele com uma voz mais delicada.

Sasha olhou rapidamente para Clarke, que balançou a cabeça de forma encorajadora:

— Outro grupo desceu, há pouco mais de um ano. Eles perderam a maior parte de seus suprimentos quando caíram. Nós os recebemos.

— Quantas pessoas eram? — perguntou Graham, examinando Sasha de forma desconfiada.

— Dez. Mas apenas sete sobreviveram à queda.

— E quantos deles vocês acertaram no pescoço? — acrescentou Graham em voz baixa, mas alta o suficiente para que todos pudessem ouvir.

Sasha se encolheu, mas continuou:

— Tudo estava indo bem no início, embora fosse estranho ter pessoas novas por perto. Todos nos conhecemos desde sempre, e foi a primeira vez que vimos alguém de fora. Mas fizemos todo o possível para eles se sentirem bem-vindos. — Seu rosto se fechou e sua voz ficou fria. — Eles não nos trataram com a mesma cortesia, então tiveram que ir embora.

Algo no seu tom incitou a raiva de Bellamy.

— Que droga isso quer dizer? — rebateu ele. Estava cansado dessa menina e suas respostas vagas. — Onde eles estão?

Ela respirou fundo:

— Estão mortos.

— *Mortos?* — repetiu Wells, momentaneamente perdendo a compostura enquanto sussurros se erguiam na multidão. — *Todos* eles?

Sasha fez que sim com a cabeça.

Assassinos, pensou Bellamy. Os Terráqueos eram assassinos insanos. Tinham matado Asher sem aviso. Ele estremeceu quando o pensamento que estava tentando reprimir há dias veio à superfície: *E se Octavia já estivesse morta?* Ele cerrou os punhos, afundando as unhas nas palmas das mãos. Se não a recuperasse, faria cada um deles pagar. Com suas vidas.

— Então quer dizer que vocês os mataram? — perguntou Graham. — E, como se isso não fosse suficiente, vocês mataram Asher também?

— Não, não foi isso o que aconteceu. Nós...

Mas Graham a interrompeu, se virando para Wells com um sorriso malicioso:

— Não é tarde demais para matá-la, sabe.

— Vocês podem simplesmente *escutar*? — falou Clarke, com raiva. — Ela disse que eles não mataram Asher!

— Então quem matou? — indagou Bellamy.

Foi necessária toda sua força de vontade para não gritar a pergunta para Clarke. Por que diabos ela estava tomando o partido da menina Terráquea?

— Nunca achamos que outro grupo desceria. Mas então vocês chegaram. — Sasha alternou olhares para Clarke e Wells, como se tivesse sido ideia deles descer para esse maldito planeta. — Tivemos muitas discussões, e brigas, e então uma facção de nós se separou. Foram eles que mataram seu amigo. — Ela pressionou os lábios e se virou para Bellamy. — Aposto que foram eles que levaram sua irmã também.

— E onde eles estão? — desafiou ele.

— Eu gostaria de saber. Nunca mais os vimos desde que partiram. Vocês os viram mais recentemente do que eu. Mas o resto não é assim.

— E por que deveríamos acreditar em você? — perguntou Graham, com um sorriso malicioso. Um coro de consenso emergiu entre os outros. — Há formas de descobrir se ela está falando a verdade.

— Pare com isso, Graham — exclamou Wells, se movendo para ficar entre Graham e a menina. — Clarke, leve Sasha de volta à enfermaria e fique de olho nela até descobrirmos o que fazer.

— Eu sei o que fazer — interrompeu Bellamy, raiva e frustração começando a ferver perigosamente em seu sangue. — Nós pegamos nossas armas e vamos atrás dos desgraçados que levaram Octavia.

— Não façam isso — disse Sasha, a voz repentinamente trêmula. — Eles vão matá-los. Somos muito mais numerosos do que vocês.

— Então a levaremos conosco, como moeda de troca — falou Graham, empurrando Wells e segurando o braço de Sasha.

— Tire as mãos de cima dela! — gritou Clarke.

Mas Sasha não precisava de ajuda. Com um único golpe suave, deu uma joelhada na barriga de Graham, se livrou dele e torceu seu braço atrás de suas costas.

— Não encoste em mim — sussurrou ela, com raiva.

Ela soltou Graham e o mandou para longe, cambaleando, depois deu alguns passos hesitantes para trás, como se aquilo tivesse exigido toda a sua força.

— Você está bem? — perguntou Clarke, segurando o cotovelo de Sasha quando os joelhos da menina começaram a tremer.

— Estou — respondeu Sasha, com a voz rouca.

— Há quanto tempo você não come nada? — perguntou Wells.

— Algum tempo.

Quando Bellamy viu Wells olhar para trás na direção da fogueira, onde os dois coelhos já estavam sendo devorados, ele se enfureceu.

— De jeito nenhum você vai dar o que eu cacei para ela comer — disse ele a Wells, a voz fria.

— Eu concordo — interrompeu Graham. — Não vamos *alimentar* aquela putinha.

Cerca de três quartos do grupo balançaram suas cabeças concordando. Os outros já estavam ocupados lutando pelos últimos fiapos de carne presos aos ossos dos coelhos.

Antes que qualquer um tivesse tempo para responder, um berro veio das sombras do outro lado da fogueira. Bellamy correu na direção do som com uma dúzia de pessoas logo atrás dele. Todos trombaram nele quando este derrapou até parar.

Tamsin entrou capengando na clareira, então caiu no chão com um berro. O sangue jorrava de uma ferida em sua coxa, logo abaixo da barra rasgada de seu short.

— Puta merda — falou Graham, parado ao lado de Bellamy, chocado demais para fazer mais do que olhar fixamente para a flecha espetada na perna de Tamsin.

Enquanto Clarke se aproximava correndo, Bellamy se virou para olhar para a menina Terráquea. Ela estava sendo mantida no lugar por um Azuma com o rosto sério e um Dmitri com um sorriso malicioso, os olhos arregalados de terror enquanto olhava da garota ferida para a floresta sombria. Mas Bellamy sabia que não devia ser enganado por sua atuação.

Na próxima vez que sangue fosse derramado nesse acampamento, seria o dela.

CAPÍTULO 11

Wells

— Wells? — Alguém estava puxando seu braço. — Ei, Wells?

Os olhos de Wells de repente se abriram, espantando as últimas gotículas de um sonho de sua mente. Ele estava flutuando num canal em Veneza. Não, espere um pouco, ele estava sobre um cavalo numa batalha ao lado de Napoleão.

Kendall estava de pé ao lado dele, mas Wells a ignorou enquanto se levantava. A Terráquea — Sasha — estava exatamente onde ele a tinha deixado; não se mexera a noite toda. Não que houvesse muita oportunidade para ela se mexer com os tornozelos amarrados. Ainda estava sentada encostada à árvore, olhando para longe com uma expressão inescrutável no rosto, como se tivesse treinado para não revelar seus pensamentos.

No fim das contas, sua única opção tinha sido passar a noite do lado de fora com a prisioneira. As três cabanas estavam lotadas com as quase cem pessoas que correram para a segurança no caos depois do segundo ataque. Mal havia espaço para todos se sentarem, muito menos para dormirem.

Wells e Bellamy tinham carregado Tamsin, que chorava, mas estava lúcida, até a cabana da enfermaria, seguidos por Clarke, que tinha aberto espaço para sua nova paciente. Por sorte, o ferimento não apresentava risco de vida e, mesmo com uma dúzia de pessoas aterrorizadas à sua volta, Clarke tinha conseguido suturar e fazer um curativo na perna de Tamsin. Mas quando Eric e Graham entraram, carregando Sasha entre eles, a cabana explodiu num frenesi de gritos raivosos.

— Sugiro que a matemos agora — gritou Graham, transformando vários gritos em aplausos.

— De forma nenhuma — rosnou Bellamy. — Não antes de ela nos contar onde podemos encontrar minha irmã.

A boca de Graham se contorceu num sorriso malicioso:

— Odeio ser a pessoa a lhe dizer isso, mas a essa altura eles provavelmente já mataram Octavia. Nossa única chance de fazer justiça é arrancar a cabeça dessa putinha e a deixar na floresta para que seus amigos a encontrem.

Não havia nenhuma chance de uma solução pacífica, não quando todos estavam parcialmente enlouquecidos com medo e adrenalina. E então Wells se ofereceu para passar a noite do lado de fora com a prisioneira — mantê-la em segurança, mas separada do grupo até decidirem o que fazer com ela.

Algumas pessoas se opuseram também àquele plano, dizendo que era muito perigoso Wells ficar na clareira sozinho, mas, quando perceberam que era isso, ou manter Sasha do lado de dentro com eles, ficaram em silêncio.

Wells sabia que deveria ter ficado aterrorizado depois de ver o que tinha acontecido com Asher e Tamsin, mas, quando se sentou encostado à árvore a alguns metros de Sasha, a curiosidade começou a afastar seu medo. Não conseguia acreditar que estava olhando para alguém nascido na Terra, alguém que seria capaz de responder todas as perguntas que não o deixavam dormir quando criança. Como era a neve? Ela já tinha visto um urso? Será que ainda havia cidades de pé? O que tinha restado de Nova York? Chicago? Mas ele deve ter caído no sono em meio às perguntas, e as transformou em material para sonhos.

— Humm, Wells? — chamou Kendall novamente. — Você está bem?

Wells se virou para ela e esfregou os olhos:

— Sim, estou bem. O que está acontecendo?

— Eu disse que viria perguntar a você sobre o café da manhã. Quais são as rações hoje?

Wells suspirou:

— Nada de café da manhã hoje, infelizmente.

Os coelhos de Bellamy e o guaxinim de Graham já tinham acabado havia muito tempo, e precisavam ser extremamente parcimoniosos com suas embalagens de proteína — não mais do que uma por pessoa por dia.

— Oh, que pena — disse Kendall. — Estou acordada desde cedo talhando o nome de Asher em sua lápide. Está ficando ótimo. Você quer ver?

— Talvez mais tarde — respondeu Wells. — E, humm, obrigado.

Quando ficou claro que Kendall não iria embora por conta própria, ele pediu que ela o ajudasse a espalhar as más notícias sobre o café da manhã. Ela parecia decepcionada com o fato de Wells não querer ver seu trabalho manual, mas foi embora com um sorriso, satisfeita por lhe ser útil.

Depois que Kendall caminhou lentamente até a cabana para transmitir as más notícias, Wells enfiou a mão no bolso para pegar a embalagem de proteína amarrotada que tinha sobrado do dia anterior. Ele olhou para Sasha. Sua pele estava mais pálida do que quando a capturaram no dia anterior, embora Wells não soubesse se aquilo era por causa do estresse ou da fome. Ainda assim, não podiam deixá-la morrer de fome. Ela não tinha feito nada de errado e era crueldade tratá-la como uma prisioneira de guerra.

— Ei — falou Wells cautelosamente, oferecendo a embalagem de proteína. — Quer um pouco? Você deve estar com muita fome a essa altura.

Sasha olhou fixamente para aquilo por um instante, então olhou para Wells.

— O que é essa coisa? — perguntou ela, com a voz rouca.

— É pasta de proteína. Você nunca viu isto antes? — Ela negou com a cabeça. — Experimente — insistiu ele. — Abra a mão.

Ele espremeu o resto da pasta na palma da mão de Sasha, e sorriu quando ela enfiou um dedo na pasta e o levou à boca, torcendo o nariz.

— Não é tão ruim quanto parece — admitiu ela, pegando mais um pouco. Ela comeu toda a pasta de proteína, depois esfregou as mãos. — Mas eu sei onde você pode encontrar comida... comida de verdade.

Wells olhou para ela de forma desconfiada:

— Sério?

Sasha fez que sim com a cabeça:

— Eu levo você até lá, se me deixar sair do acampamento.

Ele fez uma pausa. Estrategicamente, precisavam manter sua prisioneira até recuperarem Octavia. Mesmo que ela estivesse falando a verdade sobre os Terráqueos do mal, Sasha podia acabar sendo uma importante ferramenta de barganha. Não podia arriscar perdê-la caindo numa armadilha.

— O que vai impedi-la de fugir? — perguntou Wells.

— Você pode amarrar minhas mãos novamente, se isso o faz se sentir melhor — disse ela. — Escute, estou apenas tentando ajudar. E comer — acrescentou ela.

Seu estômago roncou alto, concordando.

— Certo — falou Wells lentamente, examinando o rosto da menina em busca de algum sinal de traição. — Só vou convocar algumas pessoas para irem conosco.

— Não! — Ela olhou fixamente nos olhos de Wells. — Isso não é uma boca-livre. Estou confiando em você para pegar apenas o necessário, e apenas esta vez. Combinado?

Wells hesitou. Os outros ficariam furiosos se soubessem que ele tinha deixado Sasha sair do acampamento, mesmo que fosse para ajudá-los a encontrar comida. Mas a verdade é que ser um líder às vezes significava fazer o que você sabia que era certo, mesmo que aquilo o tornasse impopular. Aquela era uma lição que seu pai nunca o tinha deixado esquecer.

— Feliz aniversário! — cantarolou sua mãe, saindo da cozinha carregando o que se parecia suspeitosamente com um bolo.

— Como você fez isso? — perguntou Wells, a voz cheia de surpresa enquanto observava a mãe colocar o doce branco e coberto de glacê sobre a mesa.

Havia inclusive velas sobre ele — 12 velas —, embora não estivessem acesas. Velas eram ainda mais difíceis de encontrar do que açúcar e essência de ovos. Se sua mãe as acendesse, seria apenas pelo mais breve momento.

— Mágica — falou ela, com um sorriso. — Não se preocupe. Não fiz nada ilegal. Seu pai não terá nada com que se preocupar.

Diferentemente de outros membros do Conselho, o pai de Wells era incrivelmente rígido no que dizia respeito a aderir a todos os detalhes da Doutrina Gaia, o conjunto de leis que a Colônia havia estabelecido quando se lançaram no espaço. Apenas alguns minutos antes, enquanto corria para casa depois da aula, Wells tinha visto o Conselheiro Brisbane caminhando pela plataforma A carregando duas garrafas do que claramente era vinho do mercado negro.

Wells olhou para o bolo com desejo. Talvez até sobrasse o suficiente para levar uma fatia para Glass:

— Você tem certeza de que ele não vai se importar?

Ele não sabia a que o Chanceler se oporia mais: desperdiçar recursos com algo de valor nutricional questionável como um bolo, ou simplesmente reconhecer um aniversário. A antiga tradição fazia muito estardalhaço por uma pessoa, exagerando a importância do indivíduo quando, na verdade, era a espécie o que importava. Uma nova vida era sempre algo a celebrar, mas aos olhos do Chanceler, não havia razão para dar a alguém uma sensação falsa de sua própria importância uma vez por ano.

— Claro que não. — Sua mãe se sentou na cadeira ao seu lado. — Apesar de não haver necessidade de esse ser um bolo de aniversário. Pode ser um bolo de "parabéns por ser o melhor aluno pelo terceiro ano consecutivo". Ou um bolo de "viva, você finalmente limpou seu quarto".

Wells sorriu:

— Papai vai chegar logo em casa?

O Chanceler normalmente trabalhava até tarde, chegando em casa depois que Wells já estava na cama. Ele mal o tinha visto na última semana e estava animado com a possibilidade de os três passarem a noite toda juntos.

— Era para chegar. — Ela inclinou o corpo e o beijou na testa. — Eu disse que teríamos um jantar especial em homenagem ao seu filho muito especial.

Enquanto servia salada em tigelas, a mãe lhe perguntou sobre suas aulas. Ele contou uma história engraçada sobre um garoto em sua sala que tinha perguntado se os dinossauros tinham morrido durante o Cataclismo.

— Por que você não começa a comer? — sugeriu sua mãe, quando o estômago de Wells roncou alto.

Através das janelas as luzes circadianas começavam a enfraquecer. Sua mãe não falou nada, mas seus sorrisos se tornaram um pouco mais comedidos, as risadas um pouco mais forçadas. Finalmente, ela esticou o braço e apertou a mão de Wells:

— Acho que seu pai deve ter ficado preso no trabalho. Vamos cair de boca naquele bolo agora, certo?

— Claro — respondeu Wells, fazendo o possível para manter a voz animada, apesar de intencionalmente evitar os olhos da mãe.

O bolo era gostoso e doce, mas Wells estava tão concentrado em afastar a decepção do rosto que mal sentiu o gosto. Ele sabia que não era culpa de seu pai. Como Chanceler, ele não era apenas responsável pelo bem-estar e pela segurança de todos na Colônia. Era responsável pelo futuro da raça humana. Seu principal dever era garantir que a espécie sobrevivesse tempo suficiente para conseguir voltar à Terra. O que quer que estivesse acontecendo com ele no trabalho tinha prioridade sobre o aniversário do filho.

Ele sentiu uma pontada de culpa quando imaginou o pai sentado sozinho em seu gabinete, o rosto cansado enquanto examinava a última leva de relatórios perturbadores, incapaz de apreciar as relíquias inestimáveis que faziam daquela sala o lugar favorito de Wells em toda a nave. Ele não parava para apreciar a águia empalhada, ou se permitia um momento para admirar a pintura da mulher de cabelos escuros com o sorriso misterioso. A única relíquia em que ele colocava os olhos era o suporte de caneta com a antiga citação gravada: *Non Nobis Solum Nati Sumus*. "Não nascemos apenas para nós mesmos", uma frase de um escritor romano chamado Cícero.

A porta se abriu, e o pai de Wells entrou. Apesar de estar claramente exausto, sua coluna estava ereta e seus passos eram determinados. Ele olhou para a mãe de Wells e então para o bolo parcialmente comido sobre a mesa e suspirou:

— Sinto muito. O encontro do Conselho foi até mais tarde do que o esperado. Não consegui fazer Brisbane concordar com as novas medidas de segurança em Walden.

— Tudo bem. — Wells se levantou tão rápido, que bateu na mesa e fez os pratos balançarem. — Guardamos um pouco de bolo para você.

— Ainda tenho mais trabalho a fazer. — Ele beijou o rosto da mãe de Wells e acenou rapidamente com a cabeça para Wells. — Feliz aniversário.

— Obrigado — disse Wells, se perguntando se a ponta de tristeza nos olhos do pai era apenas fruto de sua imaginação.

O Chanceler desapareceu em seu escritório antes de outra pergunta surgir, sem ser convidada, no cérebro de Wells. Se o pai estava ocupado no trabalho com Brisbane, por que Wells tinha visto o membro do Conselho horas antes na plataforma A?

O estômago de Wells embrulhou quando uma sensação estranha e desconfortável tomou conta dele.

O pai estava mentindo.

— Certo — falou Wells, balançando a cabeça para Sasha. — Mas, se formos apenas nós dois, precisarei amarrá-la a mim, para você não poder sair correndo quando estivermos na floresta.

— Tudo bem.

Ela se levantou e esticou as mãos.

Wells se encolheu quando viu as marcas vermelhas no pulso, no lugar onde a corda tinha esfolado sua pele:

— Vou usar a algema de metal desta vez. Elas causarão menos irritação. — Ele apanhou as algemas na barraca de suprimentos, então pegou ataduras, que enrolou no pulso direito de Sasha antes de prender uma das algemas. Ele parou por um instante, então prendeu a outra algema ao próprio pulso esquerdo, tendo o cuidado de enfiar a chave bem no fundo do bolso. — Pronta? — perguntou ele.

Ela fez que sim com a cabeça e, depois de olhar para a clareira à sua volta para se assegurar de que ninguém estava vendo, ele a levou até o outro lado da linha de árvores, encurtando a passada quando a pressão do metal contra sua pele lhe dizia que ele estava se movendo rápido demais.

Andar lado a lado se tornou mais complicado quando estavam na floresta. Enquanto Wells teve que desacelerar para driblar raízes expostas e pedras cobertas de musgo, Sasha acelerou, saltitando levemente sobre os mesmos obstáculos. Wells não conseguia dar um passo sem fazer um barulho, mas Sasha se movia tão graciosa e silenciosamente quanto um cervo. Esse era claramente um terreno que ela havia cruzado muitas vezes. Ele se perguntou como era conhecer uma parte da floresta tão intimamente quanto você conhecia outra pessoa, erguendo o pé sobre um tronco caído tão naturalmente quanto segurar a mão de alguém.

Em pouco tempo ela estava guiando Wells na descida de um morro que ele nunca tinha visto antes, onde as árvores eram mais finas e a grama crescia mais alta, quase até a altura de seus joelhos. As longas tranças de menina tinham se soltado e seu cabelo escuro caía em ondas sobre as costas.

— Acha que eles estão preocupados com você? — perguntou ele, finalmente.

A princípio, ele não teve certeza de que Sasha o tinha escutado, porque ela não se virou ou diminuiu o ritmo. Mas a corrente que os conectava tremeu de leve.

— Preocupados... e furiosos — disse ela. — Recebemos ordens para ficar longe de vocês, mas eu tinha que ver com meus próprios olhos. — Wells aumentou a passada para que eles caminhassem lado a lado pela primeira vez. — Passei toda a minha vida imaginando como era no espaço, como *vocês* eram. Não consegui realmente conhecer as pessoas do primeiro grupo. Mal consegui falar com qualquer um deles. Então, quando vocês desceram, eu não ia perder essa oportunidade.

Wells riu, então se encolheu quando a corrente se esticou. Sasha tinha parado e estava olhando para ele com uma expressão séria.

— O que é tão engraçado? — perguntou ela.

— Nada. É apenas uma loucura pensar em você nos imaginando quando passei minha vida toda me perguntando sobre a Terra.

Sasha lançou-lhe um olhar, mas começou a caminhar novamente:

— Sério? Então o que você quer saber?

Wells não perdeu tempo:

— Quantas pessoas sobreviveram ao Cataclismo? Ainda existem cidades de pé? Que tipos de animais existem? Você já viu o oceano? O que acontece quando... — Ele parou de falar quando viu que Sasha estava sorrindo para ele. — O quê?

— Por que não fazemos uma de cada vez?

— Certo — disse Wells, com um sorriso. — A primeira, então. Quem sobreviveu? O que aconteceu depois que as bombas caíram?

— Não temos certeza — admitiu Sasha. — Nossos ancestrais conseguiram entrar num abrigo nuclear autossustentável bem debaixo da terra, onde o calcário os protegeu da radiação. Só há cerca de cinquenta anos eles voltaram à

superfície. Não houve nenhum outro sinal de vida humana...
até onde sabemos, somos os únicos sobreviventes. Mas quem
vai saber? Podem existir outros ao redor do mundo.

— E onde estamos exatamente? — perguntou Wells.

— Sério? — Ela franziu a testa, como se estivesse se perguntando se ele estava brincando. — Estamos na América do Norte, no que costumava ser chamado de Virgínia. Eles realmente não disseram onde estavam enviando vocês todos? Por que todo o segredo?

Wells hesitou, sem saber o quanto revelar sobre a missão. Admitir que todos tinham cometido crimes e sido sentenciados à morte no dia de seus aniversários de 18 anos provavelmente não era a melhor forma de parecer confiável.

— Os módulos de transporte não têm o sistema de navegação tão sofisticado assim. Não sabíamos exatamente onde acabaríamos pousando.

Sasha parecia cética:

— E ainda assim vocês pousaram a menos de 15 quilômetros do outro módulo de transporte. Vocês devem ter sido enviados a essa área por uma razão. Provavelmente deveriam nos encontrar, certo?

A ideia causou calafrios em Wells. Ninguém na Colônia devia saber da existência do povo de Sasha — ou será que deviam?

— Se estamos na Virgínia, estamos próximos de Washington, a capital do país? — perguntou ele, ansioso para mudar de assunto. — Algum dos prédios sobreviveu?

Seu coração parou quando pensou em explorar os escombros da Casa Branca, ou ainda melhor, um museu. Havia alguns famosos em Washington, ele se lembrava.

A decepção o tomou quando Sasha sacudiu a cabeça:

— Não, a cidade foi destruída. Só alguns prédios ainda estão de pé, e apenas algumas partes deles. Aqui, cuidado com a cabeça — disse ela, passando por baixo de um galho.

Ela o guiou até o outro lado de um pequeno riacho e então até um bosque onde as árvores cresciam tão próximas, que os galhos quase se entrelaçavam e formavam um teto sobre suas cabeças. Wells repentinamente se sentiu um tolo por deixá-la levá-lo numa direção em que os cem nunca tinham ido antes. E se aquilo fosse uma armadilha?

Algo grudento e macio roçou em sua nuca e ele soltou um grito, dando um golpe. Fios de um material que se parecia com uma gaze fina se desmancharam em seus dedos.

— O que é isto? — perguntou ele, tentando se limpar.

— Relaxe. — Sasha riu, e Wells não conseguiu evitar sorrir ao perceber como devia estar parecendo tolo. — É só uma teia de aranha. Está vendo?

Ela apontou, e Wells olhou para cima e viu que uma das árvores estava coberta por fios cintilantes e delicadamente trançados que se esticavam entre os galhos, criando uma espécie de rede.

Sasha começou a puxá-lo para a frente, mas Wells não conseguia afastar os olhos. A teia era inesperadamente cativante, suas formas geométricas estranhamente belas contra um emaranhado selvagem de galhos e folhas:

— Achei que aranhas eram pequenas.

— Algumas vezes. Mas as que vivem na floresta são maiores. — Ela ergueu o braço. — Suas pernas podem ser desta altura.

Wells reprimiu um tremor e acelerou para caminhar ao lado de Sasha. Eles ficaram em silêncio enquanto atravessavam o bosque, as folhas sobre o solo absorvendo o som de seus passos. Algo no silêncio e nas sombras deixava Wells hesitante em perturbar a tranquilidade. Acontecia o mesmo na nave: as pessoas abaixavam suas vozes quando colocavam os pés no Salão do Éden, um espaço de reunião em Phoenix dominado pelo que acreditavam ser a única árvore que havia sobrado no universo, trazida a Phoenix enquanto a Terra ardia. Quer dizer, até Wells atear fogo nela, buscando ser preso para ser enviado à Terra com Clarke.

Depois de outros dez minutos, a floresta ficou mais esparsa novamente, e Sasha o guiou até o alto de uma ladeira íngreme. Quando chegaram ao topo da montanha, ela parou e levantou a mão.

— Aqui vamos nós — disse ela, apontando para um grupo de árvores diante deles.

A princípio, Wells não notou nada de extraordinário nelas. Mas então apertou os olhos e percebeu que havia algo sólido pendurado nos galhos.

Sasha o levou até a árvore mais próxima. Os galhos estavam se curvando com o peso de dúzias de longas vagens verdes e compridas. Ela ficou nas pontas dos pés e esticou o braço, mas seus dedos apenas tocavam de leve a vagem mais baixa.

— Deixe comigo.

Wells esticou o próprio braço e com dificuldade conseguiu segurar a vagem que ela estava tentando alcançar. Ele a arrancou do galho e a entregou a Sasha, se maravilhando com a textura áspera.

Com movimentos experientes, ela começou a descascar a camada externa, revelando sementes cor-de-rosa brilhantes.

— O que é isso? — perguntou Wells.

— Vocês não têm milho no espaço?

— Plantamos alguns vegetais nos campos solares, mas nada assim. — Ele fez uma pausa. — Milho não nasce do chão?

Sasha encolheu os ombros:

— Talvez fosse assim antigamente, mas dá em árvores agora. Só tenha cuidado com os azuis. Eles são realmente picantes. — Ela levantou a mão algemada. — Se você tirar isto, podemos subir nas árvores e colher o quanto pudermos carregar.

Wells parou. Ele queria confiar nela, e de alguma forma sentia que *podia* confiar nela, mas aquilo também podia ser um risco monumentalmente estúpido.

Finalmente, ele enfiou a mão no bolso e tirou a chave:

— Certo. Vou tirar a algema, mas, se você fugir, sabe que iremos atrás de você.

Sasha ficou em silêncio por um instante, então ergueu o pulso algemado. Sem falar nada, Wells inseriu a chave na fechadura e a girou até a algema se abrir. Ela dobrou e esticou os dedos, então sacudiu a mão e sorriu:

— Obrigada.

Num piscar de olhos, ela já tinha subido no tronco e estava se segurando num galho. Fazia aquilo parecer fácil, mas, quando Wells tentou segui-la, achou difícil encontrar um lugar para segurar firme. A casca era áspera, mas o musgo que a cobria era escorregadio, e ele precisou de algumas tentativas antes de conseguir impulso suficiente para sair do chão.

Ele estava ofegante quando alcançou o terceiro galho mais baixo, onde o milho crescia com mais intensidade. Sasha tinha chegado quase ao fim do galho, montada nele como num banco, e usava as duas mãos para arrancar espigas de milho e jogá-las no chão, que de repente parecia muito longe.

Wells respirou fundo e se forçou a olhar para cima. A vista era de tirar o fôlego. Wells tinha visto inúmeras fotos de pontos pitorescos da Terra, mas nenhuma delas capturava a beleza do jardim diante deles. O prado se estendia abaixo e criava um contraste atordoante com os contornos roxos turvos das montanhas ao fundo. Ele sentiu a pele se arrepiar quando seus olhos se fixaram sobre os topos brancos pontudos. *Neve.*

— Terei que mostrar isto ao meu pai quando ele chegar aqui — falou Wells, antes de se dar conta de que não foi uma boa ideia.

Sasha virou a cabeça rapidamente:

— Seu pai? Há *mais* de vocês vindo?

Wells não sabia bem por que a acusação na voz dela o fazia se sentir culpado. Os Colonos haviam passado os últimos trezentos anos pensando em como trazer a raça humana de volta para casa. Tinham exatamente o mesmo direito ao planeta que os Terráqueos.

— Claro — respondeu ele. — As naves não foram construídas para durar para sempre. Em algum momento, todos vão descer.

E com "em algum momento", quero dizer nas próximas semanas, pensou Wells. *Tudo graças a mim.* Depois da prisão de Clarke, tinha ficado desesperado para ter certeza de que ela seria enviada à Terra em vez de ser executada. Ele sabia que o Conselho estava pensando em enviar adolescentes Confinados e sabia que a missão precisava acontecer antes do aniversário de 18 anos de Clarke — então fez algo drástico, e perigoso. Ele intencionalmente aumentou a ruptura na câmara de vácuo. Agora os Colonos restantes tinham pouco tempo de sobra no espaço e seriam forçados a vir para a Terra. Ele ainda ficava enojado ao pensar no que fizera — mas aquilo tinham salvado a vida de Clarke.

— Seu pai não quis vir com você?

O peito de Wells se apertou quando pensou na última vez que viu seu pai, o sangue manchando o uniforme do Chanceler enquanto a porta do módulo de transporte se fechava. Ele tinha passado as últimas semanas tentando se convencer de que o ferimento a bala era superficial, que o pai se recuperaria a tempo de descer com a próxima leva de Colonos. Mas não havia como saber o que realmente acontecera, ou se o pai ao menos ainda estava vivo.

— Ele tem muitas responsabilidades na nave — falou Wells. — Ele é o Chanceler.

Os olhos de Sasha se arregalaram:

— Então ele é responsável por todo mundo? É por isso que você é o líder do grupo que desceu?

— Não sou o líder — protestou Wells.

— Eles todos parecem escutá-lo.

— Talvez. — Wells suspirou. — Mas sempre sinto que estou desapontando alguém, independentemente do que eu faça.

Sasha concordou com a cabeça:

— Eu sei. Meu pai... bem, ele na verdade está no comando aqui embaixo também.

Wells olhou fixamente para ela, surpreso:

— Sério? Seu pai é o Chanceler?

— Não usamos esse termo, mas me parece ser o mesmo tipo de coisa.

— Então você sabe como é...

Ele parou no meio da frase, franzindo a testa. Era estranho tentar transformar aqueles sentimentos em palavras, sentimentos que tinha passado os últimos 16 anos tentando ignorar.

— O quê? Ser considerado de um nível superior a todos os outros? Saber que todos presumem que você sabe todas as respostas, quando na maior parte do tempo nem sabe que perguntas deveria fazer?

Wells sorriu:

— Sim. Algo do tipo.

Sasha arremessou outra espiga de milho no solo, mordendo o lábio:

— Tenho pena do meu pai, mas, honestamente, também estou cansada disso. Eles transformam tudo o que faço numa declaração política.

— O que você fez?

Sasha deu um sorriso travesso:

— Algumas coisas que não deveria ter feito. — Seu olhar cruzou com o de Wells, e o bom humor desapareceu de seu rosto. — E quanto a você? Seu pai deve realmente confiar em você para enviá-lo à Terra sozinho.

Wells hesitou. Era melhor deixar que ela acreditasse naquilo. Seria mais provável que Sasha tratasse os cem com cautela se pensasse que eles eram especialmente treinados, escolhidos a dedo para a missão, em vez de criminosos inúteis enviados para possivelmente morrer.

Uma lufada de vento varreu a árvore, jogando os cabelos pretos soltos de Sasha em seu rosto.

— Que nada — disse Wells, se perguntando o que havia nos olhos verdes brilhantes de Sasha que o fazia se sentir despreocupado. — Você não acreditaria em mim, se eu contasse a verdade.

Sasha levantou uma sobrancelha:

— Experimente.

— Fui preso há algumas semanas. Por atear fogo à única árvore da Colônia.

Ela olhou para ele por um longo momento, então, para sua surpresa, riu e passou uma perna por cima do galho:

— Acho que é melhor eu me apressar antes que você descubra que não gosta desta aqui. — Sasha se pendurou no ar, então se soltou, pousando levemente no solo. — Vamos lá — gritou ela. — Temos milho suficiente. Ou você está com medo?

Wells negou com a cabeça. Não importava que ele não tivesse nenhuma ideia de como descer da árvore. Pela primeira vez desde que tinham pousado na Terra, não sentia medo de nada.

CAPÍTULO 12

Glass

— Você não pode fazer isso — falou Luke, finalmente rompendo o silêncio que preenchia a pequena sala de reparos. Eles estavam na agora abandonada estação da guarda que armazenava os trajes que Luke e seus companheiros da equipe de engenheiros usavam para caminhar no espaço. — É muito mais do que perigoso... é suicida. Se alguém for lá fora, serei eu. Sou *treinado* para fazer isso.

Glass colocou a mão no braço de Luke e ficou surpresa ao sentir que ele estava tremendo.

— Não — disse ela, olhando-o nos olhos pela primeira vez desde que tinha lhe contado seu plano. — Seria insano fazer você arriscar a vida numa caminhada espacial só para ser baleado quando chegasse a Phoenix.

— Não haverá guardas esperando por mim na câmara de vácuo. Duvido que achem que alguém seria suficientemente louco para atravessar pelo lado de *fora* da nave — argumentou Luke.

As caminhadas espaciais, além de serem realizadas exclusivamente por Luke e o restante de sua equipe altamente treinada, só eram feitas quando absolutamente necessárias, e apenas com alguém cuidando do suporte, monitorando níveis de oxigênio e pressão, ficando de olho em destroços, oferecendo ajuda em caso de falha dos equipamentos. Glass tentou não pensar no fato de que estaria cruzando sem nada daquilo.

— Abrir a câmara de vácuo acionará os alarmes. Eles podem me prender, mas não vão atirar em mim imediatamente — insistiu ela.

— Glass. — A voz de Luke estava rouca. — Não posso deixar você fazer isso.

— Não vou fazer isso só por nós. — Ela olhou para ele, tentando permanecer calma. — Ao fechar a ponte suspensa, Phoenix condenou todos de Walden e Arcadia à *morte*. Não posso deixar que pessoas inocentes sofram, não se houver alguma coisa que eu possa fazer para ajudar. Preciso abrir a ponte suspensa.

Luke suspirou e fechou os olhos.

— Tudo bem — disse ele, respirando fundo. — Então vamos começar.

Ele começou a examinar os equipamentos metodicamente, explicando como cada coisa funcionava — os trajes pressurizados, os grampos, a corda que a manteria presa à nave. Seu tom era calmo e profissional, como se ele tivesse se convencido de que estava explicando aquilo a um novo guarda e não à única pessoa que ele amava que restava no universo.

Ele levou Glass até a grande janela ao lado da câmara de vácuo e apontou para as alças que se estendiam até o outro lado:

— A câmara de vácuo em Phoenix pode ser aberta pelo lado de fora... é só girar o grande volante; isso vai levá-la ao interior da câmara de vácuo. Assim que tiver entrado, vou seguir até a ponte suspensa para encontrá-la.

— Está combinado — falou Glass, conseguindo esboçar um sorriso.

Luke pegou um dos macacões térmicos dos guardas e o entregou a Glass.

— Sinto muito — disse ele. — Este é o menor de todos.

Ele certamente tinha sido feito para alguém muito maior, mas teria que servir.

Glass rapidamente tirou sua camisa e sua calça, tremendo quando o frio fez seu braço ficar arrepiado. Enquanto se atrapalhava com a roupa térmica, ela olhou para Luke, que a encarava com uma intensidade que ela nunca tinha visto antes, como se estivesse tentando guardar cada linha de seu corpo na memória.

— Você está deixando tudo frouxo — falou ele, com a voz rouca. — Não funcionará se não estiver colado à pele. Aqui.

Glass permaneceu perfeitamente imóvel enquanto ele passava as mãos pelo tecido. Alisando todas as rugas, seus dedos viajando habilmente sobre seus ombros, descendo suas costas, sobre seus quadris. Ela estremeceu. Cada vez que as mãos dele se moviam para um novo ponto, ela sentia uma pequena pontada de perda. E se ele estivesse tocando nela pela última vez?

Finalmente, ele se afastou e buscou o traje espacial, checando várias peças de equipamento antes de levá-lo até ela.

Nenhum dos dois falou enquanto Luke a ajudava a entrar na parte de baixo do traje, o fixando firmemente na cintura. Ele a instruiu a levantar os braços e passou a parte superior por cima de sua cabeça. Com o rosto pálido, ele travou as duas partes em seus lugares. Houve um clique audível, e Glass puxou o ar com força.

— Você está bem? — perguntou Luke, segurando sua mão.

Ela assentiu a cabeça. Ele abriu a boca para responder, então mudou de ideia e esticou o braço para pegar as luvas, que ele colocou, uma de cada vez, nas mãos de Glass.

Só faltava o capacete.

— Eu deveria ter prendido meu cabelo antes — falou Glass, erguendo suas luvas.

— Eu faço isso.

Ele enfiou a mão no bolso da calça dela para pegar o elástico de cabelo, depois ficou atrás dela e fez um rabo de cavalo, delicadamente prendendo alguns fios rebeldes atrás de suas orelhas e deixando o elástico bem firme.

Luke sorriu de forma vacilante enquanto se afastava:

— Acho que está na hora de ir. — Ele colocou os braços em volta dela e, apesar de não poder sentir a pressão através do traje, Glass se sentiu aquecida por dentro. — Tenha muito, muito cuidado lá fora, tá? — pediu ele, com a voz abafada. — Se alguma coisa acontecer, volte imediatamente. Não corra nenhum risco.

Glass concordou com a cabeça:

— Eu te amo.

Ela não conseguia contar o número de vezes que tinha dito aquelas palavras, mas elas pareciam diferentes agora. Podia ouvir o eco de cada *eu te amo* passado nelas, e a promessa de uma vida de muitos outros.

Luke abaixou a cabeça e a beijou. Por um instante, Glass fechou os olhos e permitiu a si mesma fingir que esse era apenas um beijo normal, que ela era apenas uma menina qualquer de 17 anos beijando o garoto que amava. Ela se inclinou avidamente — e sentiu o peso do traje espacial volumoso a empurrar de volta para a realidade.

Ele se afastou e pegou o capacete.

— Boa sorte — disse ele, se abaixando para beijar sua testa.

Então ele colocou o capacete sobre sua cabeça e o travou no lugar.

Glass se engasgou quando o mundo ficou escuro e sufocante. Ela estava de volta ao Confinamento. Não conseguia ver, não conseguia respirar. Mas então sentiu Luke apertar sua mão por cima da luva, e relaxou, respirando fundo enquanto o ar do tanque fluía diretamente até seu nariz.

Depois de dias de privação de oxigênio, ser capaz de respirar assim causava euforia. Ela estava repentinamente acordada, capaz de fazer qualquer coisa. Ela mostrou um sinal de positivo a Luke para avisá-lo de que estava pronta, e ele caminhou até o painel de controle. Ela ouviu um som chiado em seu capacete, e então a voz de Luke estava em seu ouvido:

— Como você está aí dentro, andarilha espacial?

— Estou bem — disse ela, sem saber se deveria falar. — Você consegue me escutar?

— Alto e claro — falou ele. — O rádio está preparado. Quer dar um passeio?

Glass fez que sim a cabeça, e ele a guiou até a câmara de vácuo. O traje era mais leve do que ela esperava, mas caminhar ainda requeria muita concentração, quase como se ela fosse um bebê, experimentando cada membro antes de tentar movê-lo. Luke digitou um código no painel ao lado da porta pesada de metal, e ela se abriu, revelando a minúscula câmara de vácuo. Do outro lado estava a porta que levava ao exterior, a um vácuo de menos 270 graus.

Ele prendeu um cabo à parte frontal do traje, então checou novamente para garantir que estava seguro. Luke mostrou a ela onde o cabo se prendia à nave e como se estendia e retraía para seguir os movimentos de Glass.

— Certo — falou ele, a voz vindo de algum lugar atrás do ouvido direito dela. — Vou entrar para fechar a primeira porta. Então lhe aviso quando for seguro abrir a segunda porta. Você terá dez segundos para passar por ela antes de ela se fechar automaticamente. É só segurar na primeira alça e impulsionar seu corpo para fora.

— Parece moleza.

Luke checou seu equipamento uma última vez, depois apertou sua mão:

— Você se sairá muito bem. — Ele bateu de leve na parte da frente de seu capacete. — Até já.

— Até já — repetiu ela.

Ele desapareceu pela porta, a deixando sozinha, sem nada entre ela e o vasto vazio do espaço a não ser uma porta de metal e um traje espacial de trezentos anos.

— Tudo certo. — A voz de Luke veio pelo alto-falante novamente. — Prepare-se. Vou abrir a segunda porta.

Glass se arrastou para a frente, as pernas repentinamente pesadas. Depois dos oito passos mais longos de sua vida, ela chegou à porta:

— Estou pronta.

— Certo. Estou digitando o código agora.

Ela ouviu um alarme alto, e a porta à sua frente se abriu.

Por um momento, tudo o que conseguiu fazer foi ficar parada e olhar fixamente para a clara visão que tinha do espaço pela primeira vez. Agora compreendia o que Luke queria dizer quando ele falava que aquilo era lindo. A escuridão era encorpada, como o veludo que sua mãe transformara numa saia um dia, e as estrelas cintilavam contra ela, muito mais brilhantes do que tinha visto através de uma janela. Pela primeira vez, a curva cinza borrada da Terra parecia mais misteriosa do que assustadora. Era incrível pensar que Wells estava lá embaixo, andando, respirando... *se ele ainda estiver vivo*, a parte cínica de seu cérebro acrescentou.

— Vá com tudo — sussurrou a voz de Luke em seu ouvido.

Ela respirou fundo e esticou a mão para segurar a primeira alça, forçando seus dedos cobertos pela luva a passarem em volta dela e a puxarem para fora da porta.

E então ela estava no espaço, segurando uma única alça enquanto olhava para o estonteante mar de estrelas e gás que apenas esperava para engoli-la de uma vez só. Atrás dela, a porta se fechou com um baque.

Glass se balançou um pouco, se deliciando brevemente com a excitação da ausência de gravidade. Então viu o caminho para Phoenix, e sua boca ficou repentinamente seca. Nunca tinha parecido tão longo quando estava correndo para ver Luke, mas dessa perspectiva, ele parecia infinito. Teria que contornar toda a lateral de Walden antes de ao menos ver a ponte suspensa.

Você consegue, ela disse a si mesma, rangendo os dentes. *Você* tem *que fazer isso. Um de cada vez*. Ela moveu a mão esquerda até o próximo apoio, então puxou o corpo. Na ausência de gravidade, aquilo exigia um esforço mínimo, mas seu coração estava batendo num ritmo insustentável.

— Como você está aí fora? — A voz de Luke ecoou em seu capacete.

— É lindo — respondeu Glass, com a voz baixa. — Agora entendo porque você sempre foi tão rápido para se oferecer para fazer isto.

— Não é tão lindo quanto você.

Glass se movia de alça em alça, entrando num ritmo:

— Aposto que você diz isso para todas as garotas do controle de missões.

— Na verdade, se me lembro corretamente, já usei esta cantada com você antes — disse Luke.

Glass sorriu. Na época em que costumavam entrar escondidos nos campos solares, olhavam para as estrelas pela janela, e Luke sempre dizia a Glass que ela era mais bonita.

— Humm. Parece que você precisa de material novo, meu amigo. — Ela balançou até a próxima alça e arriscou uma olhada para trás. Já não conseguia mais ver a porta de lançamento. — Ainda está muito longe? — perguntou ela.

— Você está chegando à ponte suspensa, o que significa que terá que tomar cuidado para que ninguém a veja. Há um segundo grupo de alças debaixo da ponte. Use essas, só por segurança.

— Entendi.

Ela se movia de forma gradual, tentando não pensar sobre o que aconteceria se algo desse errado em seu traje, que repentinamente pareceu muito frágil, uma proteção insignificante do vácuo do espaço.

A ponte suspensa apareceu no canto de seu olho. Ela ainda estava obstruída, com uma barreira selada hermeticamente entre as seções de Walden e Phoenix. Amontoados de pessoas ainda se aglomeravam junto à barreira do lado de Walden, batendo nela de forma impotente, esperando atravessá-la. Enquanto se aproximava, Glass viu o segundo conjunto de alças que Luke tinha mencionado, aquelas que seguiam por debaixo da ponte em vez de pela lateral. Havia uma distância significativa entre a última alça do conjunto em que ela estava e a primeira do próximo conjunto — longe demais para alcançar.

Glass parou. Se empurrasse a parede de Walden com força suficiente, poderia se lançar na direção da alça. Mesmo se errasse, o pior que poderia acontecer era ela flutuar por alguns segundos até Luke recolher o cabo e a puxar de volta na direção da nave.

— Certo, tenho que saltar até a próxima alça — disse Glass.

Ela girou o corpo para que seus dois pés estivessem contra a lateral da nave e esticou seu braço esquerdo para ficar pronta. Ela respirou fundo, tensionou os músculos e deu impulso, sorrindo ao ter a sensação de voar pelo espaço.

Mas aparentemente superestimou a força de que precisava, porque voou além da alça, seus dedos agarrando nada além de espaço vazio.

— Luke, eu errei. Você pode me puxar de volta. — Ela tinha começado a girar e estava perdendo o senso de direção. — Luke?

A voz dele nunca veio.

Tudo o que Glass podia ouvir era o som da própria respiração. Ela continuou a girar, cada vez para mais longe da nave, o cabo rapidamente se desenrolando atrás dela.

— Luke! — gritou ela, sacudindo os braços. — *Luke!* — gritou ela novamente, respirando com dificuldade enquanto o oxigênio parecia desaparecer de seu capacete. Ela havia puxado o ar com muita intensidade, e precisava esperar o sistema de ventilação se reajustar. *Não entre em pânico*, disse a si mesma. Mas então viu a Colônia de relance, e se engasgou. Tinha flutuado até muito longe — Walden, Phoenix e Arcadia estavam visíveis, e ficando menores a cada segundo. O cabo parecia longo demais. Será que a essa altura ele já deveria ter travado e a puxado na direção da Colônia? Então outro pensamento a atingiu, afiado como uma faca. E se a corda tivesse arrebentado? Glass conhecia o suficiente sobre movimento linear para saber que, a não ser que colidisse com alguma coisa, continuaria a girar na mesma direção. Em dez minutos, seu oxigênio acabaria e ela morreria. E então seu corpo continuaria a flutuar, para todo o sempre, se afastando cada vez mais.

Ela percebeu que estava chorando e se esforçou para se conter.

— Luke? — chamou ela, tentando não usar muito oxigênio.

Sua cabeça doía por causa dos giros que a desorientavam. Toda vez que a Colônia aparecia em seu campo de visão, estava menor. Era o fim.

Então sentiu um puxão rápido e violento na frente de seu traje, e a corda se esticou.

— Glass? Você está aí? Você está bem?

— Luke! — Ela nunca tinha ficado tão feliz em escutar a voz dele. — Tentei pular, e errei a alça, e então... o que aconteceu?

O cabo começou a se retrair lentamente, trazendo-a de volta na direção da nave.

— Tivemos algumas... visitas inesperadas na sala de controle, pessoas vasculhando em busca de suprimentos. Não se preocupe, já cuidei disso.

— O que você quer dizer com isso?

Luke suspirou:

— Tive que apagá-los. Eles eram quatro, Glass, e queriam... — Ele fez uma pausa. — Não estavam sendo amigáveis. Você estava em apuros, e eu não podia perder tempo explicando o que estava acontecendo.

— Tudo bem. Estou bem.

Então ela avistou a ponte suspensa e a série de alças. Ela flexionou os dedos em antecipação. De forma alguma ela erraria dessa vez.

— Estou quase lá — disse ela a Luke. A alça se aproximava rapidamente. Glass esticou o braço, fixou os olhos sobre ela e a agarrou. — Peguei! — gritou ela, enquanto seus dedos se fechavam no apoio de metal.

— Essa é a minha garota! — Ela pôde sentir o sorriso na voz de Luke.

Glass suspirou alto e então levou a outra mão sobre o apoio seguinte. Não demorou muito para atravessar a parte inferior da ponte suspensa e seguir até a câmara de vácuo de Phoenix.

Quando finalmente chegou à entrada, plantou seus pés contra a lateral da nave e usou toda a sua força para rodar a manivela pesada. A porta se abriu com um chiado satisfatório.

— Estou aqui!

Ela se segurou na borda e entrou numa pequena antecâmara, quase idêntica à de Walden.

Luke soltou um grito animado:

— Certo, estou a caminho. Nos encontramos na ponte suspensa.

— Nos vemos lá.

Glass esperou a porta externa se fechar, então se soltou do cabo e correu na direção da segunda porta, que se abriu automaticamente. Sem perder tempo, tirou o capacete e começou a lutar contra o traje. Demorou mais para tirá-lo do que Luke demorou para vesti-la, mas conseguiu.

Não parecia haver nenhum guarda nos corredores. Parecia não haver absolutamente ninguém. A euforia de Glass deu lugar à preocupação quando imaginou o que sua mãe poderia estar fazendo. Será que ela estava sozinha e em pânico? Ou será que os phoenicianos estavam fingindo que tudo estava como sempre, ignorando o fato de que dois terços da Colônia tinham sido abandonados para morrer?

Havia apenas dois guardas na ponte suspensa, nenhum dos quais estava prestando muita atenção aos controles. Os dois estavam a cerca de um terço da ponte, as mãos nas armas em suas cinturas, observando a partição na metade da ponte suspensa. Eram tantas pessoas se empurrando contra a parede transparente que ela parecia ser feita de pele humana.

Homens e mulheres estavam encostando seus rostos nela, gritando, segurando crianças com rostos azulados para que os guardas vissem. Nenhum som a atravessava, mas mesmo assim a angústia deles ecoava na cabeça de Glass. Ela viu palmas ficarem vermelhas de tanto bater. Um homem idoso estava sendo esmagado contra a parede pela multidão surtada, o rosto branco de pânico enquanto escorregava pela barreira até o chão.

Não havia escolha. Ela precisava deixá-los passar. Mesmo que aquilo significasse menos oxigênio para ela, para sua mãe, para Luke.

Glass engatinhou até a lateral da cabine de controle vazia. A chave parecia bem simples. Não havia uma grande variedade de nuanças na tecnologia. Ou a ponte estava aberta, ou fechada. Ela respirou fundo e acionou o botão principal.

No momento em que o alarme começou a soar, era tarde demais. Os guardas viraram e olharam para Glass com choque e terror, enquanto a partição começava a se retrair para o teto.

Um velho homem foi o primeiro a passar, empurrado pelo frenesi da multidão. Depois algumas das mulheres menores rastejaram de barriga. Em questão de segundos, a partição tinha se retraído completamente e a ponte suspensa estava tomada por pessoas — gritando, chorando de felicidade e alívio, enchendo os pulmões de ar.

Glass ficou nas pontas dos pés, procurando no mar de corpos o único que importava para ela. Lá estava ele, no outro lado. Enquanto Luke vinha em sua direção, com um sorriso orgulhoso no rosto, ela esperou que eles tivessem feito a coisa certa.

Ela havia acabado de salvar centenas de vidas — e de encurtar drasticamente outras centenas. Incluindo a sua própria.

CAPÍTULO 13

Clarke

No meio da manhã, a cabana tinha ficado quase toda vazia. Depois de 12 horas se empurrando para conseguir espaço num cômodo densamente habitado que fedia a medo e suor, todos tinham aparentemente decidido que os Terráqueos já não eram mais tão ameaçadores.

Mas o clima no acampamento ainda estava tenso. Um grupo grande já estava trabalhando duro na construção de uma quarta cabana para que pudessem se abrigar mais confortavelmente. Ninguém sabia onde Wells estava, então Bellamy tinha assumido o comando. Ela podia ouvir a voz dele ao longe dando ordens sobre fundações e vigas de suporte.

Clarke deu um sorriso, mas então o sentiu desaparecer quando se aproximou para checar como estavam Molly e Felix. Eles não estavam melhorando. Pior ainda, dois outros — um garoto arcadiano e uma menina de Walden — tinham começado a apresentar os mesmos sintomas de fadiga, desorientação e náusea.

Priya estava dentro da cabana da enfermaria, ajudando uma Molly parcialmente acordada a beber alguns goles de água. Ela acenou com a cabeça para Clarke, depois delicadamente abaixou a cabeça de Molly. Ela se aproximou, ainda segurando o copo de metal.

— Achei que poderíamos usar este aqui para as pessoas doentes — falou ela suavemente. — Para o caso de ser algo contagioso.

— É uma boa ideia — disse Clarke. — Embora você não pareça com medo de pegar nada.

Priya encolheu os ombros, então colocou uma mecha de seu cabelo preto e grosso atrás da orelha:

— Se não podemos cuidar uns dos outros, então significa que eles estavam certos sobre nós o tempo todo.

— Eles?

— As pessoas que nos condenaram a morrer no dia de nossos aniversários de 18 anos. Eles me tiraram da sala de execução, você sabe. O médico estava com a agulha pronta e tudo mais. Ele estava prestes a dar a injeção quando recebeu uma mensagem em seu implante de córnea dizendo que eu seria mandada à Terra em vez de morrer.

— Por que você foi Confinada? — perguntou Clarke delicadamente, sentindo que podia perguntar a Priya a única coisa que era tabu no acampamento.

Mas antes que Priya tivesse tempo para responder, a porta se abriu, e Eric entrou arrastando os pés, preocupação e exaustão estampadas no rosto.

— Acho que devemos dar os comprimidos a eles — falou ele, abandonando qualquer pretensão de civilidade. Clarke abriu a boca para perguntar de que ele estava falando, mas Eric a interrompeu. — Eu sei sobre os comprimidos de radiação. Acho que você deveria dá-los às pessoas doentes. Agora.

Clarke lhe ofereceu o que ela esperava ser um olhar que inspirasse confiança.

— Não é envenenamento por radiação — disse ela, utilizando quaisquer reservas de paciência que haviam restado depois da noite terrível. — E esses comprimidos os *matarão* se forem usados para qualquer outra coisa.

— Como você pode ter tanta certeza? Você nem mesmo terminou seu treinamento de medicina. O que sabe sobre envenenamento por radiação?

Clarke empalideceu, não por causa do insulto — ela sabia que Eric estava apenas preocupado com Felix —, mas por causa do segredo que apodrecia dentro dela, muito mais tóxico do que qualquer ferida. Apenas duas pessoas no planeta sabiam por que Clarke tinha sido Confinada. Ninguém mais sabia sobre os experimentos de seus pais, ou sobre as crianças que haviam sofrido sob seus cuidados.

Ela tentou outra abordagem:

— Se estivéssemos expostos a níveis tóxicos de radiação, todos os Terráqueos estariam mortos.

— Não se eles evoluíram para serem imunes a ela, ou algo assim.

Clarke não tinha resposta para aquilo. Ela estava desesperada para perguntar a Sasha mais sobre os outros Colonos, aqueles que tinham chegado há um ano. Uma teoria vinha se infiltrando em sua mente desde que encontrou os destroços. Os pedaços de metal eram o elo perdido, tinha certeza disso. Só precisava descobrir mais.

— Não se preocupe — disse ela, colocando a mão no ombro de Eric. — Nós vamos descobrir o que está acontecendo. Eles ficarão bem. Você e Priya podem ficar de olho em todos por algum tempo? Eu já volto.

Eric assentiu a cabeça, depois seguiu para o leito de Felix com um suspiro. Priya o observou por um instante, e se sentou ao lado dele e apertou seu braço:

— Pode ir, Clarke. Ficaremos bem.

Clarke apertou os olhos quando saiu à luz do sol. A dor em seu braço tinha quase desaparecido e sua cabeça estava tranquila pela primeira vez em dias. Mas, apesar de se sentir fisicamente melhor do que tinha se sentido desde a picada de cobra, ansiedade se acumulava em seu estômago enquanto procurava Sasha. Será que ela havia conseguido fugir sob a vigília de Wells? Ou pior, será que Graham e seus camaradas a tinham levado a algum lugar?

Ela examinou a clareira, que estava agitada com atividade, a maior parte dela em torno da nova cabana. Algumas pessoas arrastavam enormes pedaços de madeira na direção do novo canteiro de obras, enquanto outros faziam cortes em troncos menores para que se encaixassem. Alguns dos rapazes mais velhos tinham começado a rolar os troncos maiores para dentro das valas que haviam cavado para a fundação. Bellamy estava entre eles.

Ele tinha tirado a camisa, e sua pele estava brilhosa de suor. Mesmo de longe, Clarke podia ver os músculos de suas costas se contraindo enquanto usava todo o seu peso para arrastar o tronco até a posição correta.

Uma menina de cabelo encaracolado se aproximou dele, seguida de duas amigas risonhas. Essas garotas tinham levado a moda de cortar as calças ao extremo, e agora puxavam as beiras esfarrapadas dos shorts que mal cobriam a parte superior de suas coxas.

— Ei — falou a primeira menina. — Precisamos de uma pessoa alta para nos ajudar a consertar o teto na cabana norte. Ele já está cedendo.

Bellamy mal olhou para ela:

— Construam uma escada.

Clarke reprimiu uma risada quando uma sombra de irritação se formou no rosto da menina antes de ela voltar ao seu sorriso recatado:

— Você pode nos mostrar como se faz?

Bellamy olhou para trás e fez um gesto chamando alguém:

— Ei, Antonio. Venha até aqui. — Um garoto baixo e troncudo com espinhas e um sorriso amável veio correndo. — Essas moças precisam de ajuda com a cabana. Você pode ajudá-las?

— Com prazer — disse Antonio, os olhos se arregalando quando se virou de Bellamy para as garotas, que estavam tentando, com graus variados de sucesso, esconder sua decepção.

Clarke sorriu para si mesma, secretamente satisfeita com o pouco interesse que Bellamy demonstrava às outras meninas muito bonitas. Ele era tão convencido e encantador quando queria que ficava difícil acreditar que só tivesse tido uma namorada até hoje.

Era ainda mais difícil acreditar que aquela namorada era a pessoa cujo rosto Clarke via todas as noites antes de dormir. Cuja voz ela ainda podia ouvir quando tudo estava em silêncio.

Ela balançou a cabeça e partiu na direção de Bellamy:

— Que cavalheiro — provocou ela, observando as meninas se afastarem de forma desanimada com um Antonio visivelmente eufórico.

— Bem, olá. — Bellamy a puxou para um abraço. — Como você está se sentindo?

— Como se eu precisasse de um banho. — Clarke empurrou Bellamy para longe, rindo. — E agora estou coberta com o seu suor.

— Bem, considere isso um acerto de contas por quando eu a carreguei por *seis quilômetros* com você inconsciente. Não sabia que era possível um ser humano babar tanto sem morrer de desidratação.

— Eu não *babei* em você — protestou Clarke.

— Como você sabe? Estava desacordada. A não ser que... — Ele estreitou os olhos e pareceu pensativo. — A não ser que você tenha apenas fingido toda aquela coisa de picada de cobra para não ter que andar. Isso teria sido muito engenhoso.

Clarke apenas sorriu.

— Você sabe aonde Sasha foi? — perguntou ela.

O rosto de Bellamy se fechou:

— Acho que Wells deve tê-la levado a algum lugar. Os dois estão desaparecidos há horas. — Ele balançou a cabeça. — Aquele idiota.

— Ah — falou Clarke, fazendo o possível para manter a voz neutra.

Não havia nenhum motivo para se importar com o fato de Wells ter saído com Sasha. Ele tinha exatamente o mesmo direito de conversar com ela quanto Clarke. Mas, por alguma razão, a ideia dos dois sozinhos na floresta a deixava desconfortável.

— Sim, eu sei — disse Bellamy, confundindo sua surpresa com desaprovação. — Não sei em que diabos ele estava pensando. Não posso forçá-la a me ajudar a encontrar Octavia, mas Wells pode sair para fazer um piquenique com ela. Faz sentido.

— Escute, você pode vir comigo? Quero voltar para examinar aqueles destroços que encontramos.

Bellamy franziu a testa:

— Não sei se esta é uma boa ideia.

— Ficaremos de olho nos Terráqueos. Ficará tudo bem — disse ela.

— É só que... não quero me afastar muito do acampamento, caso Octavia volte. Não quero me desencontrar dela.

Clarke assentiu com a cabeça, se sentindo culpada. Ali estava ela, entretida com sua teoria ridícula, enquanto Bellamy ainda não sabia onde sua irmã estava, ou mesmo se ela estava viva. Enquanto seus companheiros de acampamento podiam estar morrendo na cabana da enfermaria, e ela possuía comprimidos que poderiam salvar suas vidas:

— Você está certo. Eu vou sozinha.

— O quê? — Bellamy fez que não com a cabeça. — De jeito nenhum. Prefiro ficar coberto com a baba de Graham a deixar você ir sozinha.

— *Deixar?* — repetiu Clarke. — Sinto muito. Na última vez que cheguei, ninguém mandava em mim.

— Você sabe do que estou falando. Só preocupado com você.

— Eu ficarei *bem*.

— Sim, eu sei que você ficará bem, porque irei com você.

— Tudo bem — disse Clarke, se forçando a soar mais aborrecida do que estava se sentindo.

Ela sabia que Bellamy não estava tentando controlá-la. Ele se importava com ela, e aquela ideia fez suas bochechas corarem.

Eles saíram de fininho sem contar a ninguém onde estavam indo e, alguns minutos depois, estavam imersos na tranquilidade da floresta. Caminharam a maior parte do tempo em silêncio, ambos aliviados por fugir do questionamento constante de seus companheiros de acampamento carentes. Mas, depois de quase uma hora, uma ponta de preocupação levou Clarke a falar.

— Você tem certeza de que este é o caminho certo? — perguntou ela, depois que passaram por uma pedra coberta de musgo pelo que parecia ser a segunda vez.

— Tenho. Ali está o lugar onde quase a deixei cair — falou ele, apontando vagamente para um lugar distante. — Foi ali que parei para me assegurar de que você não estava sufocando no próprio vômito. E, oh, veja só, foi ali que você recuperou a consciência por alguns segundos e me disse que eu tinha o maior...

Ele interrompeu a frase com um uivo quando Clarke o acertou na barriga com o cotovelo.

Bellamy riu, mas então algo ao longe chamou sua atenção, e seu rosto ficou sério:

— Acho que estamos próximos.

Clarke concordou com a cabeça e começou a vasculhar o solo em busca de qualquer coisa metálica. Ela estava determinada a descobrir de onde vinham os destroços. Um módulo de transporte? Um abrigo que os primeiros Colonos tinham construído?

Mas, em vez do brilho do metal, seus olhos encontraram uma série de formas que fizeram seu coração pular até a boca.

Três grandes pedras saíam do solo. Elas um dia podem ter sido retas, mas agora duas estavam inclinadas uma na direção da outra, enquanto uma terceira oscilava precariamente para longe do grupo. Tinham aproximadamente o mesmo tamanho, e era impossível não perceber que haviam sido colocadas ali de propósito. Mesmo de longe, Clarke podia distinguir marcas toscas sobre as pedras — letras talhadas com pressa com ferramentas inadequadas. Ou, Clarke percebeu enquanto decifrava as formas, talhadas por alguém tremendo de medo e tristeza.

DESCANSEM EM PAZ.

Clarke nunca tinha ouvido aquelas palavras faladas em voz alta, mas podia senti-las em seu peito, como se a lembrança estivesse armazenada em algum lugar dentro de seus ossos. Sua mão se esticou para segurar a de Bellamy, mas seus dedos não encontraram nada além de ar.

Ela se virou e o viu agachado em frente às lápides. Ela se aproximou e colocou a mão em seu ombro.

— São túmulos — disse ele, com a voz baixa, sem olhar para ela.

— Realmente *houve* outra missão, então. Sasha estava dizendo a verdade.

Bellamy concordou com a cabeça e passou um dedo sobre a pedra:

— É bom, sabe, ter um lugar para visitar as pessoas que você perdeu. Eu gostaria que tivéssemos algo assim na Colônia, algo mais pessoal do que a Parede da Lembrança.

— Quem você gostaria de visitar? — perguntou Clarke, com a voz baixa, se perguntando se havia alguma forma de ele saber que Lilly tinha morrido.

— Apenas... amigos. Pessoas a quem nunca tive a chance de dizer adeus.

Bellamy se levantou com um suspiro, então passou o braço em volta de Clarke.

Ela se encostou nele, então voltou sua atenção aos túmulos:

— Você acha que eles morreram na queda? Ou mais tarde, depois de o que quer que tenha acontecido com os Terráqueos?

— Não tenho certeza. Por quê?

— Apenas queria que tivéssemos vindo mais cedo. Talvez pudéssemos ter feito algo para ajudá-los.

Bellamy a puxou mais para perto.

— Você não pode salvar todo mundo, Clarke — falou ele, baixinho.

Você não faz ideia, ela pensou.

CAPÍTULO 14

Wells

— Cuidado — gritou Wells, enquanto observava um dos garotos mais jovens esticar a mão na direção do fogo. — Use o bastão.

— Consegui — falou ele, cuidadosamente removendo o milho das pedras incandescentes que Wells tinha empilhado sobre as chamas, da forma como Sasha havia lhe explicado.

O milho tinha, literalmente, salvado vidas. Agora, em vez de sussurros furtivos e reclamações cansadas, o acampamento estava tomado pelo som de chamas crepitando e bate-papo revigorado. Todos se sentaram em volta da fogueira, mastigando a comida estranha, porém bem-vinda.

Depois de voltarem com o máximo que podiam carregar, Wells e Sasha tinham pegado duas bacias de água vazias e voltado ao jardim para colher mais. Quando voltavam devagar, sorrindo e cansados do esforço, Wells quase se esquecera que Sasha era prisioneira deles. Sentiu-se extremamente desconfortável quando, depois de lhe agradecer pela ajuda, teve que levá-la de volta à cabana da enfermaria. Por sorte, Clarke tinha saído e as pessoas doentes estavam dormindo, então ninguém o viu se desculpar com Sasha quando amarrou suas mãos novamente.

Você a pegou espionando, ele disse a si mesmo, enquanto observava um grupo de meninas desafiar alguns garotos de

Walden numa competição de arremesso de espigas de milho. Wells começou a protestar — Sasha os tinha advertido para não deixar as espigas na clareira, para que não atraíssem animais visitantes indesejados —, mas ele engoliu as palavras. Seria mais fácil trazer comida para Sasha sem que ninguém visse se não chamasse atenção.

Wells tirou habilmente algumas espigas das brasas, esticando a camisa para poder carregá-las sem queimar as mãos, e voltou à cabana da enfermaria.

— Ei — sussurrou ele, enquanto caminhava silenciosamente na direção de seu leito. — Trouxe para você.

Ele lhe entregou uma das espigas de milho, que já tinham esfriado o suficiente para serem tocadas, então colocou as outras perto de Molly, Felix e Tamsin para que tivessem algo para comer quando acordassem. Estava ficando difícil encontrar voluntários para trazer comida e água para os doentes. Boatos sobre a doença estavam se espalhando, e agora era raro que alguém além de Clarke, Wells, Bellamy, Priya e Eric colocasse os pés dentro da enfermaria.

— Obrigada — agradeceu Sasha, disparando um olhar cauteloso para a porta antes de dar uma pequena mordida no milho.

— Como está? — perguntou Wells, voltando para se sentar na beira de seu leito. — Melhor do que a pasta de proteína?

Ela sorriu:

— Sim, definitivamente melhor. Embora ainda esteja bastante sem graça. Por que você não temperou com aquelas folhas de pimenta como falei?

— Imaginei que o milho já era suficientemente suspeito. Revelar alguns truques culinários sofisticados poderia ter causado mais problemas do que valia a pena.

Ele esperou que ela o provocasse por causa de suas habilidades culinárias, mas, em vez disso, seu rosto ficou sério:

— Eles realmente não confiam em mim, não é mesmo?

— Havia um tom triste em sua voz quando ela se mexeu em seu leito. — O que posso fazer para convencer todos vocês de que não tive nada a ver com os ataques?

— Só vai levar algum tempo — respondeu Wells, embora ainda não tivesse total certeza de que *ele* acreditava nela.

Ele sabia que Sasha era simpática e racional, mas aquilo certamente não queria dizer que seu povo — seu *pai* — não fosse capaz de ser violento. Se, de alguma forma, a Colônia fosse ameaçada por algum inimigo que até então era inimaginável, o pai de Wells não teria pensado duas vezes antes de lançar um ataque.

A porta se abriu e Kendall entrou. Wells se levantou com um salto quando Kendall olhou para eles, uma expressão inescrutável no rosto:

— Sinto muito por perturbá-los — desculpou-se ela, olhando alternadamente para Wells e Sasha. — Só vim tirar um cochilo rápido. Não consegui dormir muito ontem à noite, obviamente.

— Tudo bem — falou Wells. Ele apontou para os leitos vazios. — Tem muito espaço.

Aparentemente, Kendall não estava preocupada em pegar a doença misteriosa.

— Não, tudo certo. Vou tentar uma das outras cabanas.

Ela olhou longamente mais uma vez para Wells antes de se virar e voltar à clareira.

— Viu só? Ninguém quer ficar no mesmo aposento em que estou. Eles todos acham que sou uma assassina.

Wells olhou para Tamsin, cuja perna com o curativo pesado podia muito bem ser uma advertência sobre os Terráqueos.

Para não dizer nada sobre o túmulo cavado mais recentemente no cemitério. Até que Sasha pudesse provar que realmente existia um bando de Terráqueos do mal, pessoas que não tinham nada a ver com ela, seria impossível que os cem a vissem como algo além de uma ameaça.

— Você quer dar um passeio? — perguntou ele repentinamente. — É bobeira ficar trancada aqui dentro o dia inteiro.

Sasha o examinou longamente antes de levantar as mãos amarradas de seu colo:

— Tudo bem. Mas chega de algemas. Você sabe que não vou a lugar nenhum.

Wells a soltou e então, enquanto Sasha ajeitava o agasalho felpudo, se aproximou de Molly para ver como ela estava.

— Ei — sussurrou ele, agachando ao lado de seu leito. — Como você está se sentindo? — Ela murmurou algo, mas não abriu os olhos. — Molly? — Com um suspiro, Wells puxou o cobertor sobre seus ombros magros, então colocou uma mecha de cabelo úmido de suor atrás de sua orelha. — Volto logo — falou ele, com a voz baixa.

Wells espiou a clareira. A maior parte do acampamento ainda estava reunida em volta da fogueira, ou dava os toques finais ao novo telhado. Se eles se apressassem, conseguiriam sair sem serem vistos. Wells decidiu não se preocupar com o fato de, pela segunda vez naquele dia, estar fazendo algo secreto, escondendo suas ações do resto do grupo. Ele se virou para gesticular para Sasha, e então rapidamente saíram da cabana e atravessaram a linha de árvores.

Dessa vez, Sasha levou Wells numa direção diferente, uma em que ele nunca tinha ido. Ao contrário de Bellamy, não passara muito tempo na floresta, e só estava acostumado ao caminho que normalmente usavam para buscar água no riacho.

— Cuidado — gritou Sasha, olhando para trás. — O solo fica muito íngreme aqui.

Íngreme era pouco. O solo repentinamente caía, e Wells foi forçado a se arrastar de lado, se agarrando às árvores finas e flexíveis que cresciam na encosta para não rolar morro abaixo. A inclinação era tão grande que algumas das raízes cresciam no ar em vez de debaixo do solo.

Sasha não parecia incomodada com o declive. Ela mal tinha desacelerado e estava agora vários metros à frente de Wells. Estendera os braços para o lado, usando os dedos esticados para se equilibrar, se parecendo com os pássaros que ele tinha visto mergulhando sobre a clareira.

Um estalo alto veio de trás. Assustado, Wells virou a cabeça rapidamente. O movimento foi suficiente para fazer seus pés derraparem, e ele caiu, deslizando pela grama escorregadia. Tentou afundar os dedos no solo para frear, mas continuava a ganhar velocidade até que algo o puxou até ele parar. Ofegante, ele levantou os olhos para ver Sasha sorrindo para ele enquanto segurava o colarinho de sua jaqueta.

— Você vai ter que esperar alguns meses para esquiar — disse ela, enquanto o ajudava a se colocar de pé.

— Esquiar? — repetiu Wells, limpando a parte traseira da calça e tentando não pensar sobre como ele devia estar parecendo um idiota. — Você está dizendo que teremos neve?

— Se você ainda estiver vivo até lá — falou Sasha, segurando o cotovelo de Wells enquanto ele escorregava novamente.

— Se eu morrer antes de ver a neve, será porque levei nas costas uma flechada de um de seus amigos. Não porque caio sem parar com a bunda no chão.

— Quantas vezes eu tenho que explicar isso? Aquelas pessoas definitivamente não são minhas *amigas*.

— Sim, mas você não os conhece bem o suficiente para pedir que parem de tentar nos matar? — respondeu ele, examinando o rosto dela em busca de uma pista de algo que poderia estar escondendo dele.

— É um pouco mais complicado do que isso — disse ela, o puxando pela ladeira.

Wells apontou para baixo:

— Você parece gostar de coisas complicadas.

Ela revirou os olhos:

— Acredite em mim, garoto do espaço. Isso vai valer a pena.

Quando estavam quase no fim do declive, Wells pegou impulso no morro para descer os últimos metros com um salto. Mas, em vez de pousar sobre a grama, seus pés atingiram algo duro. O impacto foi suficiente para fazer uma pontada de dor subir por suas pernas, apesar de, felizmente, dessa vez ter conseguido se manter de pé. Ele se encolheu, mas, quando olhou para baixo, surpresa espantou toda a sensação de desconforto.

O solo não era de grama ou terra. Era pedra. Ele se abaixou e passou os dedos pela superfície cinza áspera. Não, não era pedra — isso era uma *estrada*. Wells se levantou rapidamente e olhou para os lados, parcialmente esperando ouvir o ronco de um motor.

— Você está bem? — perguntou Sasha, se aproximando para ficar ao seu lado. Wells fez que sim com a cabeça, sem saber como explicar. Quando encontrou Clarke presa nas ruínas da igreja, estava aterrorizado demais para se concentrar em qualquer coisa além de tirá-la de lá. Agora se abaixou para examinar o cimento, a forma como suas fissuras rachavam e cresciam, pequenas plantas emergindo das fendas.

Na Colônia, tinha sido fácil pensar no Cataclismo no sentido abstrato. Ele sabia quantas pessoas haviam morrido quando aconteceu, quantas toneladas de toxinas foram lançadas no ar e por aí vai. Mas agora pensava sobre as pessoas que dirigiram, correram, ou talvez até mesmo rastejaram por essa estrada numa tentativa desesperada de fugir das bombas. Quantas pessoas tinham morrido neste exato local quando a terra tremeu e o céu se encheu de fumaça?

— É bem aqui — disse Sasha, colocando a mão no ombro dele. — Venha comigo.

— O que é bem ali? — perguntou ele, virando a cabeça de um lado para o outro.

O ar ali parecia diferente do da clareira, pesado com memórias que faziam Wells tremer.

— Você verá.

Eles caminharam em silêncio por alguns minutos. A cada passo, o coração de Wells batia um pouco mais rápido.

— Você tem que me prometer que não contará a ninguém sobre isto — pediu Sasha.

Sua voz ficou baixa, e ela olhou para trás de forma nervosa.

Wells hesitou. Tinha aprendido da forma mais difícil o que acontecia quando você fazia promessas que não podia cumprir:

— Você pode confiar em mim — disse ele, finalmente.

Sasha o encarou por um momento, então balançou a cabeça. Quando fizeram uma curva na estrada, a pele de Wells começou a se arrepiar, seus nervos zumbindo com energia enquanto seu corpo se preparava para o que quer que o esperasse.

Mas, quando a estrada ficou reta novamente, não havia nada. Apenas mais asfalto rachado com fendas onde plantas cresciam.

— Ali — falou Sasha, apontando na direção das árvores que margeavam a beira da estrada. — Você está vendo?

Wells começou a fazer que não com a cabeça, depois ficou imóvel quando um contorno geométrico apareceu entre o emaranhado de galhos.

Era uma casa.

— Oh, meu Deus — sussurrou Wells, enquanto dava alguns passos para a frente. — Isto é impossível. Achei que não tinha sobrado nada!

— Não há muita coisa. Mas as montanhas protegeram algumas estruturas das explosões. A maioria das pessoas daqui sobreviveu às bombas, mas depois morreu de fome ou envenenamento por radiação.

Enquanto se aproximavam, Wells viu que a casa era feita de pedra, o que ele imaginou que tivesse uma chance melhor de suportar a destruição, apesar de a maior parte do lado direito ter desabado.

Não havia mais nenhum vidro nas janelas, e vinhas espessas cobriam uma grande parte das paredes sobreviventes. Havia algo quase predatório na forma que elas envolviam as laterais, se contorcendo pelas janelas escancaradas e subindo por algo que um dia tinha sido uma chaminé, como se a terra estivesse tentando apagar todos os vestígios de vida humana.

— Podemos entrar? — perguntou Wells, quando percebeu que estava olhando fixamente para a casa num silêncio surpreso.

— Não. Acho que será mais divertido ficarmos aqui o dia inteiro e ver você embasbacado.

— Pega mais leve. Esta é a coisa mais louca que já vi.

Sasha piscou para ele de forma incrédula:

— Você viveu no *espaço*. Você viu *Marte*!

Ele sorriu:

— Você tem que usar um telescópio para ver Marte e, mesmo assim, é apenas um ponto vermelho. Agora vamos lá. Vamos entrar ou não?

Eles caminharam na direção do lado da casa mais afastado da parede desabada, onde havia uma janela a cerca de 2 metros do chão com um parapeito convidativo debaixo dela. Wells observou Sasha subir com facilidade no parapeito, depois passar para o outro lado da janela, desaparecendo na escuridão do interior.

— Você vem? — gritou ela para Wells.

Ele sorriu novamente e escalou a janela, pousando com um baque suave que expulsou todos os outros pensamentos de sua mente. Estava dentro de uma casa, um verdadeiro *lar*, onde pessoas tinham vivido antes do Cataclismo.

Wells virou a cabeça de um lado para o outro. Parecia que estavam no que um dia havia sido uma cozinha. O chão era coberto de ladrilhos brancos e amarelos, e havia armários brancos pendurados levemente tortos sobre uma pia profunda, a maior que Wells já tinha visto. A única luz vinha da janela quebrada e, filtrada pelas árvores ao redor, dava ao ambiente um brilho esverdeado, como se estivessem olhando para uma velha fotografia. Mas isso era inegavelmente real. Ele deu alguns passos para a frente e passou cautelosamente os dedos sobre o balcão, que estava coberto por gerações de poeira. Esticou o braço e, ainda mais delicadamente, abriu um dos armários.

Havia pilhas de pratos e tigelas no seu interior. Embora tivessem deslizado para o lado quando o armário se soltou, estava claro que tinham sido arrumados com carinho.

Alguns pareciam pertencer a um conjunto, outros eram únicos. Wells tirou um prato do topo da pilha. Esse tinha uma ilustração, apesar de parecer ter sido feita por uma criança. Eram quatro bonecos de palitos com rostos enormes e sorridentes, de mãos dadas. EU AMU NOÇA FAMILHA estava escrito em letras vacilantes sobre suas cabeças. Wells colocou o prato de volta cuidadosamente e se virou para ver Sasha olhando fixamente para ele da escuridão silenciosa e empoeirada.

— Aconteceu há muito tempo — disse ela, em voz baixa.

Wells concordou com a cabeça. As palavras *eu sei* se formaram em seu cérebro, mas se perderam em algum lugar no caminho até sua boca. Seus olhos começaram a arder e ele se virou rapidamente. Oito bilhões. Esse era o número de pessoas que tinham morrido durante o Cataclismo. Aquilo sempre parecera abstrato como qualquer número enorme, como a idade da Terra, ou o número de estrelas na galáxia. Mas agora ele daria qualquer coisa para saber que as pessoas que jantavam juntas nessa cozinha, com aqueles pratos, tinham, de alguma forma, conseguido fugir do planeta.

— Wells, venha ver isto.

Ele se virou e viu Sasha ajoelhada ao lado de uma pilha de pedras no outro lado da sala, onde a parede tinha cedido. Ela estava tirando poeira e pedaços de escombros de cima de algo no chão.

Ele se aproximou e agachou ao seu lado.

— O que é isso? — perguntou ele, quando Sasha puxou o que parecia ser uma fivela. — Cuidado — advertiu ele, se lembrando da cobra de Clarke.

— É uma mala — disse Sasha, a voz uma mistura de surpresa e algo mais.

Apreensão? Medo?

A mala se abriu, levantando uma nova nuvem de poeira no ar, e os dois se aproximaram para ver melhor. Havia apenas alguns itens ali dentro. Três pequenas camisas desbotadas que Wells examinou uma a uma, de forma cuidadosa as reposicionando exatamente como as encontrara. Havia também um livro. A maioria das páginas tinha apodrecido, mas sobraram páginas suficientes para que Wells pudesse dizer que era sobre um garoto chamado Charlie. Ele hesitou antes de colocá-lo de volta. Teria adorado examiná-lo na luz do sol, mas, por alguma razão, não parecia certo tirar nada daquela casa.

O único outro item reconhecível era um pequeno urso de pelúcia. Seus pelos provavelmente tinham sido amarelos um dia, embora fosse difícil dizer com toda a poeira. Sasha o pegou e olhou para ele por um instante, antes de pressionar seu dedo contra o focinho preto.

— Pobre urso — disse ela, com um sorriso, embora não conseguisse manter a voz firme.

— É simplesmente tão triste — falou Wells, passando o dedo sobre uma das camisetas. — Se eles tivessem saído antes, talvez tivessem fugido a tempo.

— Aonde eles deveriam ir? — perguntou Sasha, olhando para ele, enquanto limpava a poeira de uma das patas do urso. — Você faz alguma ideia de quanto custava chegar a um dos locais de lançamento durante o Abandono? As pessoas que viviam por aqui não tinham tanto dinheiro.

— Não foi assim que funcionou — disse Wells, um tom irritado surgindo em sua voz. Ele respirou fundo para recuperar a compostura. Parecia terrivelmente errado gritar num lugar como esse. — As pessoas não precisaram *pagar* para entrar na nave.

— Não? Então como os Colonos foram selecionados?

— Eles vieram de nações neutras — respondeu Wells, repentinamente se sentindo como se estivesse novamente numa aula do primário. — Aqueles que não foram gananciosos ou tolos o suficiente para se envolverem na guerra nuclear.

O olhar que Sasha lançou para ele era diferente de qualquer um que já tinha visto nos rostos de seus professores, mesmo quando ele estava errado. Eles nunca olhavam para ele com uma mistura de pena e desprezo. No máximo, o olhar de Sasha era mais parecido com o do pai.

— Então por que todos na nave falam inglês? — perguntou ela, com a voz baixa.

Ele não tinha uma resposta para aquilo. Passara a vida toda imaginando como seria ver ruínas reais da Terra, e agora que estava ali, pensar em todas as vidas que haviam sido extintas durante o Cataclismo dificultava a respiração.

— Acho melhor voltarmos — sugeriu ele, se levantando e oferecendo a mão para ajudar Sasha.

Ela olhou para a mala por um longo instante, então colocou o urso debaixo do braço e segurou a mão de Wells.

CAPÍTULO 15

Bellamy

Foi preciso algum tempo para convencer Clarke a voltar para o acampamento. Ela havia insistido em procurar mais peças dos escombros, algo que pudesse fornecer alguma informação sobre os outros Colonos. Mas, conforme as sombras se alongavam, a pele de Bellamy se arrepiava de uma forma que não tinha nada a ver com o frio que se espalhava no ar. Era tolice passar tanto tempo na floresta com os Terráqueos espiando. Assim que a pequena espiã lhe dissesse onde poderia encontrar Octavia, Bellamy iria atrás deles — que se danem as lanças e flechas. Mas não queria confrontá-los até estar preparado, e certamente não com Clarke ao seu lado.

Depois de uma hora de busca infrutífera, Clarke tinha finalmente concordado que era melhor irem.

— Só... mais um segundo — pediu ela agora, e correu até a margem da clareira.

Ela parou diante de uma árvore coberta com flores brancas. A árvore parecia frágil, e de alguma forma pequena demais para todas as folhas ali penduradas. Bellamy se lembrou de como Octavia ficava quando vestia todas as roupas de sua mãe, camada sobre camada de tecido, e desfilava para Bellamy.

Clarke ficou nas pontas dos pés, arrancou algumas flores da árvore e ajoelhou para arrumá-las em frente a cada uma das lápides. Ela ficou ali parada em silêncio por um momento, a cabeça baixa. Então se aproximou e segurou a mão de Bellamy, o levando embora do cemitério solitário que o resto do mundo tinha esquecido.

Clarke permaneceu estranhamente calada enquanto voltavam para o acampamento. Finalmente, Bellamy rompeu o silêncio:

— Você está bem?

Ele esticou a mão para ajudar Clarke a passar por um tronco, mas ela nem notou.

— Estou bem — disse ela, subindo no tronco e descendo tranquilamente no outro lado.

Bellamy não insistiu. Sabia que era melhor não insistir. Clarke não era o tipo de garota que fazia joguinhos mentais. Falaria quando quisesse falar. Mas, quando olhou para ela novamente, algo no rosto de Clarke deixou seu peito apertado, enfraquecendo sua determinação. Ela não parecia apenas séria, ou mesmo triste — parecia assombrada.

Ele parou imediatamente e passou seus braços em volta dela. Clarke se encolheu, sem retribuir o abraço.

Bellamy começou a se afastar, mas pensou melhor e lhe deu um abraço mais apertado:

— Clarke, o que houve?

Quando ela falou, sua voz veio baixa:

— Não consigo parar de pensar naqueles túmulos. Só queria saber de quem eles são, como eles morreram...

Ela parou de falar, mas Bellamy sabia que Clarke estava pensando nas pessoas doentes que tinha deixado no acampamento.

— Eu sei — falou Bellamy. — Mas, Clarke, quem quer que fossem aquelas pessoas, estão mortas há mais de um ano. Não há nada que você pudesse ter feito para ajudá-las. — Ele ficou em silêncio por um instante. — E pense assim... pelo menos eles puderam estar aqui, na Terra, mesmo que não tenha sido por muito tempo. Provavelmente ficaram jazzeados com a experiência.

Para sua surpresa, Clarke sorriu — foi um pequeno sorriso, mas o suficiente para afastar um pouco da tristeza que se escondia em seus olhos.

— *Jazzeados?* O que isso significa? Que você está tão feliz que está a fim de ouvir jazz?

— *A fim* de ouvir jazz? Quer dizer "feliz porque tem a *chance* de ouvir jazz". Tão feliz que seu coração começa a bater no ritmo do jazz.

— Até parece que você conhece jazz — retrucou Clarke, ainda sorrindo. — A maior parte desse tipo de música se perdeu há séculos.

Bellamy sorriu de forma afetada:

— Talvez em Phoenix. Encontrei um MP3 player velho com algumas canções de jazz um dia. — Ele encolheu os ombros. — Pelo menos, achei que fosse jazz.

O som era como ele sempre tinha imaginado que jazz soaria — lúdico, comovente, livre.

— Então como é o ritmo de jazz?

— Tem mais a ver com a *sensação* — disse Bellamy, esticando o braço para segurar a mão de Clarke. Ele começou a batucar um ritmo em seu braço.

Ela estremeceu quando seus dedos se movimentaram na parte interna de seu cotovelo:

— Então jazz tem a mesma sensação de um esquisitão fazendo cócegas em seu braço?

— Não em seu braço. Em seu corpo todo. Você sente na sua garganta... — Ele levou os dedos até o pescoço e batucou em sua clavícula. — Em seus pés... — Ele ajoelhou e batucou na lateral de sua bota, e Clarke riu. — Em seu peito... — Ele se levantou, levando a mão ao coração dela e a deixando ali, sem movê-la.

Ela fechou os olhos conforme sua respiração se encurtava.

— Acho que agora estou sentindo — disse ela.

Bellamy olhava fixamente para Clarke, maravilhado. Com os olhos fechados e os lábios entreabertos, a luz da tarde atingindo seu cabelo louro-avermelhado como uma auréola, ela se parecia uma das fadas que ele costumava descrever para Octavia em suas histórias para dormir.

Ele abaixou a cabeça e roçou seus lábios nos dela. Clarke retribuiu o beijo por um instante, depois se afastou com a testa franzida.

— Você não queria ir embora? — perguntou ela. — Sei que estamos fora há algum tempo.

— É uma longa caminhada de volta. Talvez devêssemos descansar antes. — Sem esperar a resposta, Bellamy deslizou seu braço pelas costas de Clarke e a levantou em seus braços, da mesma forma que a tinha carregado da última vez. Mas agora, seus olhos estavam brilhantes e focados nos dele, os braços dela em volta do seu pescoço. Lentamente, Bellamy os guiou até o chão, que estava coberto de musgo e folhas úmidas. — Melhor? — sussurrou Bellamy.

Clarke respondeu entrelaçando suas mãos no cabelo dele e o beijando. Bellamy fechou os olhos e a puxou para mais perto, se esquecendo de tudo a não ser a sensação do corpo de Clarke contra o dele.

— Você está com frio? — perguntou ela, e ele percebeu que em algum momento ela havia tirado a camisa dele.

— Não — respondeu ele suavemente. Ele sabia de uma forma objetiva que estava frio, mas não sentia. Ele afastou o corpo e olhou para ela, seu cabelo esparramado sobre a grama. — E você?

Ele passou a mão de leve pela lateral do corpo de Clarke, e ela retesou o corpo.

— Bellamy — sussurrou ela. — Você já...

Ela não terminou a frase, mas não precisou. Bellamy não teve pressa em responder, beijando sua testa, depois seu nariz, então os delicados lábios rosados.

— Já — disse ele, finalmente. Ele podia dizer pelo rosto corado revelador de Clarke que ela nunca tinha, e ficou um pouco surpreso, por causa de sua história com Wells. — Mas apenas com uma pessoa — acrescentou ele. — Alguém de quem eu realmente gostava.

Ele queria falar mais, no entanto sua voz falhou. Todas aquelas lembranças de Lilly estavam embrulhadas em dor. E a única coisa em que ele queria pensar nesse momento era a linda garota ao seu lado: uma garota de quem ele nunca se separaria, independentemente do que acontecesse.

— Sério? Você pegou tudo? — perguntou Bellamy, surpreso e mais do que um pouco impressionado.

Eles estavam na escada de emergência atrás do centro de custódia — tecnicamente já havia passado o toque de recolher, mas ninguém nunca ficava de olho nos internos mais velhos, então era fácil Bellamy e Lilly se encontrarem ali.

Ela mostrou a bandeja de bolinhos que tinha roubado do centro de distribuição. Eram para uma Cerimônia de Comprometimento em Phoenix, mas agora estavam prestes a se comprometerem com os estômagos de Bellamy e Lilly.

Bellamy sorriu:

— Tenho sido uma má influência para você, não tenho?

— Por favor. Não se dê tanto crédito. — Lilly enfiou uma tortinha de maçã na boca. Ela pegou um bolo de baunilha — o preferido de Bellamy — e entregou a ele. — Sempre tive isso dentro de mim.

Lilly levantou a sobrancelha de forma tão adorável que Bellamy foi tomado por um desejo louco e repentino de beijá-la. Mas sabia que não devia fazer aquilo. Já tinha beijado garotas antes, e aquilo só havia bagunçado seus cérebros, transformando-as numa massa ambulante de risadinhas que sempre queria segurar sua mão. Lilly era sua melhor amiga. Beijá-la definitivamente seria um erro.

— Guarde este para Octavia — falou Lilly, entregando-lhe um bolinho enfeitado com frutinhas de Vênus.

Bellamy colocou o bolinho cuidadosamente no degrau ao seu lado, então voltou a devorar o seu. Ele sabia por experiência própria que era sempre melhor se livrar de mercadorias roubadas o mais rápido possível.

Lilly riu, e ele olhou para ela com um sorriso.

— O quê? — perguntou Bellamy, limpando a boca com as costas da mão. — Não ouse criticar minhas maneiras à mesa. Não estamos nem perto de uma mesa.

— Na verdade estou curiosa — perguntou ela, com uma sinceridade fingida. — Como você conseguiu ficar com tanto bolo no rosto? — Ele a empurrou de leve, e ela riu. — Não acho que conseguiria ficar com tanto bolo no rosto nem se eu *tentasse*.

— Desafio aceito.

Bellamy esticou o braço, tirou a cobertura de um dos bolos e lambuzou o queixo e a boca de Lilly. Ela berrou e o empurrou para longe, mas não antes de ele conseguir passar mais um pouco na ponta de seu nariz.

— Bellamy! — exclamou ela. — Você sabe por quanto poderíamos ter vendido isto?

Bellamy sorriu de forma afetada. Era difícil levar alguém coberto de glacê muito a sério:

— Oh, acredite em mim, esse visual não tem preço.

A expressão de Lilly mudou para algo que ele não conseguiu identificar.

— É mesmo? — perguntou ela delicadamente.

Ele fechou os olhos, se preparando para ter glacê espalhado por todo o rosto — e sentiu os lábios de Lilly sobre os dele. Ficou imóvel por um instante, surpreso, então retribuiu o beijo. O beijo dela era suave e tinha gosto de açúcar.

Quando ela finalmente se afastou, ele examinou seu rosto, se perguntando sobre o que tinha acabado de acontecer.

— Oh — disse ela. — Acho que me esqueci de uma coisa.

— O quê?

Bellamy se moveu de forma desajeitada. Ele sabia que era uma má ideia beijar sua melhor amiga, ele nunca deveria ter...

— Faltou um pedaço — murmurou Lilly, o puxando para mais perto e o beijando novamente.

Clarke se sentou tão rápido que sua cabeça quase bateu contra o queixo de Bellamy.

— Opa — falou ele, a segurando pelos ombros. — Clarke, está tudo bem. Não precisamos fazer nada.

Ele esfregou as mãos em círculos lentos nas costas dela. Sua pele estava fria através da camiseta fina.

— Não é isso — disse Clarke rapidamente. — Eu apenas... tenho algo que preciso lhe contar.

Bellamy segurou a mão de Clarke e entrelaçou os dedos dela com os seus.

— Você pode me contar qualquer coisa — garantiu ele.

Ela puxou a mão, levando os joelhos ao peito e os abraçando apertado.

— Eu realmente não sei como dizer isso — começou Clarke, quase mais para si mesma do que para ele. Olhava fixamente para a frente, sem querer, ou sem conseguir, olhar para os olhos dele. — Só contei isso a uma pessoa antes, e não acabou bem.

Ele instintivamente soube que ela estava falando de Wells.

— Tudo bem. — Ele colocou o braço nos ombros dela. — O que quer que seja, podemos dar um jeito.

Ela finalmente se virou para encará-lo, a expressão abatida:

— Eu não prometeria isso.

Ela suspirou, parecendo murchar, e então, de forma hesitante, começou a falar.

A princípio, Bellamy achou que a história de Clarke sobre os testes era algum tipo de piada. Não conseguia acreditar no que ela estava lhe contando — como seus pais estavam estudando radiação, como foram forçados pelo Vice-Chanceler a conduzir experimentos com crianças não registradas. Mas só precisou olhar uma vez para os olhos de Clarke para saber que tudo aquilo era aterrorizantemente real.

— Isso é *monstruoso* — interrompeu Bellamy, finalmente, rezando para que ela dissesse algo para fazer aquilo tudo ter algum sentido, explicar por que ela estava lhe contando aquilo naquele momento. De repente, outro pensamento fez seu sangue gelar. — *Octavia* não era registrada — falou ele lentamente. — Ela era a próxima da fila dos seus pequenos experimentos?

Ele estremeceu, aterrorizado, imaginando sua irmã trancada num laboratório secreto onde ninguém a ouviria gritar — onde ninguém saberia que ela estava sendo lentamente envenenada até morrer.

— Não sei — respondeu Clarke. — Não sei como as crianças eram selecionadas. Mas era horrível. Eu me odiava todos os dias.

— Então por que você não impediu aquilo? Por que seus pais *mataram* crianças inocentes? Eles eram tão diabólicos assim?

— Eles não eram diabólicos. Eles não tinham escolha!

Ela estava à beira das lágrimas, mas Bellamy não se importava.

— É claro que tinham — disse ele enfurecido. — Eu fiz a escolha de fazer tudo o que podia para proteger Octavia. Mas você fez a escolha de se abster e ver um monte de crianças *morrerem*.

— Eu nem sempre me abstive. — Clarke fechou os olhos. — Não com Lilly.

Levou um momento para Bellamy compreender o que Clarke estava dizendo:

— Lilly? Foi assim que você a conheceu? Lilly era uma de suas... cobaias? — Clarke fez que sim com a cabeça, se encolhendo, e a voz de Bellamy se ergueu com raiva. — Ela não morreu por causa de uma doença misteriosa. Ela morreu porque seus pais assassinos conduziram *experimentos* com ela.

Lilly. A única pessoa na nave que se importava com ele, além de Octavia. A única pessoa que já tinha amado.

Ele fez uma pausa enquanto as palavras de Clarke eram absorvidas:

— O que você quer dizer com nem sempre se abster? — Quando Clarke não falou nada, ele insistiu. — Você quer dizer que a ajudou a fugir? Ela ainda está viva?

— Ela era minha amiga, Bellamy. — Lágrimas escorreram pelo rosto de Clarke, mas Bellamy as ignorou. — Ela me ensinou a conversar com garotos, e me fez prometer usar meu cabelo solto uma vez por semana. Eu costumava levar livros para ela, e ela os lia em voz alta com todas aquelas vozes engraçadas, até ficar doente demais, e então era eu que lia para ela. E, quando ela me pediu para ajudá-la, eu a ajudei, eu *tive* que ajudá-la, ela não me deixou escolha...

— Ajudá-la como? — perguntou Bellamy, a voz grave e perigosa.

— Eu... Ela implorou para que eu fizesse a dor ir embora. Ela me pediu... — Clarke fungou e limpou o nariz com as costas da mão, sua voz falhando. — Para ajudá-la a morrer.

— Você está mentindo — disse Bellamy, sentindo náuseas. Há uma hora ele teria insistido que Clarke seria incapaz de fazer algo assim, teria defendido sua honra até a morte. Mas agora a garota à sua frente se parecia com uma desconhecida monstruosa. Lilly, no entanto, ele conhecia. — Ela nunca teria dito isso — rosnou ele, se levantando. — Ela teria feito todo o possível para sobreviver ao seu jogo doentio.

— Bellamy — começou Clarke, sem forças. — Você não entende...

Ela parou de falar quando um soluço saiu de sua garganta.

— Não *ouse* me dizer o que eu entendo — interrompeu Bellamy. — Nunca mais quero vê-la. Talvez você possa se oferecer aos Terráqueos. Isso não seria divertido? Toda uma nova população de crianças para usar como cobaias.

Ele se virou e saiu correndo, deixando Clarke sozinha e tremendo na floresta.

Bellamy atravessou a mata sem olhar, reprimindo as lágrimas. Nunca deveria ter confiado em Clarke, nunca deveria ter se deixado se aproximar dela. Há muito tempo tinha aprendido que a única pessoa em quem podia confiar era nele mesmo. E que a única pessoa que importava para ele era Octavia.

Já tinha perdido tempo demais. Estava na hora de recuperar a irmã.

Ele tinha cansado de brincar de bonzinho com a menina Terráquea. Estava cansado de brincar e ponto final.

CAPÍTULO 16

Wells

Ele estava preocupado em como voltar ao acampamento sem ser visto, embora, pelo menos dessa vez, ele e Sasha não estivessem carregando comida — apenas as lembranças da casa em ruínas que se grudavam à sua mente como uma camada fina de poeira.

Quando Wells viu Clarke sair de trás de uma grande árvore, suspirou de alívio. Eles estavam suficientemente próximos à clareira para ele poder deixar Sasha com Clarke e fingir que ela estava acompanhando a prisioneira até o banheiro. Ela não se importaria em lhe dar cobertura. Diferentemente dos outros, Clarke percebia a tolice que era tentar manter Sasha amarrada na cabana.

Wells levantou a mão num aceno, então notou que havia algo errado. Clarke sempre se movia com tanta determinação — fosse pegando um livro na biblioteca da nave, ou se aproximando para examinar uma planta que tinha chamado sua atenção. Foi um choque vê-la se arrastar pela floresta como se estivesse puxando um peso invisível atrás dela.

— Clarke — chamou Wells. Ele trocou olhares com Sasha, que balançou a cabeça concordando silenciosamente em ficar onde estava, então saiu apressado. Enquanto se aproximava, viu que os olhos dela estavam vermelhos. Clarke, que tinha encarado o julgamento de seus pais num silêncio pétreo, havia chorado? — Você está bem?

— Estou — disse ela, olhando para a frente para evitar encará-lo.

Mesmo sem as lágrimas, ele saberia que ela estava mentindo.

— Qual é, Clarke — falou ele, olhando para trás para se assegurar de que Sasha ainda estava longe o suficiente para não os escutar. — Depois de tudo por que passamos... — *Depois de toda a dor que causamos um ao outro*, Wells quis dizer, mas não falou. — ...você não acha que eu sei quando algo está errado? — Ela concordou com a cabeça, fungando, mas não disse nada. Wells franziu a testa. — Alguma coisa aconteceu com Bellamy?

Ele ficou esperando que ela lhe desse um fora, mas, para sua surpresa, Clarke olhou para ele, os olhos brilhando por causa das lágrimas.

— Sinto muito — falou ela. — Sinto muito mesmo, Wells. Eu o puni por tanto tempo. Eu devia tê-lo perdoado...

A voz de Clarke falhou e ela se virou.

— Está tudo bem — disse Wells de forma hesitante, passando um braço em volta dela. De alguma forma, ele sabia que o pedido de desculpas tinha mais a ver com Bellamy do que com ele mesmo. — O que posso fazer para ajudar? — perguntou ele. — Quer que eu dê uma surra nele por você?

— Não — respondeu Clarke, fungando, mas pelo menos ela estava sorrindo.

Antes que ele pudesse dizer qualquer outra coisa, os olhos de Clarke se arregalaram quando ela avistou alguma coisa além do ombro de Wells. Por um instante, ele achou que ela estava olhando para Sasha, mas, ao se virar para seguir o olhar de Clarke, seu desconforto se transformou em horror.

Alguma coisa estava pendurada no galho de uma árvore alta e grossa, girando lentamente, balançando de um lado para o outro quando batia contra o tronco.

É uma pessoa, pensou Wells, antes de perceber que aquilo era impossível. Nenhum pescoço podia ficar dobrado naquele ângulo. Nenhum rosto podia ficar tão azul.

Atrás dele, Clarke emitiu um som que ele nunca tinha ouvido antes, parte guincho, parte gemido.

Wells se aproximou alguns passos, esperando que seu cérebro oferecesse outra explicação, mas nenhuma apareceu.

— Não — disse ele em voz alta, piscando rapidamente para apagar a imagem, como costumava fazer com seu implante de córnea.

Mas a forma giratória permanecia ali.

Era uma menina pequena e, embora seu rosto estivesse inchado a ponto de não ser reconhecido, ele a conhecia pelos cabelos escuros brilhantes. Os pulsos delicados e as mãos pequenas que sempre tinham surpreendido Wells com sua força.

— *Priya* — falou Clarke atrás dele, ofegante.

Ela cambaleou até Wells e segurou seu braço. Pela primeira vez desde que tinham pousado na Terra, Clarke ficou horrorizada demais para fazer qualquer coisa que não apenas olhar.

A corda em volta do pescoço de Priya estava pressionada contra sua pele — pele que era bronzeada até poucas horas antes, e que era agora azul mosqueado.

— Temos que tirá-la de lá — disse Wells, embora soubesse que já não podia ser socorrida.

Ele deu um passo trêmulo para a frente, então percebeu que Sasha já estava trepando na árvore.

— Passe sua faca — falou ela, começando a rastejar sobre o galho. — Agora — ordenou ela, quando Wells não se moveu.

Ele deu alguns passos arrastados para a frente enquanto procurava a faca no bolso, então a jogou para Sasha, que a segurou com uma das mãos.

166

Silenciosamente, Sasha cortou a corda que amarrava Priya à árvore, e a abaixou com cuidado.

— Você acha... será que ela fez isso a si mesma? — perguntou Wells, virando de costas enquanto Clarke colocava a mão no pescoço machucado procurando pulso quando sabiam que ela não encontraria.

Priya era silenciosa, prestativa e decidida. Por que teria feito algo assim? Será que era uma saudade de casa tão terrível? Ou será que havia sentido que os cem não tinham chance de se salvar? Pontadas de culpa começaram a abrir caminho em seu horror. Será que ele podia ter feito mais para fazê-la se sentir segura?

— Não — disse Sasha, a voz trêmula.

Ela havia descido da árvore e agora estava parada alguns metros atrás de Wells.

— Ainda não tenho certeza — falou Clarke, sem tirar os olhos de Priya. — Eu teria que pensar mais sobre as marcas no pescoço, a posição da corda...

Ela parou de falar. Wells sabia que ela não gostava do papel de legista.

— Ela não se matou — disse Sasha, mais firmemente dessa vez.

— E como você sabe? — perguntou Clarke, finalmente afastando os olhos de Priya para olhar para Sasha.

Wells não sabia dizer se Clarke não estava gostando de ter sua autoridade médica questionada, ou se estava indignada com a intrusão da forasteira em sua dor particular.

— Os pés dela — falou Sasha suavemente, apontando.

Até esse momento, Wells não tinha percebido que Priya estava descalça. Ele se aproximou e apertou os olhos numa tentativa de entender sobre o que Sasha estava falando. Havia marcas nas solas que, a princípio, se pareciam de terra.

Mas, à medida que se aproximava, Wells percebeu que eram cortes — cortes em forma de letras.

— Oh, meu Deus — sussurrou Clarke.

Havia uma mensagem talhada na pele de Priya. Uma palavra na sola de cada um dos pequenos pés.

Vão. Embora.

Ele não teve que se preocupar em levar Sasha de volta à cabana. Assim que o som de passos e gritos abafados deixou claro que pessoas estavam vindo investigar os gritos de Clarke, Wells mandou Sasha de volta para a floresta com instruções de voltar escondida à clareira quando a barra estivesse limpa. Quando a notícia sobre Priya se espalhasse, a clareira se encheria de comoção, e ninguém notaria que a menina Terráquea tinha desaparecido.

Cerca de dez minutos depois, Eric e uma garota arcadiana carregavam o corpo de Priya morro abaixo, enquanto Antonio acompanhava uma Clarke de olhos arregalados e tremendo. Wells gostaria de poder ajudá-la pessoalmente — especialmente levando em conta como ela ficara aborrecida por causa de Bellamy mais cedo —, mas alguém precisava investigar a cena do crime, exatamente como estava, antes de o sol se por.

Ele observou os outros seguirem o corpo. Assim que a procissão funeral improvisada desapareceu atrás das árvores, ele começou a examinar o solo, tentando determinar se Priya tinha sido capturada na floresta, ou arrastada de outro local. Wells tentou não pensar em como ela deve ter ficado aterrorizada, ou o que os Terráqueos tinham feito para impedi-la de gritar. Ele tentou não pensar sobre se ela havia sentido a faca rasgar as solas de seus pés, ou se eles esperaram ela já estar morta para talhar sua pele.

Ele subiu no galho da árvore para examinar os pedaços de corda puídos. E descobriu que aquela era uma das cordas de nylon finas com que amarraram os contêineres de suprimentos no módulo de transporte. Isso significava que os Terráqueos tinham estado em seu *acampamento*.

Enquanto mais pensamentos sombrios começavam a minar sua determinação, outro grito ecoou através das árvores, fazendo seu coração se apertar no peito.

Sasha.

Com um movimento suave, ele desceu do galho e saiu em velocidade.

O grito veio novamente, mais alto dessa vez. Wells acelerou, praguejando toda vez que ele derrapava numa poça de lama ou tropeçava numa pedra escondida. Ele disparou pela trilha que tinha sido formada por frequentes idas ao riacho, seguindo o som floresta adentro.

Quando atravessou alguns arbustos e viu Sasha com Bellamy, sua primeira reação foi alívio. Bellamy também tinha ouvido os gritos e viera correndo. Mas então dois detalhes da cena entraram em foco — o medo nos olhos de Sasha, e o brilho de metal em seu pescoço.

Bellamy tinha envolvido o braço no pescoço de Sasha por trás, e estava pressionando algo afiado e prateado contra sua pele:

— Conte-me aonde seus amigos levaram minha irmã — exigia ele, os olhos selvagens. — Onde seu povo vive? O que eles estão fazendo com ela?

Sasha se engasgou e sussurrou algo que Wells não conseguiu ouvir. Com um grito, ele se arremessou sobre Bellamy e o derrubou no solo.

— Você está louco? — gritou Wells, derrubando a peça de metal da mão de Bellamy com um chute, um pedaço contorcido do módulo de transporte. Ele se virou para Sasha, que estava com os braços cruzados sobre o peito, tremendo. — Você está bem? — perguntou ele, mais delicadamente.

Ela fez que sim com a cabeça, mas quando passou a mão no pescoço, seus dedos voltaram lambuzados de sangue.

— Deixe-me ver.

Wells afastou seu cabelo para olhar melhor — havia um pequeno corte na base de seu pescoço, mas apenas um arranhão. Ela ficaria bem. Wells não quis pensar no que teria acontecido se ele tivesse chegado um pouco mais tarde.

— O que foi isso? — gritou ele, se virando para Bellamy, que estava se levantando, perturbado.

Quando Bellamy viu o sangue no pescoço de Sasha, pareceu empalidecer um pouco, mas seu tom era de indignação:

— Eu estava fazendo o que tinha que fazer para recuperar Octavia. Está claro que sou o único que ainda se importa com o que acontece com ela. — Bellamy olhou para Sasha. — Eu não ia feri-la. Apenas queria lhe mostrar que isso não é um jogo. É a *vida* da minha irmã.

— Você precisa ficar longe dela — falou Wells, se colocando na frente de Sasha.

A boca de Bellamy se contorceu num sorriso malicioso:

— Está falando sério? Em que lado você está, Wells? A cada dia que passa, minhas chances de encontrar Octavia viva diminuem. O que você acha que ela está fazendo, tomando chá com os Terráqueos? Ao que tudo indica, ela pode estar sendo torturada.

A dor na voz dele libertou algo dentro do peito de Wells. Ele sabia como Bellamy se sentia, terror e desespero o levando ao limite — porque foi exatamente assim que se sentiu quando descobriu que Clarke seria executada, ainda na Colônia.

170

— Eu sei — disse Wells, lutando para manter a voz firme. — Mas chega de tentar machucar qualquer um, certo? Não é assim que fazemos as coisas.

— *Por favor* — retrucou Bellamy. — Se eu estivesse realmente *tentando* feri-la, haveria uma poça de sangue terráqueo no solo neste momento.

— *Chega!* — gritou Wells, a voz rude. — Vou levar Sasha de volta ao acampamento. Sugiro que você permaneça aqui até estar pronto para ter uma discussão racional.

Wells segurou Sasha pela cintura e começou a guiá-la na direção da clareira.

— Traidor. — Ele ouviu Bellamy murmurar em voz baixa.

Wells tentou ignorá-lo, mas não conseguiu deixar de se perguntar se Bellamy tinha razão. Será que ele era tolo por confiar em Sasha? Ele olhou para o rosto dela, que estava completamente fechado, os olhos fixos no caminho à frente. Seu cérebro voltou, espontaneamente, a uma imagem do corpo de Priya pendurado. *Eles tinham entrado no acampamento.* Usaram a própria corda dos cem para matá-la.

— Sinto muito pelo que aconteceu — falou Wells, de forma tranquila. — Você está bem?

— Sim, estou.

Mas a voz dela ainda estava abalada, e ele podia sentir seu corpo tremer contra o dele. Então o braço dela se aproximou de seu pulso, e ela encostou a palma de sua mão na dele, ainda olhando para a frente, sem revelar nada.

Wells ficou em silêncio enquanto caminhavam na direção do acampamento, de mãos dadas.

CAPÍTULO 17

Glass

— Não olhe — disse Luke, enquanto puxava Glass para longe do corpo no chão.

Ela desviou os olhos antes de ter a chance de ver se era um guarda ou um civil. Nem mesmo sabia se era um homem ou uma mulher.

Glass não sabia o que tinha imaginado. Será que ela realmente achara que a ponte suspensa se abriria e todos os waldenitas e arcadianos fariam fila para entrar em Phoenix de forma calma e ordeira, oferecendo *olás* às pessoas que os haviam abandonado para morrer?

Não, ela sabia que não seria simples ou organizado. Mas não tinha contado com a confusão que tomou a ponte suspensa quando a barreira se levantou — um coro ensurdecedor de choro e gritos e vivas e berros.

Não tinha contado com a voz masculina soando nos alto-falantes. Nos últimos 17 anos, o sistema de som de Phoenix havia sido usado para transmitir comunicados vazios pré-gravados que eram lidos pela mesma mulher com a voz levemente robótica. "Por favor, lembrem-se de respeitar as restrições do toque de recolher" e "Todos os sinais de doença devem ser relatados a um monitor de saúde".

Mas, enquanto a primeira onda de pessoas avançava pela ponte suspensa, uma voz muito diferente soou sobre o clamor caótico:

— Todos os moradores de Walden e Arcadia deyem voltar à sua própria nave imediatamente. Essa é a sua única advertência. Todos os invasores serão baleados.

Ouvir uma voz masculina pelos alto-falantes era tão desconcertante quanto ver a ponte suspensa fechada, quase como se a nave tivesse sido possuída. Mas nem mesmo aquilo era tão perturbador quanto ver uma dúzia de guardas marchar na direção da ponte, com armas em punho.

Ainda assim, Glass não esperava que fossem realmente atirar em alguém.

Ela estava errada.

Os guardas abriram fogo contra a primeira onda de waldenitas que cruzou a ponte, mas nem aquilo foi suficiente para deter a multidão que disparava para dominar os guardas e tomar suas armas. Em questão de minutos, Phoenix estava tomada por waldenitas e arcadianos. A princípio, a maioria parecia aliviada por conseguir respirar, enchendo os pulmões com ar rico em oxigênio. Mas depois começaram a se espalhar por Phoenix, carregando o que pudessem encontrar como armas e derrubando portas para roubar dos phoenicianos. A situação tinha rapidamente ficado violenta e fora de controle.

Luke puxou Glass para o lado quando dois homens passaram correndo, cada um carregando um enorme contêiner com embalagens de proteína. Então outro par de waldenitas virou a esquina, mas esses não estavam carregando suprimentos — arrastavam um guarda inconsciente.

Glass cobriu a boca, horrorizada, enquanto observava a cabeça do jovem guarda rolar de um lado para o outro. Havia um enorme hematoma roxo em seu rosto, e ele tinha um corte no ombro que sangrava, deixando um rastro de sangue por onde passava. Podia sentir que Luke estava tenso ao seu lado, e segurou seu braço para contê-lo.

— *Não* — sussurrou ela. — Deixe eles irem.

Luke observou os waldenitas arrastarem o guarda até uma esquina e desaparecerem, apesar de ele e Glass ainda poderem ouvir suas risadas ecoando no corredor.

— Eu podia ter cuidado deles — falou Luke, com irritação.

Em outra situação, Glass poderia ter sorrido com a indignação de Luke, mas ela sentia apenas um pânico crescente. Tudo em que conseguia pensar era encontrar sua mãe e seguir para a plataforma de lançamento. Só podia torcer para que a mãe estivesse em casa, em segurança, que ela não tivesse se aventurado a sair no caos.

Glass amava sua mãe, mas ela nunca tinha sido particularmente boa em crises. Ao longo dos anos, Glass percebera que havia algumas batalhas que Sonja simplesmente não conseguia enfrentar.

Então Glass tinha aprendido a lutar por elas duas.

Era estranho voltar do Entreposto sozinha, sem Cora ou Huxley ao seu lado tagarelando sobre suas compras, ou fazendo planos para que seus pais não descobrissem quantos pontos tinham gastado. A ausência deles tornava Glass ainda mais ciente da leveza de seu bolso. Há apenas alguns minutos, ele guardava o último colar de sua mãe.

A mãe de Huxley tinha aparecido na cabine da joalheria exatamente quando Glass começou a pechinchar com a vendedora sobre quantos pontos o colar valia.

— É uma peça linda, querida — murmurou ela, oferecendo a Glass um sorriso piedoso antes de se inclinar para dizer algo a uma mulher que Glass não reconheceu.

Glass tinha enrubescido, mas continuou a discutir. Ela e a mãe precisavam daqueles pontos de ração.

Andando pelo Entreposto, Glass sentia os olhos de todos sobre ela. Phoenix estava num estado de choque encantado com o escândalo que envolvia sua família. Casos extraconjugais não eram nenhuma novidade, mas sair de casa era um passo drástico, levando em consideração a escassez de habitação. E, de acordo com as regras, duas pessoas não podiam ocupar um apartamento construído para três, o que significava que Glass e Sonja tinham sido forçadas a se mudar para uma unidade menor numa plataforma inconveniente. Agora, sem a fonte aparentemente inesgotável de pontos de ração de seu pai, haviam sido obrigadas a vender quase tudo o que tinham no Entreposto para não precisar viver à base só de água e pasta de proteína.

Glass entrou em seu corredor e suspirou aliviada quando viu que o caminho estava vazio. O único benefício de morar num local tão indesejável era não encontrar pessoas que conhecia. Ou melhor, que tinha conhecido. Semanas se passaram desde a última vez que Cora havia feito algo além de acenar brevemente com a cabeça no corredor, segurando o cotovelo de Huxley quando sorria para Glass. Wells era o único de seus amigos que agia como se nada tivesse mudado — mas ele acabara de começar o treinamento para oficial, o que o deixava tão ocupado que ele mal tinha tempo para visitar a mãe no hospital, e menos ainda para passar algum tempo com Glass.

Ela pressionou a mão contra o sensor da porta e entrou, torcendo o nariz. Seu velho apartamento sempre teve um aroma que era uma combinação de frutas caras da estufa e o perfume de sua mãe, e ela ainda não tinha se acostumado ao cheiro rançoso e abafado que sufocava a unidade menor.

Estava escuro no seu interior, então Sonja não devia estar em casa. As luzes estavam conectadas a sensores de movimento. Mas, quando Glass entrou, elas não acenderam. Aquilo era estranho. Balançou a mão para cima e para baixo, mas nada aconteceu. Ela resmungou. Agora teria que enviar um pedido de manutenção, o que sempre demorava uma eternidade. No passado, seu pai teria simplesmente mandado uma mensagem ao amigo Jessamyn — o chefe da unidade de reparos — e aquilo seria consertado imediatamente. Mas Glass não conseguia suportar a ideia de pedir nenhum favor ao seu pai.

— Glass? É você? — Sonja se levantou do sofá, um vulto amorfo na luz fraca.

Ela começou a andar na direção de Glass, mas resmungou quando trombou com algo que fez barulho ao bater no chão.

— Por que você está sentada no escuro? — perguntou Glass. — Já enviou mensagem para a equipe de manutenção? — Sonja não respondeu. — Eu mesma faço isso — falou Glass, irritada.

— Não, não faça isso. Não vai adiantar.

Sonja parecia cansada.

— Do que você está falando? — perguntou Glass, perdendo a calma.

Ela sabia que devia se esforçar mais para ser paciente com a mãe, mas ela andava tão irritante ultimamente.

— O sensor não está quebrado. Passamos da nossa cota de energia, e não tenho pontos de ração para cobrir.

— O quê? — falou Glass. — Isso é ridículo. Eles não podem fazer isso conosco.

— Não temos escolha. Teremos que esperar até...

— Não vamos esperar — disse Glass, indignada.

Ela girou sobre os calcanhares e saiu do apartamento escuro.

O escritório do pai de Cora ficava no fim de um longo corredor onde a maioria dos chefes de departamento trabalhava. O caminho não estava muito movimentado — Glass sabia por experiência própria que a maioria dos chefes designados pelo

Conselho passava muito pouco tempo em seus escritórios — mas seu estômago ainda embrulhava ao pensar em encontrar algum dos amigos de seu pai.

O assistente do Sr. Drake, um jovem que Glass não reconheceu, estava sentado a uma escrivaninha, mexendo com alguns números numa imagem holográfica. Ele olhou para ela e ergueu uma sobrancelha:

— Posso ajudá-la?

— Preciso falar com o Sr. Drake.

— Receio que o Chefe de Recursos esteja ocupado no momento. Por que não anoto um recado e aviso que...

—Tudo bem. *Eu* vou avisá-lo.

Glass ofereceu um sorriso arrogante para o rapaz e passou por ele para entrar no escritório.

O pai de Cora levantou os olhos atrás da mesa quando Glass entrou. Por um segundo, apenas olhou para ela com surpresa, mas então seu rosto se abriu num enorme e falso sorriso:

— Glass! Que surpresa agradável. O que posso fazer por você, querida?

—Você pode religar minha luz — exigiu ela. — Tenho certeza de que foi apenas um engano, é óbvio. Você nunca deixaria minha mãe e eu passarmos o próximo mês sentadas no escuro intencionalmente.

O Sr. Drake franziu a testa enquanto batucava em sua mesa, abrindo um arquivo na tela:

— Bem, vocês ultrapassaram a cota, então, a não ser que tenham pontos para transferir para sua conta, receio que não exista nada que eu possa fazer.

— Nós dois sabemos que isso é uma mentira. Você é o Chefe de Recursos... pode fazer o que bem entender.

Ele lançou a Glass um olhar frio e calculista:

—Tenho que pensar no bem-estar de toda a Colônia. Se alguém usa mais do que sua parcela justa, seria irresponsabilidade minha fazer exceções.

Glass inclinou a cabeça para o lado:

— Então subornar funcionários para entrar na estufa e vender frutas no mercado negro não conta como exceção? — perguntou ela, com uma inocência fingida.

O rosto do Sr. Drake ficou vermelho:

— Não faço ideia do que você está falando.

— Sinto muito. Devo ter entendido errado o que Cora disse. Vou ter que pedir ao meu amigo Wells para me explicar. Ele sabe muito mais sobre tudo isso do que eu, por ser o filho do Chanceler e tudo mais.

O Sr. Drake ficou em silêncio por um instante antes de limpar a garganta:

— Acho que posso fazer uma concessão uma *única* vez. Agora, você deveria ir embora. Tenho uma reunião.

Glass lhe ofereceu um sorriso largo demais.

— Muito obrigada por sua ajuda — disse ela, então saiu do escritório, parando apenas para acenar com a cabeça para o assistente que a encarava.

Quando chegou em casa, as luzes já tinham sido religadas.

—Você fez isso? — perguntou Sonja, gesticulando para as luzes, espantada.

— Apenas esclareci um pequeno mal-entendido — respondeu Glass, indo até a cozinha para avaliar suas opções para o jantar.

— Obrigada, Glass. Estou muito orgulhosa de você.

Glass sentiu uma pontada de satisfação, mas, enquanto se virava para sorrir para Sonja, percebeu que a mãe já tinha desaparecido novamente em seu quarto.

O sorriso de Glass se esvaiu enquanto olhava fixamente para o local onde Sonja estava parada antes de voltar ao quarto. Tinha passado a vida toda acreditando que nunca seria tão bonita quanto a mãe, que nunca seria tão encantadora. Mas talvez Glass pudesse ter sucesso onde a mãe havia falhado. Ela descobriria como conseguir o que queria — o que necessitava — mesmo quando seus longos cílios deixassem de convencer, quando seu corpo não fosse mais jovem e belo.

Ela seria mais do que bonita. Seria forte.

O corredor de Glass estava surpreendentemente silencioso. Glass não sabia se esse era um bom ou mau sinal. Com o coração disparado, caminhou até sua porta e pressionou o polegar contra o scanner, Luke colocando a mão em seu ombro, uma forma silenciosa de reconforto. Mas antes de a máquina ter lido suas impressões digitais, a porta se abriu.

— Oh, meu Deus, Glass! — Num piscar de olhos, os braços de sua mãe estavam em volta dela. — Como você voltou? A ponte suspensa está fechada...

Ela parou de falar ao ver Luke.

Glass se preparou para o alívio de Sonja se transformar em desdém quando o visse — o garoto que ela culpava por arruinar a vida de Glass. Mas, para sua surpresa, a mãe se aproximou e segurou a mão de Luke entre as suas.

— Obrigada — agradeceu ela, com uma dignidade silenciosa. — Obrigada por trazê-la de volta.

Luke balançou a cabeça, evidentemente sem saber como responder, mas suas boas maneiras e seu autocontrole, como sempre, acabaram prevalecendo:

— Na verdade, foi Glass que me trouxe. A senhora tem uma filha extraordinariamente corajosa, Sra. Sorenson.

Sonja sorriu quando soltou Luke e colocou o braço em volta de Glass:

— Eu sei.

Ela os levou até a pequena mas arrumada sala de estar. Os olhos de Glass vasculharam o que estava à sua volta, mas ela não via nenhum indício de malas sendo feitas, ou qualquer intenção de partir.

— O que aconteceu por aqui? — perguntou ela, sem pensar. — Eles sabem quanto tempo o oxigênio ainda vai durar? Existem planos para evacuação?

Sonja negou com a cabeça:

— Ninguém sabe. O Chanceler não saiu do coma, então Rhodes ainda está no comando.

Glass sentiu uma pontada de tristeza por Wells — três semanas tinham se passado; a essa altura parecia que o Chanceler poderia nunca se recuperar. Especialmente a tempo de fugir da nave.

— Então o que eles estão dizendo às pessoas? — perguntou Glass, disparando um olhar na direção da mãe. Na noite anterior à sua fuga para Walden, vira sua mãe e Rhodes juntos — e eles pareciam mais íntimos do que amigos tinham o direito de ser. Mas Sonja apenas negou com a cabeça:

— Nada. Não houve nenhuma atualização, nenhuma instrução. — Ela suspirou e seu rosto ficou sério. — Mas as pessoas estão falando, claro. Assim que fecharam a ponte suspensa, ficou claro que... bem... que as coisas não iam melhorar.

— E quanto aos módulos de transporte? — perguntou Glass. — Alguém falou alguma coisa?

— Não oficialmente. A entrada para o lançamento ainda estava fechada na última vez que ouvi. Mas as pessoas já começaram a se dirigir para lá, por via das dúvidas.

Ela não precisou falar mais nada. A nave havia sido projetada com módulos de transporte suficientes para a população da Colônia original. Depois de três séculos no espaço, aquele número tinha mais do que quadruplicado. Nem mesmo os programas de controle populacional estabelecidos há um século conseguiram mudar a situação.

Para as crianças de Phoenix, o número limitado de módulos de transporte sempre tinha sido uma espécie de piada. Quando alguém dava uma resposta estúpida numa aula, ou errava num jogo na pista de gravidade, um de seus amigos inevitavelmente dizia algo nos moldes de "Vamos transferir seu assento no módulo de transporte". Era aceitável rir daquilo, porque os humanos deveriam permanecer na Colônia por pelo menos outro século. E, quando finalmente voltassem à Terra, haveria tempo suficiente para que os módulos de transporte fizessem várias viagens para levar todo mundo. Ninguém nunca tinha imaginado o que aconteceria no caso de uma evacuação em larga escala. A perspectiva era cruel demais.

— Nós deveríamos partir agora, então — disse Glass firmemente. — Não faz sentido esperarmos por uma comunicação. Até lá, será tarde demais. Todas as vagas terão sido ocupadas.

— Só vou pegar minhas coisas — falou Sonja, os olhos investigando o aposento enquanto fazia o inventário de suas posses escassas.

— Não temos tempo — disse Luke, segurando a mãe de Glass pelo braço e a levando na direção da porta. — Nada é suficientemente valioso para arriscarmos perder nossa chance de ir para a Terra.

Sonja concordou com a cabeça, os olhos cintilando de medo, e seguiu Luke pela porta.

À medida que se aproximavam da plataforma de lançamento, os corredores ficavam mais cheios — tomados por phoenicianos ansiosos, alguns carregando bolsas e crianças, outros levando apenas as roupas do corpo.

Luke segurou Glass com uma das mãos e Sonja com a outra, as guiando através da multidão na direção da escadaria. Glass tentou não fazer contato visual com nenhuma das pessoas por que passava. Não queria se lembrar de seus rostos quando pensasse nos mortos.

CAPÍTULO 18

Clarke

— Não é grave — disse Clarke a Sasha, enquanto terminava de limpar o corte em seu pescoço e se virava para inspecionar o suprimento de ataduras cada vez menor. Ela colocou a mão na caixa, então hesitou, sem saber se deveria usar uma das ataduras restantes. O ferimento de Sasha não era profundo e certamente cicatrizaria sozinho, mas, de qualquer forma, seria bom ser capaz de fazer *alguma coisa*.

— Você vai ficar bem — falou Clarke, desejando que o mesmo fosse verdade para a menina deitada no lado oposto da cabana, o rosto ferido e desfigurado coberto por um cobertor que ninguém queria remover. Clarke pedira para examinar o corpo de Priya mais uma vez antes de ela ser enterrada, para ver se havia alguma pista importante que ela e Wells tinham deixado passar em razão do choque e do horror.

Wells acenou com a cabeça para ela de onde vigiava a porta da cabana, e Clarke o seguiu até o lado de fora.

— Bellamy ficou louco — sussurrou ele para Clarke, e explicou o que Bellamy havia feito, como ele tentara forçar Sasha a lhe dar informações que ela não tinha. — Você precisa conversar com ele.

Clarke se encolheu. Não havia dúvidas de que ela o tinha levado àquilo; contar a Bellamy sobre Lilly o fizera perder a cabeça. Mas não conseguia imaginar como explicar a Wells o que tinha acontecido na floresta.

— Ele não vai me escutar — disse ela, olhando para a clareira à sua volta, de alguma forma ao mesmo tempo aliviada e decepcionada por não enxergar Bellamy em lugar nenhum.

— Vou procurá-lo — falou Wells, cansado. — Você fica aqui e vigia Sasha? Se Bellamy voltar e descobrir que ela fugiu, vai nos assassinar.

Ele fez uma careta ao ouvir sua própria escolha de palavras, então fechou os olhos e esfregou as têmporas.

A mão de Clarke se estendeu por força do hábito, treinada para bagunçar o cabelo de Wells sempre que o estresse provocava essa estranha imitação do pai dele. Clarke se segurou a tempo, e, em vez disso, colocou a mão no ombro de Wells:

— Você sabe que nada disso é culpa sua, não sabe?

— Sim, eu sei. — Aquilo soou mais frio do que evidentemente desejava, porque ele suspirou e balançou a cabeça. — Sinto muito. Quero dizer, obrigado.

Clarke balançou a cabeça, então olhou para trás na direção da cabana da enfermaria:

— Ela realmente precisa ficar lá dentro? Parece cruel obrigá-la a ficar sentada tão perto... — Ela parou antes de dizer *do corpo*. — De Priya.

Wells estremeceu, então olhou para o outro lado da clareira, onde um Graham com olhar rebelde se reunia com os amigos. Estavam afastados demais para ouvir, mas seus olhares se revezavam entre o túmulo que Eric estava cavando e a cabana da enfermaria atrás de Wells e Clarke.

— Acho que é melhor mantê-la afastada dos outros por enquanto. Não podemos arriscar irritar os Terráqueos, se algo acontecer a ela. Veja o que eles já fizeram, sem serem provocados.

Ele estava falando calma e logicamente, com o mesmo tom que usava para falar sobre quem deveria buscar água e cortar lenha, mas havia algo na expressão de Wells que fazia Clarke se perguntar se talvez ele tivesse outra razão para querer manter Sasha em segurança.

— Certo — concordou Clarke.

Depois que Wells saiu, ela respirou fundo e entrou novamente na cabana. Sasha estava sentada com as pernas cruzadas sobre um leito, passando um dedo na atadura em seu pescoço.

— Tente não tocar — falou Clarke, se sentando na beira de sua própria cama. — A atadura é esterilizada, mas suas mãos estão sujas.

A mão de Sasha foi para o colo, e ela olhou rapidamente para Priya.

— Sinto muito — falou ela, com uma voz baixa. — Não acredito que fizeram isso com ela.

— Obrigada — disse Clarke, de forma dura, sem saber como responder. Mas, quando viu que a dor no rosto de Sasha era real, ela amoleceu um pouco. — Sinto muito por termos trazido o corpo para ficar aqui com você. Será por pouco tempo.

— Tudo bem. Vocês não precisam se apressar. É importante passar um tempo com os mortos. Nós sempre esperamos até o terceiro pôr do sol para enterrar alguém.

Clarke olhou fixamente para ela:

— Você quer dizer que deixam o corpo do lado de fora?

Sasha assentiu com a cabeça:

— As pessoas demonstram pesar de maneiras diferentes. É importante dar a todo mundo tempo para dizer adeus de sua própria forma. — Ela parou e examinou Clarke, pensativa.

— Imagino que seja diferente na Colônia. Morte é algo mais raro lá, não é? Vocês têm remédios para tudo?

A voz dela era uma mistura frágil de surpresa e anseio que fez Clarke se perguntar que tipo de suprimentos os Terráqueos tinham, e quantas pessoas perderam por falta deles.

— Para muitas coisas. Mas não tudo. Um amigo meu perdeu a mãe há alguns anos. Foi terrível. Ela ficou no hospital durante meses, mas, no fim, não havia nada que pudesse ser feito.

Sasha levou os joelhos ao peito. Ela havia tirado suas botas de couro preto, revelando meias grossas que se esticavam até o fim da canela.

— Foi a mãe de Wells, não foi? — perguntou ela.

Clarke piscou para ela, surpresa:

— Ele contou a você? — indagou Clarke.

Sasha se virou e começou a mexer na barra de seu suéter preto maltrapilho:

— Não, só consigo perceber que ele sofreu muito. Dá para ver nos olhos dele.

— Bem, ele também causou bastante sofrimento — disse Clarke, de forma um pouco mais dura do que tinha desejado.

Sasha ergueu a cabeça e olhou para Clarke com uma expressão que era mais curiosidade do que mágoa:

— Todos nós causamos sofrimento, não é mesmo? Sabe, é engraçado. Quando eu pensava sobre os jovens da Colônia, imaginava vocês como completamente despreocupados. Afinal de contas, com o que vocês poderiam se preocupar? Tinham criados robôs, remédios que permitiam que todos vivessem até 150 anos e passavam todos os dias cercados de estrelas.

— Criados robôs? — repetiu Clarke, sentindo sua testa franzir. — Onde você ouviu isto?

— Simplesmente de histórias que as pessoas contavam. Sabíamos que a maior parte provavelmente não era verdade, mas era divertido pensar nisso. — Ela fez uma pausa e pareceu envergonhada, então começou a vestir suas botas novamente. — Vamos lá, tenho algo para lhe mostrar.

Clarke se levantou lentamente:

— Eu disse a Wells que ficaríamos aqui.

— Então é ele quem manda?

Foi uma pergunta inocente, mas ainda assim aquilo irritou Clarke. Sim, Wells vinha se esforçando para evitar que o acampamento se transformasse em um caos, mas aquilo não queria dizer que ele podia dar ordens a todos:

— Ele não manda em mim — disse Clarke. — Então aonde vamos?

— É uma surpresa — Vendo a hesitação de Clarke, Sasha suspirou. — Você ainda não confia em mim?

Clarke pensou na pergunta:

— Acho que confio em você tanto quanto em qualquer um aqui. Afinal de contas, você não está na Terra porque cometeu um crime.

Sasha olhou para ela com uma expressão confusa, mas, antes de ter tempo de fazer uma pergunta, Clarke se virou rapidamente para checar seus pacientes. Molly e Felix estavam inalterados, mas havia algo estranho com o lábio da menina de Walden. Parecia estar manchado com algo — será que era sangue? Clarke reprimiu uma arfada quando pensou nos últimos dias de Lilly, quando suas gengivas sangravam tão terrivelmente que tinha dificuldades para falar. Mas, quando Clarke pegou um pedaço de pano para limpar o sangue da boca da menina, ele saiu facilmente, quase como se fosse...

— Você está pronta? — perguntou Sasha.

Clarke se virou com um suspiro e fez que sim com a cabeça. Talvez Sasha pudesse lhe mostrar algumas plantas medicinais que os Terráqueos usavam. A essa altura, ela estava pronta para tentar qualquer coisa.

Ela abriu a porta e elas saíram para a clareira.

— Está tudo certo — disse ela ao garoto e à garota que Wells tinha designado para vigiar a cabana, imbuindo a voz com o máximo de autoridade possível. — Só estou levando a prisioneira ao banheiro.

A garota olhou para elas cautelosamente, mas o garoto balançou a cabeça.

— Está tudo certo. — Clarke o viu mexer os lábios para a garota, que permanecia pouco convencida.

Clarke não a culpava. Ainda não havia nenhuma prova para embasar a alegação de Sasha sobre os Terráqueos do mal. Quando cruzaram a linha de árvores, a nuca de Clarke se arrepiou, e ela começou a se perguntar se era realmente uma boa ideia entrar na floresta sozinha com Sasha. Um pensamento apavorante percorreu seu corpo. E se *Sasha* fosse a pessoa que tinha matado todos os Colonos?

Elas caminhavam juntas em silêncio. Quando Sasha parou para examinar uma planta crescendo junto a um tronco caído, Clarke teve dificuldade em pensar em qualquer coisa diferente da distância que tinham caminhado, e se alguém seria capaz de ouvi-la gritar. Ela continuava a ver Priya, o rosto azul e inchado e as terríveis palavras talhadas em seus pés.

Ela levantou os olhos e viu Sasha olhando fixamente para ela:

— Sinto muito, o que você disse? — perguntou Clarke.

— Só que vocês provavelmente deveriam arrancar essas inverneiras. Elas estão crescendo perto demais de seu acampamento.

Clarke olhou para o tronco, notando brevemente os pequenos frutos vermelhos.

— Isso é bom? — perguntou ela, repentinamente incapaz de se lembrar da última vez que tinha comido alguma coisa.

— Não! Elas são *realmente* venenosas — respondeu Sasha, se lançando para impedir Clarke de tocar nas frutinhas, embora nem tivesse ainda começado a tentar pegá-las.

Um pensamento invadiu a cabeça de Clarke, então pareceu se estabelecer em seu peito:

— Quais são os sintomas?

Sasha encolheu os ombros:

— Você vomita muito, acho. Basicamente não consegue sair da cama por uma semana.

Clarke repassou uma lista dos sintomas dos doentes: náusea, febre, fadiga.

— Oh, meu Deus — murmurou ela, pensando sobre a mancha na boca de Molly.

— É isso — disse Clarke, se virando para olhar para Sasha. — É isso o que está deixando as pessoas doentes. Elas devem ter comido as frutinhas.

Os olhos de Sasha se arregalaram, e então ela ofereceu a Clarke um pequeno sorriso:

— Eles vão ficar bem, então. Dizem para você ficar longe das inverneiras, mas, a não ser que você coma muito, elas não são fatais.

Clarke suspirou enquanto alívio tomava conta dela:

— Existe algum antídoto?

— Não que eu saiba — respondeu Sasha, pensando. — Mas, quando tínhamos 7 anos, um amigo comeu algumas num desafio. Você devia ter visto a expressão nos rostos de seus pais quando descobriram, oh, meu Deus. Mas, depois de cerca de uma semana, ele tinha voltado totalmente ao normal... o que, no caso dele, significava criar todos os tipos de confusão. Então acho que você só precisa esperar.

Clarke sorriu e, antes de pensar melhor sobre aquilo, puxou Sasha para um abraço.

— Então aonde você está me levando? — perguntou ela, repentinamente feliz por estar na floresta.

Parecia que ela não saía daquela enfermaria há muito tempo.

— Continue andando. Estamos quase lá.

Elas partiram novamente e, depois de dez minutos, Sasha parou, olhou para trás para se assegurar de que ninguém além de Clarke estava observando, e empurrou uma pilha de arbustos para o lado, revelando a entrada para alguma espécie de túnel na encosta da montanha.

— Por aqui — falou Sasha. — Vamos. É perfeitamente seguro.

Mais uma vez, Clarke sentiu uma pontada de inquietação quando pensou em como tinham se afastado do acampamento. Mas, ao ver o rosto sorridente e ansioso de Sasha, sua desconfiança se dissipou. Foram *eles* que capturaram Sasha, que a amarraram, lhe negaram comida, a mantiveram longe de sua família. Se ela confiava em Clarke, então Clarke devia a ela retribuir o favor.

Ela viu Sasha se abaixar e sumir dentro da caverna, então respirou fundo e a seguiu até o interior.

O peito de Clarke se apertou quando foi cercada pela escuridão. Ela abriu os braços, tentando descobrir qual era o tamanho do espaço. Mas então seus olhos se ajustaram à luz fraca, e ela viu que a caverna era maior do que seu quarto na Colônia. Havia bastante ar, e espaço suficiente para ela ficar de pé.

O solo de terra estava coberto com pilhas de objetos. Alguns ela reconhecia, como assentos quebrados do módulo de transporte e um tablet obsoleto, como aqueles que na Colônia eles davam às crianças pequenas como brinquedo. Mas havia muitas coisas que ela não conseguia identificar, fragmentos de metal que se pareciam com os que Clarke tinha descoberto na floresta, mas não exatamente iguais.

— O que são todas estas coisas? — perguntou Clarke, ajoelhando para examinar um recipiente de água rachado.

— Encontrei depois que o primeiro módulo de transporte caiu — falou Sasha, baixinho. — Os Colonos deixaram a maior parte para trás, mas eu não podia simplesmente abandonar aquilo na floresta. Eu tinha passado a minha vida toda imaginando como era na Colônia, e agora que havia material real vindo do espaço, bem aqui... eu precisava descobrir mais. — Ela se abaixou e apanhou o tablet com um sorriso irônico. — Imagino que vocês não usem isto para chamar seus criados robôs.

Clarke estava pronta para fazer uma piada sobre mandar um criado robô fazer algo para elas comerem, quando um brilho de prata polida chamou sua atenção.

Sasha seguiu seu olhar.

— Este é um dos meus favoritos — disse ela, segurando a peça. — Acho que é...

— Um relógio — falou Clarke, repentinamente entorpecida.

Sasha olhou para ela com uma expressão estranha e lhe entregou:

— Você está bem?

Clarke não respondeu, não conseguia responder. Ela passou o dedo sobre o vidro, e depois, trêmula, sobre a pulseira de prata.

— *Clarke* — falou Sasha, sua voz parecendo muito distante. — O que houve?

Ela virou o relógio lentamente, embora não houvesse nenhuma dúvida sobre o que ela veria. Lá estavam elas. Três letras talhadas no metal.

D.B.G.

Era o relógio de seu pai, aquele que tinha sido passado de mão em mão em sua família desde que seu ancestral, David Bailey Griffin, o levou consigo para Phoenix logo antes do Êxodo.

Clarke piscou rapidamente. Isso não podia ser real. Aquilo só podia ser uma alucinação. Não havia nenhuma forma possível de o relógio ter chegado à Terra. Seu pai estava com ele no pulso na última vez que ela o viu, momentos antes de ele morrer. Antes de receber uma injeção letal e ser arremessado no espaço.

Ela passou o dedo na pulseira e estremeceu quando um calafrio percorreu seu corpo todo. Como se ela tivesse acabado de dar a mão a um fantasma.

No fim, eles a deixaram dar adeus ao seu pai. Como Clarke tinha sido acusada, mas ainda não havia sido julgada, o Chanceler permitiu que os guardas a acompanhassem de sua cela até o centro médico.

Infelizmente, a decisão do Chanceler veio tarde demais para que Clarke visse sua mãe. Ela soube que a mãe estava morta antes mesmo de os guardas lhe avisarem — ela podia ver em seus rostos.

Os guardas levaram Clarke a uma parte do centro médico a que ela nunca havia ido. Aprendizes de médicos não participavam de execuções.

Seu pai estava sentado numa cadeira no que, à primeira vista, parecia ser uma sala de exames normal, a não ser pelo fato de não haver nenhum armário cheio de remédios, nenhuma atadura, nenhum equipamento médico — nada que fosse necessário para salvar uma vida. Apenas as ferramentas para acabar com ela.

— Clarke — falou seu pai, com um sorriso que não alcançou seus olhos arregalados e assombrados. — Vai ficar tudo bem.

Sua voz estava trêmula, mas seu sorriso nunca vacilou.

Ela se soltou dos guardas e se jogou sobre ele. Havia prometido a si mesma que tentaria não chorar, mas não adiantou. No momento em que sentiu os braços de seu pai à sua volta, uma série de espasmos tomou conta de seu corpo. Lágrimas rolaram por seu rosto e acabaram sobre o ombro de seu pai.

— Preciso que você seja corajosa — disse ele, a voz finalmente falhando. — Você vai ficar bem, só precisa ser forte. Seu aniversário de 18 anos não está longe; eles a julgarão de novo, e você será perdoada. Você *tem* que ser. — A voz dele se abaixou até se transformar num sussurro. — Eu sei que você vai ficar bem, minha menina corajosa.

— Pai — falou Clarke, soluçando. — Eu sinto muito, sinto muito mesmo, jamais quis...

— Acabou o tempo — disse um dos guardas bruscamente.

— *Não!* — Clarke afundou as unhas nos ombros do pai, se recusando a soltá-lo. — Pai, você não pode, não permita, não!

Ele beijou sua testa:

— Isto não é um adeus, querida. Sua mãe e eu a veremos no paraíso.

Paraíso?, pensou Clarke, confusa. Espontaneamente a letra da velha canção surgiu em sua mente. *Heaven is a place on Earth*

(O paraíso é um lugar na Terra). Como ele poderia estar pensando em algo tão ridículo num momento como esse?

Ele segurou as mãos dela e as apertou dentro das dele. Ainda estava usando seu relógio — eles ainda não o haviam confiscado. Será que ela devia pedir para ficar com ele? Aquela seria sua última chance de ter alguma lembrança dele. Mas a ideia de seu pai tirando o relógio com as mãos trêmulas, deixando seu pulso estranhamente nu enquanto o amarravam à mesa, era demais para Clarke suportar.

Um guarda segurou seu braço:

—Venha.

Clarke berrou como se tivesse sido queimada:

— Não — gritou ela, tentando se desvencilhar. — Tire as mãos de mim!

Os olhos de seu pai se encheram de lágrimas:

— Eu te amo, Clarke.

A garota plantou os pés no chão, mas não adiantou. Eles a estavam arrastando para trás:

— Eu te amo, pai — disse ela, entre soluços. — Eu te amo.

Clarke estava segurando o relógio com tanta força que a palma de sua mão ficou dormente. Ela manteve os olhos no segundo ponteiro, mas ele obviamente não se movia; o relógio tinha parado de funcionar havia anos. Quando Clarke perguntou ao seu pai por que ele o usava, ele respondeu a ela:

— Sua função não é mais dizer as horas. É nos lembrar de nosso passado, de todas as coisas que são importantes para nós. Ele pode não funcionar mais, porém carrega a lembrança de cada vida que registrou. Ele bate com o eco de um milhão de corações pulsando.

Agora ele carregava os batimentos do coração de seu pai.

— Você está bem? — perguntou Sasha, colocando a mão no ombro de Clarke.

Ela se encolheu e se virou:

— Onde você encontrou isto? — perguntou ela.

Ela imergira tanto em suas lembranças que se surpreendeu ao ouvir a própria voz ecoando na caverna.

— Na floresta — respondeu Sasha. — Assim como o resto dessas coisas. Um dos Colonos deve ter perdido na queda. Eu teria devolvido, mas, quando o encontrei, eles já haviam partido.

Será que podia ser? Será que naquele dia o pai de Clarke foi *enviado à Terra* em vez de ser executado? E quanto à sua mãe? Ela sabia que era loucura, mas não conseguia pensar em nenhuma outra razão para o relógio ter acabado ali. Por direito, deveria ter sido entregue a ela depois da morte do pai, mas, como também estava no Confinamento, ele teria sido arquivado com os outros artefatos históricos, parte do patrimônio coletivo da nave. Mas ele não estava na Colônia, trancado num armário empoeirado. Ele estava ali, na Terra.

Ela pensou no adeus de seu pai, como ele tinha dito a ela que a veria no paraíso. Ela sempre achou uma coisa estranha para se dizer — nunca tinha acreditado muito em vida após a morte. Será que aquilo foi realmente uma *mensagem*? Talvez ele quisesse que ela pensasse na letra da canção, e fizesse a conexão, pois obviamente não poderia ter dito uma coisa como aquela na frente dos guardas.

Clarke teve que usar todo seu autocontrole para não contar tudo a Sasha. Ela estava desesperada para compartilhar sua teoria, para que alguém confirmasse que ela não estava agindo como louca. Ao que tudo indicava, Sasha tinha conhecido seus pais.

Mas, enquanto Sasha olhava para ela com uma expressão confusa e pesarosa, Clarke simplesmente gaguejou:

— Este relógio... parece familiar.

Esperança cresceu dentro dela, preenchendo as rachaduras de seu coração partido, e ela soube que não poderia aguentar que algo levasse aquela esperança embora. Não ainda. Não até ela descobrir definitivamente o que tinha acontecido aos Colonos.

Quanto mais pensava no assunto, mais aquilo parecia possível. Talvez seus pais fossem parte de uma primeira expedição. Eles tinham sido condenados à morte, mas o pai de Wells pode lhes ter oferecido piedade. Ele não podia poupar suas vidas publicamente, mas, e se pudesse colocá-los numa missão inicial secreta para a Terra? Afinal de contas, quem melhor para enviar do que as pessoas que vinham pesquisando o planeta durante toda a vida?

— Sasha — disse Clarke, usando toda sua força para manter a voz firme. — Preciso ver seu pai. Existem coisas que preciso saber sobre a primeira expedição.

Sasha a encarou, o rosto repentinamente inescrutável. Finalmente, ela assentiu com a cabeça:

— Acho que está tudo bem. Mas não posso levá-la diretamente até o complexo. Você terá que esperar na floresta enquanto vou procurá-lo. Eles nunca me perdoariam se eu a levasse até o interior.

— Tudo bem — respondeu Clarke. — Eu entendo.

— Então você quer ir agora?

Clarke balançou a cabeça de forma positiva. Seu peito estava tão apertado de ansiedade, que não sabia se seria capaz de respirar por muito mais tempo, muito menos falar.

— Muito bem, então. Vamos lá.

Clarke seguiu Sasha para fora da caverna e, assim que seus olhos se ajustaram à luz do sol, elas partiram. Sasha começou explicando a rota, mas Clarke mal a escutava. Ela não conseguia parar de passar os dedos sobre o metal frio do relógio enquanto repassava tudo o que tinha acabado de acontecer em sua mente.

Ela estava tão distraída que, quando Sasha parou bruscamente, Clarke esbarrou nela:

— O que está acontecendo? Já chegamos?

Sasha se virou e posicionou um dedo sobre seus lábios, pedindo para Clarke ficar em silêncio. Porém era tarde demais. Um instante depois, cinco vultos vieram correndo por entre as árvores. Wells, Graham e três outros que Clarke tinha visto com Graham antes. Eles estavam juntando madeira para produzir mais lanças, e os bastões longos e pontudos que carregavam pareciam mais ameaçadores do que tinham parecido na clareira.

— O que é isso? — berrou Graham, enquanto um de seus seguidores segurava o braço de Sasha. Seus olhos brilharam perigosamente na direção de Clarke. — Você a estava ajudando a *fugir*?

— Graham — gritou Wells, correndo na direção deles. — Pare com isso.

Graham correu na direção de Clarke e torceu seu braço com força atrás dela. Dois de seus amigos saíram de trás dele, a cercando.

— Você realmente abusou de sorte dessa vez, Doutora. Você vem conosco — rosnou Graham.

Clarke examinou os rapazes, avaliando suas opções. Ela não tinha nenhuma chance de lutar contra eles, e eles estavam bloqueando seu caminho.

— Escute — começou ela, tentando pensar numa forma de explicar por que tinha levado Sasha até tão longe na floresta, mas, antes de terminar a frase, Graham dobrou o corpo, soltando seu braço.

Por um instante, Clarke não conseguiu entender o que tinha acontecido. Mas então viu Sasha lutando contra o garoto que a estava segurando, e percebeu que ela havia chutado Graham para dar a Clarke a chance de fugir. Os olhos de Clarke se fixaram nos olhos verdes de Sasha, e Sasha moveu os lábios para dizer, *Corra*.

Clarke fez um pequeno aceno agradecido com a cabeça antes de sair correndo, deixando o resto das pessoas para trás.

CAPÍTULO 19

Bellamy

Ele estava fazendo as malas novamente. Já tinha feito isso duas vezes antes, mas, em cada uma das vezes, algo o trouxera de volta. Octavia havia desaparecido durante o incêndio. Clarke fora picada pela cobra.

Mas agora estava partindo para sempre. Ele tinha lidado com os jogos mentais de Wells e a traição de Clarke pela última vez. Enquanto enfiava algumas embalagens de proteína no bolso, uma nova onda de raiva crescia em seu peito ao pensar em tudo de que desistira para trazer Clarke de volta ao acampamento em segurança. Ele havia perdido a trilha de Octavia, e perdido *dias* esperando a menina Terráquea falar. Devia ter abandonado Clarke na floresta, deixado seus membros incharem e suas vias respiratórias se fecharem para ela nunca mais ser capaz de falar outra mentira. Ela torturara Lilly e então fora doente a ponto de alegar que Lilly tinha *desejado* morrer.

Não havia muita coisa para levar. Ele tinha um cobertor. Seu arco. Alguns comprimidos para purificar água. Ele e Octavia cuidariam do resto sozinhos. Antes de Wells ter derrubado Bellamy no chão, a menina Terráquea sussurrara:

— Seis quilômetros a noroeste. Na metade da subida da montanha.

Bellamy não sabia o que encontraria lá — Sasha poderia estar lhe contando que os outros Terráqueos viviam na montanha, ou que o grupo do mal havia sido visto perto dali. Talvez fosse uma armadilha. Mas, nesse momento, aquilo era tudo o que tinha, e não perderia mais tempo.

Ele foi embora sem dizer adeus a ninguém. Era melhor deixá-los pensar que ele estava saindo para caçar. Wells tinha desaparecido e não havia nenhum sinal de Clarke, graças a Deus. Não conseguiria olhar para ela novamente. Pensar que ele quase *dormira* com a garota que tinha matado Lilly era o suficiente para fazê-lo vomitar.

À medida que se afastava do acampamento, respirar se tornava mais fácil. Ali o ar tinha um cheiro diferente daquele da floresta próxima à clareira. Talvez fosse a espécie das árvores, ou a composição do solo, no entanto havia mais alguma coisa também. O cheiro de folhas, terra e chuva vinha se misturando há séculos, ser sem perturbado por qualquer humano. Parecia mais limpo ali, mais puro, um lugar onde ninguém nunca tinha falado e ninguém nunca tinha chorado.

O sol começou a se pôr e, embora Bellamy tivesse apertado o passo, sabia que não chegaria à montanha antes de escurecer. Seria melhor encontrar um lugar para acampar e então partir pela manhã. Era tolice — e perigoso — explorar terreno desconhecido à noite, especialmente por ter entrado em território Terráqueo.

Ao longe, ouviu o ruído tímido de água corrente. Bellamy seguiu o barulho e se viu à margem de um pequeno riacho. Ele era tão estreito que as árvores dos dois lados se encontravam em alguns lugares, criando um arco de folhas verdes e amarelas.

Bellamy pegou seu cantil, ajoelhou, e o afundou no riacho. Ele sentiu um leve calafrio quando a água fria passou sobre sua mão. Se ele estava desconfortável agora, o que aconteceria quando o inverno chegasse? Não havia nenhum material para baixas temperaturas entre os suprimentos. Ou tudo tinha sido queimado no pouso forçado do módulo de transporte, ou, o que era mais provável, o Conselho não havia esperado que os cem sobrevivessem tempo suficiente para precisar daquilo.

Bellamy se sentou junto à margem, se perguntando se valia a pena usar um dos comprimidos de purificação, quando foi surpreendido por um lampejo de movimento. Quando se virou, seus olhos se fixaram num pequeno animal avermelhado e peludo parado à beira do riacho, enfiando o focinho na água. Sentindo a presença de Bellamy, o bicho virou sua cabeça para olhar para ele.

Ele tinha pelo branco ao redor dos grandes olhos escuros, e orelhas enormes que se contraíam para a frente e para trás enquanto examinava Bellamy. Havia gotas de água grudadas a seus longos bigodes e, apesar da expressão intensa do animal, ele se parecia mais com uma criancinha com pasta de proteína espalhada no rosto do que com um predador. Bellamy sorriu. Ele tinha visto algumas espécies diferentes de animais na floresta, mas nenhuma que parecia se comunicar de forma tão clara. Antes de pensar melhor naquilo, esticou a mão.

— Olá, amiguinho — disse ele.

O nariz preto da criatura se contraiu na ponta do focinho avermelhado, sacudindo as gotículas de água de seus bigodes. Bellamy pensou que ele fosse se virar e fugir em disparada, mas, para sua surpresa, o bicho deu alguns passos hesitantes em sua direção, o rabo vermelho felpudo se sacudindo de um lado para o outro.

— Ei — falou Bellamy novamente. — Está tudo bem, não vou machucá-lo.

Ele estava quase certo de que era uma raposa.

A raposa farejou o ar novamente, então trotou para a frente e encostou a cabeça de forma hesitante na mão de Bellamy. Ele sorriu quando o focinho úmido e os bigodes molhados roçaram sua pele.

— Bellamy?

Ele virou ao ouvir seu nome, fazendo a raposa fugir. Clarke estava parada a alguns metros com uma mochila nos ombros e uma expressão de surpresa no rosto.

— Oh — disse ela, enquanto seu olhar seguia a raposa fugitiva. — Não era minha intenção assustá-la.

— Você está me *seguindo*? — perguntou Bellamy, sério, se colocando de pé. Ele não podia acreditar que ela o tinha encontrado ali, bem quando estava finalmente se distanciando do acampamento. Quando ele estava finalmente fugindo.

— Que se dane. — Ele sacudiu a cabeça. — Eu nem quero saber.

— Eu não estava seguindo você — disse ela de maneira tranquila, dando um passo na direção dele. — Vou encontrar os Terráqueos.

Bellamy olhou fixamente para ela, por um momento chocado.

— *Por quê?* — perguntou ele, finalmente.

Ela fez uma pausa. Houve um tempo em que tinha achado que podia ler os pensamentos de Clarke, ver além das defesas que ela erguia. Mas percebeu que aquilo era tudo imaginação. Ele queria tanto ter alguém na Terra em quem pudesse confiar, ter alguém, depois de Lilly, que ele pudesse realmente amar, mas ele não sabia nada sobre ela.

— Eu... eu acho que meus pais estavam no primeiro grupo de Colonos. Preciso descobrir o que aconteceu com eles.

Bellamy olhou fixamente para ela. Com certeza não tinha esperado que ela fosse dizer aquilo. Mas se forçou a esconder sua curiosidade. De forma alguma ele permitiria que Clarke o arrastasse ainda mais para sua insanidade.

— Sasha me contou como chegar onde ela mora. Ela disse que fica a menos de um dia de caminhada daqui.

— Bem, então é melhor você partir de uma vez — retrucou Bellamy.

Ele começou a juntar madeira. Sem dizer uma palavra a Clarke, arrumou os gravetos numa pilha, pegou um palito de fósforo da mochila e acendeu uma pequena fogueira. Ele a deixaria ir embora primeiro.

Quando finalmente levantou os olhos, viu que Clarke ainda estava parada no mesmo local. A luz do fogo refletindo em seus olhos a fazia parecer mais jovem, e mais inocente. Sob sua raiva, sentia uma pontada de afeto — não pela garota parada diante dele, mas pela garota que ela havia fingido ser. Será que Clarke estava realmente em algum lugar ali dentro? A Clarke que podia parecer tão séria num momento, então cair na gargalhada no próximo? A garota que achava tudo na Terra milagroso e que o beijava como se ele fosse a mais incrível de todas as suas descobertas?

— Você está me assustando parada aí. Ou você se senta, ou então vai embora — falou ele, de forma rude.

Clarke se aproximou lentamente da fogueira, colocou a mochila no chão, e se sentou. Um vento frio soprou entre as árvores, e ela levou os joelhos ao peito e tremeu. Há apenas alguns dias, ele teria envolvido seus braços nela, mas agora estavam pendurados como pesos nas laterais de seu corpo. Ele não sabia se queria que ela ficasse. Mas ele também não a mandou ir embora.

Eles passaram a hora seguinte observando as chamas dançantes em silêncio, escutando o som dos gravetos estalarem e o vento ecoando sobre eles.

CAPÍTULO 20

Glass

Era muito pior do que qualquer pesadelo. Mesmo nos momentos mais sombrios de Glass, nunca tinha imaginado se acotovelar entre seus vizinhos — as pessoas com quem havia crescido — numa tentativa de garantir uma vaga no módulo de transporte antes que eles conseguissem. Ela passou por uma de suas antigas professoras, lutando para arrastar uma enorme bolsa pelo corredor lotado.

— Deixe isso para trás! — gritou Glass para ela enquanto passava correndo, mas suas palavras se perderam no meio do frenesi de gritos, passos e choro.

Mais à frente, o pai de Cora estava parado no meio do corredor, olhando desesperadamente de um lado para o outro, enquanto examinava a multidão que se avolumava, à procura de sua esposa e sua filha. Ele gritava seus nomes enquanto piscava rapidamente, com certeza tentando lhes enviar mensagens de seu implante de córnea. Mas seus esforços eram em vão. A rede tinha caído, tornando inúteis os aparelhos de todas as pessoas.

Quando desceram a escada e entraram no corredor que levava à plataforma de lançamento, o espaço estava tão cheio que quase não conseguiam se mexer. Luke fez o possível para abrir caminho entre as pessoas mais próximas à parede, puxando Glass e Sonja firmemente atrás dele. Glass se encolheu quando colidiu contra um homem segurando algo em seus braços. Ele estava segurando aquilo com tanto cuidado que ela supôs ser uma criança, mas, quando passou, percebeu que era um violino. Ela se perguntou se ele era um músico de verdade ou apenas um amante de música que pensou em pegar uma relíquia em sua câmara de preservação, a única coisa que ele aparentemente não podia deixar para trás.

Muitas das outras pessoas na multidão não eram de Phoenix — não que isso importasse agora. Eles não eram mais phoenicianos, waldenitas ou arcadianos. Eram apenas pessoas desesperadas e aterrorizadas fazendo tudo o que podiam para sair da nave condenada.

Até recentemente, a ideia da falência da Colônia tinha preocupado Glass tanto quanto a perspectiva da explosão do Sol — algo que ela sabia que acabaria acontecendo, mas muito depois de seu tempo. Ela se lembrou de quando tinha sete anos, o ano em que sua turma estudara o funcionamento interno da nave. Um membro do corpo de engenharia os levara até a sala de máquinas e orgulhosamente exibira um complexo sistema de ventilação e uma séria de câmaras de vácuo. Todas as máquinas e geradores pareciam tão sólidos, reluzentes e invencíveis, como se fossem durar para sempre. O que havia acontecido entre aquele dia e agora?

Um grito ecoou na outra ponta do corredor, causando uma onda de gritos na direção deles.

— Alguém deve ter conseguido abrir a porta para a plataforma de lançamento — disse Luke delicadamente.

— Você acha que foi o Vice-Chanceler? — perguntou Glass.

Não estava claro quem estava no comando, ou de quem os guardas restantes estavam recebendo ordens. Os poucos guardas ainda uniformizados tinham abandonado seus postos, se juntando ao mar de corpos que lutavam para chegar aos módulos de transporte. O terror no ar era palpável.

A multidão de repente veio mais para a frente, e Sonja tropeçou, gritando quando seu tornozelo se torceu.

— Oh, não — falou ela, enquanto era jogada para a frente, os olhos se enchendo de dor e pânico.

— Luke. — Glass puxou a manga da camisa dele para chamar sua atenção. — Acho que minha mãe está machucada!

— Estou bem — insistiu Sonja, entre dentes cerrados. — Apenas continuem andando. Vou alcançá-los.

— *Não* — disse Glass, quando uma sensação assustadora de *déjà vu* tomou conta dela.

Quando Glass tinha 9 ou 10 anos, houve um exercício de evacuação em Phoenix. Tudo tinha sido claramente planejado com antecedência. Quando o alarme soasse, as crianças sairiam de suas salas de aula em fila e caminhariam em duplas até a plataforma de lançamento. A maioria das crianças estava com o tipo exuberante de bom humor que vinha do fato de não ter que assistir à aula, mas Glass tinha achado toda aquela experiência assustadora. Será que o Conselho *realmente* enviaria crianças à Terra sem seus pais? Como seria ir embora sem dizer adeus? Aquilo havia sido o suficiente para levá-la às lágrimas, embora, por sorte, ninguém além de Wells tivesse notado. Ele segurara sua mão, ignorando as risadas e as zombarias, e continuou segurando até o exercício acabar.

Luke puxou as duas para a lateral do corredor, e então se abaixou para seus olhos ficarem na mesma altura dos olhos da mãe de Glass.

— Tudo vai ficar bem — garantiu ele. — Agora, mostre onde está doendo. — Ela apontou para o local. Luke franziu a testa, então se virou. — Terei que carregá-la — disse ele.

— Oh, Deus — murmurou Glass, sentindo a respiração presa no peito.

Eles já estavam tão para trás na multidão — não podiam se dar o luxo de ir mais devagar.

— Luke? — Outra voz ecoou a dela. Glass girou e viu Camille olhando fixamente para eles. Suas bochechas estavam coradas, como se estivesse correndo, e havia suor grudado no seu cabelo, que tinha se soltado do rabo de cavalo. — Você está aqui! Você conseguiu! — Ignorando Glass, Camille puxou Luke para um abraço, então começou a puxar seu braço. — Os módulos de transporte estão enchendo. Precisamos andar rápido! Venha comigo!

Parte da preocupação desapareceu do rosto de Luke quando ele sorriu aliviado para sua ex-namorada, sua amiga de infância que ele conhecia há tanto tempo quanto Glass conhecia Wells.

— Camille — falou ele. — Graças a Deus, você está bem. Quando Glass me contou o que você fez, eu... — Ele parou. — Esqueça isso. Não temos tempo. Vá em frente — disse ele, acenando para ela com a cabeça. — Estaremos lá em um segundo.

Camille se virou de Luke para Sonja e Glass, e seu rosto se fechou.

— Você precisa se apressar — disse ela, olhando apenas para Luke. — Você nunca vai conseguir se tiver que cuidar delas.

— Então não vou — respondeu Luke, a voz repentinamente dura.

Camille se virou de Luke para Glass, mas, antes que pudesse responder, foi empurrada por um homem grande que abria caminho à força pelo corredor. Luke segurou o braço de Camille para equilibrá-la e, quando recuperou o equilíbrio, ela colocou a mão sobre a dele.

— Você está falando sério? Luke, não vale a pena morrer por essa garota.

Mesmo com o rugido da multidão, Glass podia ouvir o veneno na voz de Camille.

Luke sacudiu a cabeça como se quisesse impedir que as palavras se aproximassem dele, mas, apesar de Camille disparar um olhar frustrado para ele, Glass sentiu uma descarga de medo. Camille queria que Luke fosse com ela — e Camille não parava até conseguir o que queria.

— Você não a conhece. Não sabe o que ela fez — insistiu Camille.

Glass olhou para ela numa advertência. Ela não ousaria contar o segredo de Glass, ou será que ousaria? Não ali naquele momento, não depois de Glass tê-la ajudado a chegar em segurança a Phoenix. As duas tinham um acordo. Mas os olhos de Camille não revelavam nada. Eram duros e sombrios.

— Não sei sobre o que você acha que está falando, mas eu a amo. E não vou a lugar nenhum sem ela. — Luke segurou a mão de Glass e apertou com firmeza antes de se virar novamente para Camille. — Escute, sinto muito por você estar chateada, mas eu nunca tive a intenção de magoá-la, e não acho que esse seja o...

Camille o interrompeu com uma risada amarga:

— Você acha que isso é porque você me *abandonou* por ela? — Ela fez uma pausa. Naquele breve momento, Glass sentiu seu coração parar no peito. — Você nunca se perguntou o que realmente aconteceu com Carter? De que Infração ele foi repentinamente acusado?

Luke a encarou:

— O que você poderia saber sobre isso?

— Ele foi detido por violar leis populacionais. *Aparentemente*, alguma garota de Phoenix o apontou como o pai de seu filho não registrado.

Uma mulher segurando um bebê parou para encarar Camille, mas então afastou os olhos do grupo e continuou andando.

— Não — sussurrou Luke. Ele apertou o braço de Glass com mais força. Em volta deles, as pessoas gritavam e corriam na direção dos módulos de transporte, mas Glass não conseguia fazer uma célula de seu corpo se mover.

— Eles nem se deram o trabalho de fazer um exame de DNA, pelo que ouvi. Apenas acreditaram na palavra da putinha. Acho que ela estava tentando proteger o pai verdadeiro. Mas, honestamente, que tipo de pessoa faria algo assim?

Luke se virou para Glass:

— Isso não é verdade, é? — Foi mais um apelo do que uma pergunta. — Glass. Isso não pode ser verdade.

Glass não respondeu. Não precisava. Ele podia ver a verdade escrita em seu rosto.

— Oh, meu Deus — sussurrou ele, dando um passo para longe dela. Luke fechou os olhos e se encolheu. — Você não... você disse a eles que foi *Carter*?

Quando ele abriu os olhos, eles brilhavam com uma fúria muito pior do que qualquer coisa que ela pudesse ter imaginado.

— Luke... eu...

Ela tentou falar, mas as palavras morriam em seus lábios.

— Você fez eles matarem meu melhor amigo. — A voz dele estava vazia, como se toda a emoção tivesse sido arrancada de dentro dele. — Carter morreu por sua causa.

— Eu não tive escolha. Fiz isso para salvar *você*!

Antes de as palavras saírem de sua boca, soube que aquela era a coisa errada a dizer.

— Eu preferia ter morrido — falou ele, com a voz baixa. — Eu preferia ter morrido a deixar uma pessoa inocente levar a culpa por mim.

— Luke — falou Glass, ofegante, esticando o braço para tocá-lo.

Mas ele já tinha partido na direção da plataforma de lançamento, deixando os dedos de Glass tateando no vazio.

CAPÍTULO 21

Wells

— Sinto muito por isto — falou Wells, libertando Sasha com um suspiro.

Não tinha ficado tão surpreso quando ele e os outros esbarraram com Sasha e Clarke na floresta, seguindo no que certamente era a direção do acampamento dos Terráqueos. Não conseguia nem ficar chateado com Clarke — ela estava apenas fazendo o que ele próprio deveria ter feito. Ele tinha usado toda sua força de vontade para se virar para Graham com um olhar condescendente e ordenar que ele voltasse para o acampamento.

— Eu cuido disso. Você devia entrar na água. Isso parece ter doído — tinha acrescentado ele, com um olhar preocupado para a virilha de Graham, onde Sasha o havia chutado.

Um dos garotos abafou o riso. Eles todos tinham trocado olhares desconfiados, mas então começaram a andar na direção do riacho. Sem mais nenhuma palavra, Wells levou Sasha de volta na direção do acampamento, permanecendo em silêncio até terem caminhado o suficiente para se livrar dos outros.

— Sinto muito por tudo — continuou ele. Não era o suficiente, mas ele precisava dizer, de qualquer forma. — Nós devíamos ter deixado você ir embora há muito tempo.

Manter Sasha como prisioneira tinha feito sentido então, mas agora Wells não podia olhar para as marcas em seu pulso sem sentir uma onda de náusea e arrependimento. Se o próximo módulo de transporte pousasse nesse exato momento, e seu pai saísse dele, o que ele pensaria? O que diria ao pai quando descobrisse que eles tinham essencialmente sequestrado a primeira Terráquea que encontraram? Ele consideraria o filho um herói ou um tolo? Um covarde ou um criminoso?

— Tudo bem — disse Sasha, inclinando a cabeça para o lado, como se tentasse observar Wells por um novo ângulo. — Apesar de, por um segundo, ter achado que você estivesse realmente furioso. — Ela fez a voz ficar mais grave numa terrível imitação da voz de Wells. — *Eu cuido disso.*

— Por que eu ficaria furioso? — perguntou ele.

Sasha olhou para ele de forma curiosa. O céu do início da noite tinha uma cor laranja profunda, e a luz filtrada pelas folhas fazia seus olhos verdes brilharem:

— Porque eu deveria ser sua prisioneira.

Wells desviou o olhar, repentinamente envergonhado:

— Sinto muito por ter exagerado. Ficamos todos assustados depois de Asher e Octavia, e eu não sabia mais o que fazer.

— Eu entendo — falou ela delicadamente.

Os dois haviam parado de caminhar e, apesar de a luz estar enfraquecendo, Wells não tinha nenhuma pressa de chegar ao acampamento.

— Você quer descansar um pouco? — perguntou ele, apontando para um tronco caído coberto de musgo adiante.

— Claro.

Eles se sentaram e, por um longo momento, nenhum dos dois falou. Wells olhava fixamente para a frente, observando árvores se desbotarem em silhuetas até se tornarem impossíveis de distinguir das sombras. Então ele olhou para Sasha, e a viu olhando para ele com uma expressão que ele não via há muito tempo. Não desde os dias em que ele e Clarke costumavam se sentar na plataforma de observação, compartilhando informações que tinham guardado o dia inteiro para contar um ao outro, sabendo que o outro era a única pessoa no universo com quem eles queriam compartilhar aquilo.

— Não é culpa sua — disse Sasha, rompendo o silêncio. — Você estava fazendo o que achou que era o melhor para mantê-los em segurança. Não é fácil tomar esse tipo de decisão. Eu sei disso. E também sei qual é a diferença entre você quando está tentando ser o líder e você quando pode ser apenas um garoto.

— É engraçado você dizer isto — falou ele, surpreso.

— Dizer o quê?

— Que você vê a diferença em mim como líder e como pessoa.

— Acredito que eu disse *garoto* — corrigiu ela.

Wells podia ouvir o sorriso na voz dela. Acima deles, as flores de uma das estranhas árvores noturnas reluziam um cor-de-rosa, como se as pétalas estivessem se agarrando a pedaços do pôr do sol.

— Bem, eu me dei uma promoção.

— Pessoa é definitivamente um passo adiante de garoto. — Sasha balançou a cabeça com uma seriedade fingida. — Embora eu não saiba se as duas coisas são exatamente da mesma espécie.

Ele esticou o braço e segurou com suavidade uma mecha do cabelo preto sedoso que caía nos ombros dela:

— Eu ainda não decidi se *nós* somos da mesma espécie.

Ela sorriu e bateu em seu ombro descontraidamente, depois se movimentou para diminuir a distância entre eles.

— Mas por que isso é engraçado? — perguntou ela.

Wells tinha quase esquecido qual era seu argumento original, de tão perdido que estava ao vê-la, ao ver seus olhos luminosos na luz da noite:

— Oh, só porque eu sempre pensei sobre meu pai dessa forma. Às vezes, eles se pareciam duas pessoas completamente separadas.

— Sei exatamente do que você está falando — falou Sasha, baixinho. — Seu pai vai ficar tão orgulhoso de você quando descer.

Se *ele descer*, Wells pensou. E ficou em silêncio, enquanto a dor agora familiar invadia seu peito.

— Veja! — Sasha estava apontando para o céu, onde a primeira estrela intrépida surgia na crescente escuridão. — Faça um pedido.

— Um pedido? — repetiu Wells, se perguntando se ele tinha escutado corretamente.

Sasha apontou para o céu:

— Você deve fazer um pedido quando a primeira estrela aparece.

Wells se virou para Sasha para ver se ela estava brincando, mas seu rosto era sincero. Deve ser algum costume dos Terráqueos, ele percebeu. Se estrelas concedessem pedidos a pessoas vivendo no espaço, sua vida seria muito diferente. Sua mãe ainda estaria viva. Seu pai não teria sido baleado.

Ele não tinha nada a perder, então fechou os olhos. Ele começou a pedir para o pai vir à Terra, mas então se tocou do que seu pai pensaria daquilo. *Non nobis solum nati sumus*. Em vez daquilo, ele pensou, *Eu desejo que Bellamy encontre Octavia, e que possamos viver pacificamente com os Terráqueos.*

Ele olhou novamente para Sasha, que o observava com um pequeno sorriso.

— Você não quer saber o que eu desejei? — provocou ele, mas ela negou com a cabeça enfaticamente.

— Oh, não — protestou ela. — Você não pode contar para ninguém seus desejos. Eles tem que ser secretos.

Wells sabia muito sobre guardar segredos — afinal de contas, ele tinha aprendido com o melhor.

Wells não tinha conseguido se esquecer da mentira de seu pai. Passara a semana seguinte ao seu aniversário prestando atenção redobrada a tudo que o Chanceler fazia ou falava, esperando que algum pequeno detalhe pudesse explicar por que ele mentira sobre não chegar para o jantar de aniversário por causa de um encontro do Conselho. Mas não havia nada. O pai de Wells ainda saía precisamente no mesmo horário toda manhã, antes de as luzes circadianas no corredor começarem a expulsar a escuridão, voltando exatamente a tempo de dar um beijo na bochecha de sua mãe antes de ela ir para a cama — ela andava tão cansada ultimamente — e interrogar Wells sobre seu dever de casa. Sua mãe gostava de brincar que "como você se saiu na sua prova de cálculo?" era o correspondente na língua do Chanceler a "eu te amo, e me orgulho de suas realizações". Wells sabia que o pai estava de fato no trabalho até tarde, porque tinha saído escondido várias vezes, correndo até o escritório dele e colocando o ouvido na porta. Toda vez, seu coração acelerado era tranquilizado pelo som do Conselho discutindo em tons preocupados ou o barulho delicado da xícara de seu pai sobre a mesa, que marcava outro gole de chá.

Então por que ele não conseguia se livrar da sensação de que o pai estava escondendo algo — algo grande?

Quando o Dia da Unidade chegou, Wells mal podia olhar para o pai sem sentir uma pontada de inquietação. Wells sempre tinha odiado o Dia da Unidade, quando ele precisava passar a manhã inteira de pé entre seus pais, fazendo o possível para não parecer entediado enquanto crianças visitantes de Walden e Arcadia passavam marchando por eles.

Pelo que se lembrava, ele passava a cerimônia olhando furtivamente para os galhos da Árvore do Éden. Se olhasse com o ângulo certo, podia se imaginar um explorador perdido numa floresta. Às vezes, lutava contra um tigre faminto. Outras vezes, construía um barco para velejar por um rio perigoso.

Mas esse ano, não conseguia tirar os olhos do pai. O Chanceler, que normalmente observava os procedimentos com um leve sorriso, agora olhava com atenção para um dos órfãos do Centro de Custódia de Walden. Aquilo era tão incomum da parte do pai que Wells não conseguiu se segurar, surpreso.

— O que está acontecendo? — sussurrou ele para o pai.

— De que você está falando?

O Chanceler olhou de forma rápida e intensa para ele antes de voltar sua atenção às crianças do Centro de Custódia, que tinham começado a recitar o poema que haviam aprendido para a ocasião.

Raiva crescia no peito de Wells:

— O que você está escondendo? — sussurrou ele.

Dessa vez o Chanceler olhou bem para ele.

— Não faço ideia do que você está falando — respondeu ele, falando bem devagar. — Agora fique calado e comporte-se, antes que você acabe nos envergonhando.

Seu tom era normal — seco, direto —, mas havia algo diferente no Chanceler, algo em seus olhos que Wells não tinha visto antes.

Medo.

— Mas você *pode* me contar se seu desejo se tornar realidade — sussurrou Sasha.

Ela estava sentada tão perto dele, que Wells podia sentir a respiração em seu rosto.

— O quê? — perguntou ele, assustado.

— Seu desejo. Ele se tornou realidade?

— Oh — respondeu ele, repentinamente confuso. — Deveria ser imediato? Porque o meu pode demorar um pouco.

— Entendi.

Havia uma leve pontada de decepção na voz dela, o que o deixou confuso.

— O que você desejou?

Sasha inclinou o corpo e o beijou.

Wells hesitou por um momento, um milhão de pensamentos zumbindo em seu cérebro, mas então Sasha passou os braços em volta de sua cintura, e todos aqueles pensamentos foram silenciados. Ele a puxou para mais perto, se perdendo no beijo. Finalmente, ela se afastou e levou a boca ao ouvido dele.

— Foi isto o que *eu* desejei — sussurrou ela, a respiração fazendo cócegas nele.

Wells esticou o braço e tirou uma mecha de cabelo do rosto dela:

— Fico feliz por seu desejo ter se realizado.

A sensação era de que poderia ficar na floresta com Sasha para sempre. Não havia nada que queria mais do que passar a noite vendo as estrelas surgirem, usando cada brilho prateado como desculpa para levar seus lábios aos dela.

Mas, obviamente, aquela não era uma opção de verdade. *Não nascemos apenas para nós mesmos.* Wells não podia abandonar os outros depois do horror daquele dia. Precisava voltar para ajudar a enterrar Priya, para confortar aqueles que não conseguiam dormir. Para conter aqueles cujos sentimentos de pesar e medo pudessem se transformar numa necessidade de vingança.

— Você precisa ir — disse Wells, incapaz de evitar que sua voz falhasse.

— Ir?

— Sim — respondeu ele, dessa vez com mais firmeza. — Vá para casa, exatamente como você e Clarke estavam planejando. Não é seguro permanecer aqui; você viu o que Bellamy fez, e eu sei do que Graham é capaz. — Ele esticou o braço no escuro para segurar a mão dela. — Você consegue chegar lá em segurança sozinha?

— Em casa — falou ela, com um tom levemente melancólico. Sasha sorriu, um sorriso lento e triste. — Eu ficarei bem. Obrigada.

Ela se inclinou e o beijou de novo, suavemente, antes de desaparecer na escuridão.

Se não fosse pelo formigamento em seus lábios, ele poderia ter pensado que ela nunca estivera ali.

CAPÍTULO 22

Bellamy

Mesmo com o crepitar das chamas, o silêncio era insuportável.

Ele queria perguntar por que ela havia feito aquilo. Por que tinha mentido a respeito de Lilly. Mas toda vez que tentava moldar seus pensamentos em palavras, elas morriam em seus lábios.

Depois de um tempo, ele pegou seu arco e algumas flechas e partiu em busca de algo para o jantar. Quando voltou com um coelho pendurado no ombro, Clarke tinha estendido seus sacos de dormir. Ele notou, com uma mistura estranha de alívio e decepção, que ela os posicionara bem afastados.

O crepúsculo tinha se estabelecido sobre as árvores, e o brilho da pequena lua era bem-vindo. Clarke estava sentada no chão, girando um relógio em sua mão. Ele se perguntou onde ela havia conseguido aquilo, e se ele tinha algo a ver com o que ela falara antes, sobre seus pais terem participado da primeira missão à Terra. A luz das chamas bruxuleava sobre o rosto dela, momentaneamente iluminando o que poderia ter sido uma lágrima escorrendo pelo rosto. Mas, quando ela falou, sua voz estava firme:

— Obrigada — disse ela, acenando com a cabeça para o coelho, limpando rapidamente o rosto com as costas da mão.

Bellamy balançou a cabeça, mas permaneceu em silêncio enquanto esfolava o coelho e começava a posicionar metodicamente os pedaços de carne num graveto afiado.

— Quer que eu faça isso? — perguntou Clarke, observando Bellamy se agachar junto ao fogo.

Ele se encolheu quando uma pequena nuvem de cinzas se levantou sobre seu rosto:

— Está tudo sob controle.

— E todo esse tempo eu achei que você só ficava por aí desfilando sua beleza.

— O quê?

Bellamy se virou de repente para encarar Clarke, ignorando o chiado da carne que agora estava queimando.

— Sinto muito — falou Clarke rapidamente. — Foi uma brincadeira. Todo mundo sabe que você é a razão por ainda estarmos vivos.

— Não, não é isso. — Bellamy se virou para tirar o coelho do fogo, antes que se transformasse em carvão. *Achei que você só ficava por aí desfilando sua beleza.* — Isso apenas... você me fez pensar em algo.

Ele falou tão baixo que, com o crepitar do fogo, ela provavelmente não tinha ouvido, mas ele não se importou. Queria apenas se lembrar em paz.

—Vamos lá — falou Bellamy, ofegante. Ele puxou Lilly até eles virarem uma esquina, então parou para que recuperassem o fôlego. —Você... está bem?

Ela fez que sim com a cabeça, ofegante demais para falar.

— Nós... precisamos... continuar... correndo — disse Bellamy, entre arfadas.

Tinha sido um idiota por levar Lilly escondida até Phoenix. No entanto seria mais do que um idiota se não conseguisse tirá-la de lá.

Seria um assassino.

Ele deveria ter pensado melhor. Deveria ter sido prático. Mas o olhar melancólico que aparecia em seus olhos toda vez que ela falava sobre ler consumia qualquer senso de razão. Ela estava desesperada para voltar à biblioteca de Phoenix desde que a viu numa aula do primário há muitos anos.

O som de passos se aproximando fez os dois se assustarem.

—Vamos simplesmente deixar o livro e sair correndo — sugeriu Bellamy, puxando-a pelo corredor. — Na verdade é com isso que eles se importam. Podem não vir atrás de nós se o recuperarem.

Lilly apertou o livro pesado contra o peito. Ele era encapado com um tecido verde — a cor que sempre parecia tão impactante contra o cabelo ruivo escuro de Lilly.

— De jeito nenhum — disse ela. — Faz *anos* que procuro este aqui. Preciso saber se ela fica com o garoto que a chamava de "Cenourinha".

— Se ele sabe o que é bom para ele, vai procurar uma loura. Ruivas só causam confusão. — Bellamy sorriu e esticou a mão para pegar o livro. — Passe isso para cá. Essa coisa tem metade do seu peso... Cenourinha.

Ela entregou o livro nas mãos dele com um sorriso:

— Até que enfim. Eu não o trouxe para você ficar por aí desfilando sua beleza.

Ele riu, mas, antes que pudesse responder, um grito veio da esquina:

— Eles vieram por aqui!

Bellamy e Lilly saíram em disparada.

— Lá estão eles, mais à frente!

— Oh, meu Deus — falou Lilly, ofegante. — Eles vão nos alcançar.

— Não, não vão.

Bellamy segurou a mão de Lilly com mais força e apertou o passo, puxando-a com ele.

Os dois viraram mais uma esquina, e então entraram correndo numa alcova atrás da escadaria. Bellamy soltou o livro e passou os braços em volta do corpo trêmulo de Lilly, empurrando os dois contra a parede, rezando para quem quer que estivesse escutando que os guardas não olhassem em sua direção. Lilly fechou os olhos à medida que os passos ficavam mais altos, e os gritos dos guardas mais urgentes.

Mas então os sons diminuíram. Os guardas tinham passado por eles.

Bellamy permaneceu calado por mais um minuto para garantir de que realmente estavam seguros, então soltou um suspiro alto.

— Está tudo bem — murmurou ele, acariciando o cabelo ruivo e ondulado de Lilly. — Nós vamos ficar bem.

— Não posso ser Confinada — disse ela, com a voz sem intonação, ainda tremendo.

—Você não será. — Bellamy a abraçou mais apertado. — Não deixarei que eles façam isso.

— Prefiro morrer a ser uma prisioneira.

— Não fale assim — repreendeu Bellamy, com um sorriso. — Não deixarei que nada aconteça a você. Eu prometo.

Ela havia se virado para ele, os olhos cheios de lágrimas, e tinha balançado a cabeça. Ele se inclinou para beijar sua testa corada e falou novamente:

— Eu prometo.

Ele se virou para ficar de frente para Clarke. Ela estava sentada com os joelhos recolhidos contra o peito, mexendo com o relógio.

— Ela a fez prometer, não fez? — perguntou Bellamy.

Clarke levantou os olhos, assustada por ouvi-lo falar. Mas então entendimento surgiu em seu rosto, e ela balançou a cabeça lentamente.

— Ela a fez prometer que você... acabaria com seu sofrimento.

— Sim. — Clarke respirou fundo, então continuou. — Ela não aguentava mais. Ela odiava a dor e, mais do que aquilo, odiava não ter controle sobre sua vida. Ela não queria ser uma prisioneira no laboratório.

O tom de dor na voz de Clarke era o mesmo que soava no coração dele.

Clarke não estava mentindo, ele percebeu. A Lilly que ele conhecia era forte, mas implorar a Clarke por misericórdia era, em sua própria maneira, um ato de força. A Lilly que ele conhecia preferiria morrer a se tornar uma cobaia doente e inútil.

E Bellamy nunca tinha parado para pensar em como aquilo deve ter sido terrível para Clarke, que sua amiga lhe pedisse algo desse tipo. Ele nunca perdoaria o Vice-Chanceler, ou quaisquer das pessoas responsáveis pelas experiências horríveis que tiraram a vida de Lilly, mas agora ele sabia que não era culpa de Clarke. Ela havia amado Lilly tanto quanto ele. Amara-a o suficiente para fazer a coisa terrível e dolorosa que a amiga tinha lhe pedido.

Bellamy se aproximou e se sentou ao lado de Clarke:

— Sinto muito por ter falado aquelas coisas para você — disse ele, olhando para o fogo.

Clarke balançou a cabeça:

— Não precisa — falou ela. — Eu mereci a maioria delas.

— Não. Você não mereceu nada daquilo. — Ele suspirou quando Clarke se esticou para segurar sua mão, entrelaçando seus dedos nos dele. — E eu certamente não mereço seu perdão.

— Bellamy — disse ela, e seu tom o fez olhar para ela. — Todos fizemos coisas de que não nos orgulhamos.

Ela franziu a testa, e Bellamy se perguntou se ela estava pensando em Wells:

— Eu sei, mas...

— Vou precisar que você cale a boca agora — falou ela, e o beijou.

Bellamy fechou os olhos, deixando seus lábios dizerem tudo que ele era estúpido ou teimoso demais para transformar em palavras.

Ele sugou lentamente o lábio inferior de Clarke. *Sinto muito.*

Depois levou a boca para o ponto macio debaixo de seu maxilar. *Eu fui um idiota.*

E então beijou seu pescoço. *Eu quero você.*

Sua respiração estava ficando pesada e, toda vez que os lábios dele roçavam uma nova extensão de pele, ela estremecia.

Ele levou a boca até a orelha dela. *Eu te amo.*

Não era suficiente. Ele queria se escutar dizendo aquilo. Ele queria ouvir a própria voz dizendo aquilo. Bellamy se afastou e segurou o rosto de Clarke em suas mãos.

— Eu te amo — sussurrou ele, olhando fixamente para olhos que estavam brilhando com a luz do fogo, e algo mais.

— Eu também te amo.

Bellamy a beijou novamente, dessa vez de forma um pouco mais intensa, repetindo sua declaração toda vez que seus lábios tocavam uma nova extensão de pele. Com o fogo crepitando ao lado deles, colocou a mão atrás da cabeça dela, e a deitou sobre o solo.

CAPÍTULO 23

Clarke

Clarke moveu a cabeça sobre o peito de Bellamy, se perguntando como era possível se sentir tão confortável mesmo deitada sobre o chão no meio da noite. Ela normalmente estaria tremendo debaixo do cobertor fino, mas o calor que se propagou por ela no momento em que Bellamy a tomou em seus braços não tinha se dissipado.

Os olhos de Bellamy estavam fechados, mas a cada poucos minutos ele a abraçava com mais força, ou beijava sua bochecha, ou passava os dedos pelo seu cabelo. A fogueira tinha se apagado, e a única luz vinha das poucas estrelas que ficavam visíveis através das copas das árvores.

Clarke virou de lado para suas costas ficarem encostadas ao peito de Bellamy. Ele respondeu abraçando-a mais forte e a puxando para mais perto, mas, dessa vez, pareceu ser mais um reflexo. Pela respiração constante e ritmada, podia dizer que ele estava dormindo.

Um lampejo tímido de luz piscou na escuridão. Talvez o fogo não tivesse se apagado? Mas aquela luz parecia vir de algumas centenas de metros de distância, perto da formação rochosa que se projetava da montanha.

Com o coração acelerado, Clarke se virou novamente para ficar de frente para Bellamy.

— Ei — sussurrou ela em seu ouvido —, acorde. — Quando aquilo não adiantou, ela sacudiu seu ombro delicadamente. — Bellamy. — A cabeça dele rolou para o lado, e ele soltou um ronco alto. — Bellamy!

Ela se sentou repentinamente, se soltando dos braços dele.

Os olhos de Bellamy se abriram.

— O quê? — perguntou ele, piscando de forma sonolenta. — O que está acontecendo? — Quando viu a expressão dela, a preocupação espantou o sono, e ele se sentou. — Você está bem?

Clarke apontou para a luz:

— O que você acha que é aquilo?

Na escuridão, ela conseguiu ver os olhos de Bellamy se estreitarem:

— Não faço ideia. — Ele esticou a mão para pegar seu arco, que tinha deixado ao seu lado antes de se deitarem para dormir, e se levantou. — Mas vamos até lá descobrir.

Clarke segurou a mão dele:

— Espere, devíamos fazer um plano.

Bellamy sorriu para ela:

— Um plano? Nosso plano é ver o que é aquilo. Vamos.

Eles se embrenharam nas árvores na direção da luz, que ficava mais clara à medida que se aproximavam. Era uma luz *elétrica*, Clarke percebeu — ela criava um brilho perfeitamente circular, banhando as árvores e pedras próximas em uma luz amarela quente.

— Clarke — falou Bellamy, a voz tensa de preocupação. Ele a fez parar. — Não estou muito certo disso. Talvez devêssemos esperar até amanhecer.

— De jeito nenhum.

Agora que estavam tão próximos, ela não conseguia suportar não descobrir o que era aquilo. Ela o segurou com mais firmeza e seguiu em frente.

A fonte de luz era quente e quase certamente metálica. Clarke ficou nas pontas dos pés para tocá-la, e percebeu que era uma lâmpada envolvida por uma espécie de gaiola — havia barras na frente, como se a luz fosse uma criatura que poderia escapar.

— O que é isto? — Ela ouviu Bellamy sussurrar ao lado dela. — Não pode estar aceso desde o Êxodo, pode?

Clarke negou com a cabeça:

— De jeito nenhum. Ela teria queimado há muito, muito tempo.

Ela deu um passo para trás e arfou.

— O quê? — perguntou Bellamy, assustado. — O que é isto?

A formação não era apenas uma pilha de pedras. Havia degraus cavados no solo, descendo até a encosta do morro. Clarke não hesitou. Ela se moveu na direção deles.

Na luz amarelada, conseguiu ver Bellamy se retesar:

— De jeito nenhum, Clarke. Você não vai a lugar algum até termos pelo menos alguma ideia sobre o que diabos é isto.

Ela apertou os olhos para examinar algo na escada que tinha confundido com uma sombra, e se abaixou para ver melhor. Era uma placa de metal com algo escrito, embora velha e desbotada. Ela apertou os olhos:

— Mount Weather — leu ela em voz alta.

— O que isto significa? — perguntou Bellamy.

Ela foi atingida por uma lembrança, e se levantou com um salto, assustada.

— Eu sei onde estamos! — exclamou ela. — Eles me contaram sobre isto!

— Quem? — A voz de Bellamy tinha ficado impaciente. — *Quem* contou a você sobre isto, Clarke?

— Meus pais — respondeu ela, suavemente.

Bellamy a encarava, os olhos arregalados, enquanto Clarke lhe contava o que lembrava sobre Mount Weather, como aquilo deveria ser um abrigo para o governo dos Estados Unidos em tempos de crise:

— Mas meus pais disseram que ninguém chegou aqui a tempo.

— Bem, talvez tenham chegado — falou Bellamy. — Será que podem ter sobrevivido ao Cataclismo aqui? Indo para debaixo da terra?

Clarke fez que sim com a cabeça:

— E tenho a sensação de que nunca foram embora. Acho que é aqui que os Terráqueos vivem.

Bellamy olhou para os degraus, então novamente para Clarke.

— Bem, o que você está esperando? — perguntou ele, quando ela não se moveu. — Vamos falar com eles.

Clarke segurou sua mão e, juntos, eles começaram a descer a escada na direção da escuridão.

CAPÍTULO 24
Wells

Wells se moveu no tronco da árvore, se encolhendo enquanto seus músculos exaustos se contraíam em protesto. O dia estava amanhecendo, mas ele não tinha conseguido dormir. Depois de um tempo, ele desistiu e então se ofereceu para ficar na vigília, e o arcadiano de olhos turvos que estava cumprindo seu turno aceitou, agradecido.

Seus olhos vagaram na direção do local onde ficavam os túmulos, onde um novo monte de terra se erguia da grama como uma cicatriz. Wells tinha passado a maior parte da noite sentado ao lado do túmulo de Priya, que ele havia coberto com flores, apesar de não ter conseguido fazer aquilo de forma tão artística quanto ela ou Molly. Mas, pelo menos, ele pensou com alívio, a febre de Molly tinha finalmente diminuído. Clarke havia pedido a Sasha para comunicar o que elas descobriram sobre a inverneira antes de partir, e o único ponto positivo do dia de Wells foi contar a todos na cabana da enfermaria que eles se recuperariam completamente assim que a inverneira saísse de seus organismos.

Ele olhou novamente para a lápide tosca, que estava marcada com nada além de PRIYA. Ele nem mesmo sabia seu sobrenome, ou por que tinha sido Confinada, ou se já havia se apaixonado. Será que seus pais algum dia descobririam que ela morrera? Se os braceletes ainda estivessem funcionando, então existia uma chance de já terem sido avisados. Caso contrário, Wells teria que esperar até chegarem à Terra. Ele imaginou uma mulher que se parecia com Priya saindo do módulo de transporte, olhando ao seu redor com grandes olhos castanhos enquanto procurava a filha que lhe tinha sido tirada e, enquanto os outros pais abraçavam suas crianças, Wells teria que levar a mãe de Priya até seu túmulo.

Um graveto estalou, e Wells ficou alerta, examinando a floresta em busca de sinais de movimento, mas era apenas um esquilo perdido. Embora nunca fosse admitir, estava esperando que fosse Sasha.

Ele sabia que estava sendo um idiota. Ela não reapareceria magicamente apenas porque ele não conseguia parar de pensar nela. E tinha feito a coisa certa, deixando que ela fosse para casa. Só desejava ter pensado em perguntar onde seu povo vivia, ou se ela um dia voltaria. E se ele nunca mais a visse?

Outro pensamento o incomodava no fundo da mente, se recusando a ir embora. E se Sasha não estivesse realmente sendo sincera? E se o beijo deles fosse apenas parte de seu plano de fuga?

Gritos vieram da clareira, tirando-o de seu estupor. Não eram os gritos habituais do começo do dia de "tire as mãos do meu café da manhã", ou "se você tentar fugir de seu dever de buscar água, vou matá-lo". Wells se levantou e se aproximou da confusão. Tinha a sensação de que sabia do que aquilo se tratava.

Havia um grupo reunido em volta da cabana da enfermaria, e à medida que Wells se aproximava, duas dúzias de rostos se viraram na sua direção. A maioria parecia confusa, mas alguns ardiam de raiva.

— Ela foi *embora* — cuspiu Graham, caminhando na direção de Wells.

Por um breve momento, Wells pensou em se fazer de bobo, fingindo que Sasha tinha de alguma forma escapado. Mas ele sabia o que seu pai teria dito sobre aquilo. Um verdadeiro líder admite os próprios erros, em vez de culpar outros. Não que Wells achasse que libertar Sasha tenha sido um erro.

— Você disse que a traria de volta, mas a deixou ir embora.

Graham olhou para o grupo à sua volta para se assegurar de que suas palavras tinham incitado a quantidade adequada de ressentimento.

— No que você estava pensando, Wells? — perguntou Antonio, os olhos se arregalando com descrença. — Ela era a única moeda de troca que tínhamos com os Terráqueos. Eles já mataram Asher e Priya. O que vai impedi-los de exterminar o resto de nós?

— Nós nem mesmo sabemos onde está o povo de Sasha, muito menos se eles perceberam que estávamos com ela. Além disso, não foram eles que mataram Asher e Priya — protestou Wells. — Foi a outra facção dos Terráqueos. Os que são violentos.

— Isso foi o que *ela* contou a você — interrompeu uma menina. Wells se virou e viu Kendall olhando para ele com uma mistura de tristeza e pena. — Mas nunca tivemos nenhuma prova disso, ou tivemos?

A expressão no rosto da menina deixava claro que ela achava que Wells tinha sido enganado.

— Apenas admita! — rosnou Graham. — Você a deixou ir embora, não deixou?

— Sim — respondeu Wells, com a voz calma. — Deixei. Era a coisa certa a ser feita. Ela não sabia nada sobre Octavia, e não estávamos ganhando nada ao mantê-la aqui. Não podemos simplesmente prender pessoas sem um motivo.

— Você está falando sério? — Antonio olhou para Wells de forma incrédula. Seu rosto normalmente animado estava contorcido de raiva enquanto gesticulava de maneira dramática na direção da multidão. — Seu *pai* nos prendeu por basicamente motivo nenhum.

— Então o que vocês querem? — perguntou Wells, erguendo a voz, frustrado. — Vamos continuar a cometer os mesmos erros? Temos a chance de fazer algo diferente. Algo *melhor.*

Graham zombou:

— Pare de palhaçada, Wells. Nós todos sabemos que a única coisa que você está "fazendo" é pegar uma piranha Terráquea mutante.

A fúria que Wells vinha tentando conter se acendeu no peito, e ele se atirou de forma selvagem sobre Graham, erguendo os punhos. Mas antes que ele pudesse arrancar o sorriso presunçoso do rosto daquele imbecil, Eric e outro garoto arcadiano prenderam os braços de Wells.

— Pare com isso, Wells! — gritou Eric.

— Estão vendo? — Graham se virou para olhar para os outros, claramente satisfeito. — Vocês estão vendo? Acho que ele deixou bem claro de que lado está sua lealdade.

Não foram as palavras de Graham que o magoaram; foi o olhar no rosto de todos. A maioria estava encarando Wells como se *acreditasse* em Graham, e estivesse indignada com Wells.

O lábio de Kendall tremia. O rosto de Eric estava vermelho de frustração. Antonio olhava para ele com raiva. Wells olhou à sua volta, procurando Clarke, antes de se lembrar de que ela havia partido. Ele tinha feito a coisa certa. Por que ninguém enxergava aquilo?

Mas talvez não tenha sido a coisa certa, uma vozinha em sua cabeça opôs-se. Afinal de contas, Wells sabia que mesmo os maiores líderes cometiam erros.

Quando o Coronel passou pela sua unidade, Wells suspirou e desabotoou o botão superior de sua farda. Não tinha demorado muito para perceber que os uniformes que ele admirava tanto quando criança eram bastante ridículos na prática. Só porque soldados na Terra tinham se vestido assim não deveria significar que eles precisavam fazer o mesmo no espaço.

— Opa, vejam só. Jaha está se rebelando — zombou um de seus colegas cadetes. —Você não sabe o que acontece a oficiais que violam as normas de vestuário?

Wells o ignorou. Enquanto os outros cadetes sempre pareciam energizados pelos exercícios de treinamento em Walden, aquilo deixava Wells exausto. Não o componente físico — ele gostava de dar voltas correndo na pista de gravidade, e de lutar nos exercícios de combate. Era o resto que o deixava vagamente nauseado: conduzir invasões de treinamento em unidades residenciais, parar consumidores aleatórios no Entreposto para interrogá-los. Por que tinham que supor que todos nessa nave eram criminosos?

— Atenção! — berrou o Coronel mais à frente.

Automaticamente, Wells jogou os ombros para trás, ergueu o queixo e se posicionou enquanto os cadetes formavam uma linha reta pelo corredor.

— Descansar, Coronel — bradou a voz do Chanceler. — Não estou aqui para inspecionar os cadetes. — Os olhos de Wells estavam apontados diretamente para a frente, mas ele podia sentir o peso do olhar de seu pai. — O que é uma sorte, levando em consideração a aparência de alguns deles.

Wells se irritou, sabendo exatamente a quem seu pai estava se referindo.

— Senhor. — O Coronel abaixou a voz. — Quem está em sua equipe de segurança hoje?

— Estou aqui para um assunto extraoficial, então vim sozinho.

Wells arriscou um olhar de relance e viu que o Chanceler estava realmente sozinho, uma cena rara para um oficial de alta patente vindo a Walden. Os outros membros do Conselho se recusavam a cruzar a ponte suspensa sem pelo menos dois guardas ao seu lado.

— Posso enviar alguns cadetes com o senhor, pelo menos? — perguntou ele, abaixando a voz. — Houve outro incidente em Arcadia hoje pela manhã e acho que seria...

— Obrigado, mas estou bem — respondeu o pai dele, com um tom que deixava claro que a discussão estava acabada. — Boa tarde, Coronel.

— Boa tarde, senhor.

Quando os passos do Chanceler desapareceram, o Coronel liberou todos e ordenou que voltassem para Phoenix em ritmo acelerado. Os cadetes partiram numa corrida vigorosa. Wells ficou para trás, fingindo amarrar o cadarço da bota. Quando teve certeza de que ninguém estava olhando, se afastou e dobrou no corredor que o pai tinha seguido.

Ele estava escondendo algo, e Wells descobriria o quê. Hoje.

Wells diminuiu o passo para uma caminhada quando viu o Chanceler fazer uma curva mais à frente — e percebeu algo que não esperava.

Seu pai estava parado em frente ao Muro da Lembrança, uma extensão do corredor na parte mais antiga de Walden que, ao longo dos séculos, tinha se tornado um memorial para todos que haviam morrido na Colônia. Os nomes mais antigos estavam em letra cursiva maior, talhados com facas no muro pelos entes queridos que tinham sido deixados. Mas, à medida que o tempo passava e o espaço no muro ia ficando mais escasso, novos nomes eram talhados sobre os antigos, até que a parede estava tão cheia que a maior parte dos nomes era quase ilegível.

Wells não conseguia imaginar o que o pai estava fazendo ali. As únicas vezes que Wells podia se lembrar do pai visitando o muro eram durante cerimônias oficiais, honrando membros do Conselho que haviam morrido. Até onde Wells sabia, nunca tinha vindo até ali sozinho.

Então o Chanceler esticou o braço e passou o dedo sobre o contorno de um dos nomes. Seus ombros murcharam, demonstrando uma tristeza que Wells nunca tinha visto.

O rosto de Wells começou a arder. Ele não devia estar ali, se intrometendo no que era claramente um momento particular. Mas, quando ele começou a se virar, tomando cuidado para se mover da forma mais silenciosa possível, seu pai falou:

— Eu sei que você está aí, Wells.

Wells ficou imóvel, a respiração presa na garganta.

— Sinto muito — disse ele. — Eu nunca deveria ter vindo atrás de você.

O Chanceler se virou para olhar para ele, mas, para a surpresa de Wells, ele não parecia irritado, nem mesmo decepcionado.

— Tudo bem — falou ele, com um suspiro. — Afinal, já está na hora de eu lhe contar a verdade.

Um calafrio percorreu o corpo de Wells:

— A verdade sobre o quê?

— Falar sobre isso não é fácil para mim — começou o pai, com um leve tremor em sua voz. Ele limpou a garganta. — Há muito tempo, antes de você nascer, antes mesmo de eu conhecer a sua mãe, eu me apaixonei... por uma mulher de Walden.

Wells olhou fixamente para ele, chocado. Ele não sabia se já tinha ouvido o pai ao menos falar o verbo "amar". Ele era tão racional, tão dedicado ao trabalho — aquilo não fazia sentido. Ainda assim, a dor nos olhos de seu pai era suficiente para convencer Wells de que ele estava falando sério.

Com uma voz fraca, o Chanceler explicou que a conhecera quando era um jovem guarda, durante uma de suas patrulhas. Eles tinham começado a se ver e tinham se apaixonado, apesar de ele manter tudo aquilo em segredo de seus amigos e sua família, que ficaram horrorizados ao saber sobre seus sentimentos por uma garota de Walden.

— Depois de um tempo, percebi que era tolice — disse seu pai. — Se nos casássemos, apenas causaríamos dor às nossas famílias. E, naquela época, já corriam rumores sobre a minha participação no Conselho. Eu tinha responsabilidades para com pessoas além de mim mesmo, e assim decidi terminar tudo naquele momento. — Ele suspirou. — Ela teria odiado essa vida, ser casada com o Chanceler. Foi a coisa certa a fazer. — Wells não falou nada, esperando seu pai continuar. — E então, alguns meses depois, conheci sua mãe e percebi que ela era a parceira de que eu precisava. Alguém que me ajudaria a me tornar o líder de que a Colônia precisava.

—Você continuou a vê-la? — perguntou Wells, surpreso com o tom severo de acusação na própria voz. — Aquela... aquela mulher de Walden?

— Não. — Seu pai negou com a cabeça veementemente. — De jeito nenhum. Sua mãe é tudo para mim. — Ele limpou a garganta. — *Você* e sua mãe são tudo para mim — corrigiu ele.

— O que aconteceu com ela? Com a mulher de Walden? Ela um dia encontrou outra pessoa?

— Ela morreu — respondeu o Chanceler de forma seca. — Às vezes eu venho aqui para prestar minha homenagem. E isso é tudo. Agora você sabe de tudo.

— Por que isso tem que ser um segredo? — insistiu Wells. — Por que você estava agindo como se não quisesse que ninguém o visse?

O rosto do pai endureceu:

— Há coisas sobre ser um líder que na sua idade você não conseguiria compreender. — Ele se virou sobre os calcanhares, seguindo na direção de Phoenix. — Agora, esta conversa acabou.

Wells observou em silêncio o pai se afastar, sabendo muito bem que, quando se sentassem à mesa de jantar naquela noite, os dois agiriam como se nada tivesse acontecido.

Ele se virou novamente para o muro, para ver o nome que seu pai tinha tocado com tanta ternura. Melinda. Ele tentou ler seu sobrenome, mas estava arranhado demais para conseguir entender. O máximo que conseguiu descobrir era que começava com um B.

Melinda B. A mulher morta que seu pai um dia tinha amado, cuja lembrança o trazia repetidamente ao muro. A mulher que, se as coisas tivessem sido diferentes, poderia ter sido a mãe de Wells.

Ele levou a mão ao peito e abotoou sua farda, então se virou para voltar a Phoenix, deixando os fantasmas do passado de seu pai para trás.

— O Chanceler Júnior passou completamente dos limites — estava dizendo Graham. — E quem sabe o que ele vai fazer depois disso?

— Eu não sei — falava Lila. — Não podemos apenas...

— Está tudo bem — disse Wells, interrompendo-os. — Vou facilitar as coisas para vocês. Eu vou *embora*.

— O quê? — falou Kendall, assustada. — Não, Wells, não é isso o que queremos.

— Fale por você mesma — retrucou Graham. — Isso é exatamente o que *eu* quero. Acho que ficaremos melhor sem ele.

Wells se perguntou se Graham estava certo. Se ele tinha feito a mesma coisa que seu pai fizera há muito tempo, e cometido um erro de julgamento por causa de uma garota? O que o Chanceler diria se estivesse ali nesse momento?

— Espero que vocês fiquem — disse Wells a eles, surpreso com a sinceridade e a falta de ressentimento em sua voz.

Então, sem olhar ninguém nos olhos, deu meia-volta e saiu para arrumar a mochila pela última vez.

CAPÍTULO 25

Bellamy

A escada levava a uma enorme porta de metal embutida numa parede de pedra. Tinha uma imensa fechadura circular que parecia impenetrável, mas a porta em si estava entreaberta.

— Isto não parece fazer muito sentido, não é mesmo? — indagou Bellamy, apontando para a fenda entre a porta pesada e a pedra.

— Na verdade até que faz — respondeu Clarke, enfiando a cabeça pela fresta para olhar melhor. — Até recentemente, eles eram os únicos seres humanos no planeta inteiro. Não havia ninguém para manter longe.

— Você consegue ver alguma coisa? — perguntou ele, fazendo o máximo para afastar a preocupação da voz.

Queria pegar os Terráqueos que tinham levado Octavia na floresta. No entanto, por mais desesperado que estivesse para encontrar sua irmã, até mesmo Bellamy sabia que não era boa ideia invadir o complexo do inimigo no meio da noite. Mas, quando Clarke colocava uma ideia na cabeça, não havia como impedi-la, e ele não tinha nenhuma intenção de deixá-la entrar lá sozinha.

— Ainda não. — Ela se virou, e seu rosto se tranquilizou quando ela viu a expressão preocupada nos olhos dele. — Obrigada — falou ela, baixinho. — Por fazer isto. Por estar aqui comigo.

Bellamy apenas balançou a cabeça.

— Você está bem? — perguntou Clarke.

— É simplesmente supimpa.

Clarke esticou o braço e apertou a mão dele:

— Você não está animado? Finalmente vai conhecer pessoas que entendem suas gírias esquisitas de velho homem da Terra.

Ele chegou a esboçar um sorriso, mas, quando falou, sua voz estava séria:

— Então você acha que eles estão nos esperando?

— Não, não exatamente nos esperando. Mas Sasha disse que eles ficariam felizes em nos ajudar.

Bellamy balançou a cabeça, escondendo seu medo. Ele sabia que, se algo ruim acontecesse a Clarke e a ele essa noite, eles nunca seriam vistos:

— Vamos nessa, então.

Clarke abriu a porta, se encolhendo quando o rangido das dobradiças enferrujadas soaram no ar silencioso da noite. Então ela passou pela abertura e gesticulou para que Bellamy a seguisse.

Estava escuro no lado de dentro, mas não totalmente preto. Havia uma luz ambiente estranha. Mas Bellamy não sabia dizer de onde ela vinha.

Clarke segurou a mão de Bellamy, e eles se arrastaram ao longo do que parecia ser um túnel através da rocha. Depois de alguns passos, o solo começou a se inclinar para baixo abruptamente, e eles tiveram que diminuir o ritmo para que não perdessem o equilíbrio e rolassem até o fim da ladeira. O ar estava muito mais frio ali do que no lado de fora, e também bém tinha um cheiro diferente — úmido e mineral, em vez de amadeirado e seco.

Ele se forçou a respirar fundo e manter os passos lentos. As semanas que havia passado caçando tinham mudado a forma como ele se movia, seus pés parecendo flutuar silenciosamente acima do solo. Clarke parecia fazer aquilo de forma natural.

Mas então ela tropeçou, arfando, e ele a puxou para perto de seu peito.

— Você está bem?

O coração de Bellamy batia tão rápido que parecia que ele estava tentando entregá-lo aos Terráqueos.

— Estou ótima — sussurrou Clarke, mas ela não o tinha soltado ainda. — É só que... tem uma queda aqui.

O chão de pedra tinha dado lugar a uma escada de metal íngreme.

Eles começaram a descer lentamente, seguindo os degraus e girando com eles à medida que avançavam pela escada íngreme. Era difícil dizer na luz fraca, mas parecia que estavam descendo em espiral até uma enorme caverna. As paredes eram úmidas e feitas de pedra, e, quanto mais seguiam, mais frio o ar ficava.

Enquanto eles desciam a escada, Bellamy pensava no que Clarke tinha lhe contado sobre Mount Weather. Tentou imaginar como teria sido correr cegamente para a segurança de um bunker subterrâneo, dizer adeus ao sol e ao céu e ao mundo como você o conhecia enquanto disparava para a escuridão. O que tinha passado pelas cabeças das primeiras pessoas que desceram essa escada? Será que estavam tomadas pelo alívio por causa de sua sorte, ou tristeza por aqueles que haviam deixado para trás?

— Será que eles têm que subir e descer esta escada toda vez que saem? — sussurrou Clarke.

— Pode existir outra entrada — disse Bellamy. — Do contrário, por que ainda não vimos ninguém?

Quando chegaram ao fim, Clarke e Bellamy ficaram em silêncio, o eco solitário de seus passos mais eloquente do que qualquer conversa.

A escada terminava num vasto espaço vazio que se parecia mais com uma caverna do que com algum lugar em que humanos poderiam ter vivido durante séculos. Bellamy ficou imóvel e segurou o braço de Clarke quando um eco ricocheteou na escuridão.

— O que foi isto? — sussurrou ele, virando a cabeça rapidamente de um lado para o outro. — Alguém está vindo?

Clarke delicadamente se soltou da mão dele e deu um passo para a frente.

— Não... — Sua voz tinha mais curiosidade do que medo. — É água. Veja as estalactites — disse ela, apontando para as pedras escarpadas sobre eles. — A condensação se junta na pedra e então pinga em algum tipo de reservatório. Acho que é de lá que eles tiraram a água potável durante o inverno nuclear.

— Vamos continuar andando — falou Bellamy, segurando a mão dela.

Puxou Clarke por uma abertura na pedra e seguiu por um corredor com paredes metálicas opacas, parecidas com os velhos corredores de Walden. Longas faixas de luzes se estendiam pelo teto, fios saindo de rachaduras na cobertura de plástico.

— Bellamy — falou Clarke, esbaforida. — *Olhe.*

Havia um estojo plástico na parede, parecido com aqueles terminais trancados da Colônia que abrigavam os painéis de controle. Mas, em vez de uma tela e botões, havia uma placa. No topo de tudo, uma águia dentro de um círculo, segurando uma planta com uma garra e várias flechas com a outra. As palavras ORDEM DE SUCESSÃO estavam escritas logo acima de duas colunas. A coluna da esquerda continha uma longa lista de títulos: Presidente dos Estados Unidos, Vice-Presidente dos Estados Unidos, Presidente da Câmara dos Representantes, e assim por diante.

Ao lado de cada título estavam as palavras EM SEGURANÇA, DESAPARECIDO... e MORTO.

Alguém tinha circulado a palavra *morto* com tinta preta nos primeiros seis títulos. O Secretário do Interior tinha sido marcado como EM SEGURANÇA a princípio, mas então alguém havia rabiscado e circulado MORTO em tinta azul.

— Eu imaginaria que a esta altura já teriam tirado isto daqui — disse Bellamy, passando um dedo sobre a caixa plástica.

Clarke se virou para ele.

— Você teria tirado isso daí? — perguntou ela, baixinho.

Bellamy sacudiu a cabeça com um suspiro:

— Não. Eu não teria tirado.

Eles seguiram em silêncio pelo corredor até chegarem a uma bifurcação. Ali havia outra grande placa, só que essa não tinha uma capa plástica.

- HOSPITAL
- TRATAMENTO DE ESGOTO
- COMUNICAÇÕES
- SALA DO GABINETE
- GERADORES
- CREMATÓRIO

— Crematório? — leu Bellamy, em voz alta, reprimindo um tremor.

— Acho que isso faz sentido. Da Terra, não tem como arremessar pessoas no espaço, e certamente não se pode enterrá-las em rocha sólida.

— Mas onde eles *vivem*? — perguntou Bellamy. — Por que ainda não vimos ninguém?

— Talvez estejam todos dormindo.

— Onde? No crematório?

— Vamos continuar andando — falou Clarke, ignorando seu sarcasmo.

No lado direito, uma luz vermelha começou a piscar.

— Isso provavelmente não é bom — disse Bellamy, segurando a mão de Clarke com mais força, pronto para puxá-la para correr

— Está tudo bem — falou Clarke, apesar de ela já ter começado a se afastar da luz. — Aposto que isso está ligado a um cronômetro ou algo assim.

O som de passos ecoando fez os dois congelarem.

— Acho tem alguém vindo — disse Clarke, tirando os olhos de Bellamy e virando na direção do fim do longo corredor.

Ele colocou Clarke atrás dele, tirou seu arco do ombro e pegou uma de suas flechas.

— *Pare com isso* — sussurrou Clarke, dando um passo para a lateral. — Precisamos deixar claro que viemos em paz.

Os passos ficaram mais altos.

— Não vou correr nenhum risco — falou Bellamy, se posicionando na frente dela novamente.

Quatro vultos apareceram no fim do corredor. Dois homens e duas mulheres. Eles estavam vestidos de forma semelhante a Sasha, de preto e cinza, só que não estavam usando peles.

E estavam carregando armas.

Durante um momento dolorosamente longo, eles encararam Clarke e Bellamy, parecendo perplexos.

Então gritaram algo e começaram a correr na direção dos dois.

— Clarke, *fuja* — ordenou Bellamy, enquanto puxava a corda do arco e mirava. — Vou atrasá-los.

— Não! — suplicou ela, ofegante. — Você não pode. Não atire neles!

— Clarke! *Vá embora!* — gritou Bellamy, tentando empurrá-la com o ombro.

— Bellamy, *abaixe o arco*. — Seu tom agora era desesperado. — Por favor. Você precisa confiar em mim.

Ele hesitou, por tempo suficiente para Clarke passar debaixo de seu braço e parar na frente dele, com as mãos erguidas.

— Temos uma mensagem de Sasha — gritou Clarke. Sua voz era alta e firme, apesar de todo o seu corpo estar tremendo. — Ela nos mandou aqui.

Não houve tempo nem para ver se o nome causou alguma reação nos rostos dos Terráqueos. Um som sibilante estranho preencheu o ar, e Bellamy sentiu algo picar seu antebraço.

Então tudo ficou preto.

CAPÍTULO 26

Glass

Havia centenas de corpos amontoados na plataforma de lançamento, e mais outras centenas os empurrando da rampa. No total eram mais de mil pessoas apertadas no fundo da nave, preenchendo o ar com uma mistura de suor, sangue e medo.

Glass e Sonja haviam chegado à plataforma, mas tinha sido por pouco. Elas estavam paradas bem no fundo, pressionadas contra a rampa. Sonja não podia colocar peso sobre o tornozelo, então Glass passou o braço em volta dela, embora quase não fosse necessário. A multidão era tão densa que Sonja podia perder o equilíbrio e mesmo assim não cairia no chão.

De vez em quando o mar de corpos era jogado para uma direção ou outra até que os ansiosos phoenicianos, arcadianos e waldenitas se parecessem apenas com uma maré de carne.

Nas pontas dos pés, Glass podia ver pessoas tentando forçar entrada em um dos seis módulos de transporte restantes. Eles já estavam lotados além de sua capacidade, e corpos não paravam de ser expulsos.

Glass tentou piscar para se livrar das lágrimas que turvavam sua visão para contar novamente. Seis. Deveriam ser sete módulos de transporte. Aquele do qual ela havia escapado,

245

que supostamente tinha carregado Wells e os outros prisioneiros até a Terra, não estava lá, obviamente. Mas o que acontecera com o sétimo?

Mesmo se houvesse uma dúzia de módulos de transporte, Glass e sua mãe não conseguiriam sair da Colônia, a não ser que continuassem a forçar passagem. Mas Glass se sentia fraca e imóvel. Toda vez que se movia, uma dor se alastrava por seu corpo quando pensava na expressão de nojo no rosto de Luke, e os pedaços do seu coração que ela estava se esforçando tanto para manter unidos saíam do controle.

Mas quando se virou para ver a mãe, Glass soube que não teria escolha. Não podia pensar no que tinha acontecido com Luke, não agora. O coração de Sonja também fora partido há muito tempo, mas a diferença era que não se dera o trabalho de juntar os pedaços. Glass tinha feito aquilo por ela. Sem Glass, sua mãe não lutaria por um lugar no módulo de transporte, e Glass não deixaria aquilo acontecer.

Ela apertou o braço em volta da cintura de sua mãe:

— Vamos lá. Vamos continuar andando. Um passo de cada vez.

Não havia para onde ir, mas, de alguma forma, Glass e Sonja conseguiram se esgueirar entre omoplatas e cotovelos.

Glass arfou, mas não olhou para baixo quando pisou em algo carnudo. Manteve os olhos fixos na parte frontal da plataforma de lançamento, e segurava a mão da mãe com força enquanto abria caminho através da parede de corpos.

Elas passaram por uma mulher cujo vestido estava molhado de sangue. Pela forma como ela segurava o braço, Glass supôs que tivesse sido alvejada por uma bala de um dos guardas. Seu rosto estava pálido e ela balançava para a frente e para trás, apesar de não haver espaço para ela cair.

Continue andando.

Glass engoliu um grito quando passou pela mulher e sentiu sua manga ensanguentada roçar contra seu próprio braço nu.

Continue andando.

Um homem segurava uma menininha com um braço e uma trouxa de roupas com o outro, o deixando muito volumoso para se movimentar na multidão. *Largue a trouxa*, Glass quis dizer a ele. Mas não falou nada. Sua única tarefa era levar a mãe até o módulo de transporte. Aquilo era tudo com que podia se importar.

Continue andando.

Um menininho, que mal aprendera a andar, estava sentado no chão, chocado e assustado demais para fazer algo além de choramingar e sacudir os braços rechonchudos no ar. Será que havia sido arrancado dos braços de seus pais? Ou será que tinha sido abandonado num momento de pânico?

Ela sentiu uma pontada bem no fundo do peito, uma explosão de dor no espaço vazio atrás de seu coração que nunca tinha sarado totalmente. Glass segurou Sonja mais firme, e esticou seu outro braço na direção do menininho. Mas, logo antes de as pontas de seus dedos tocarem sua mão esticada, houve outro solavanco, e Glass se viu sendo arremessada na outra direção.

Ela arfou, e lutou para se equilibrar. Quando se virou para procurar o menino, ele tinha desaparecido atrás de um mar de corpos.

Continue andando.

Quando chegaram ao centro da plataforma de lançamento, o módulo de transporte mais próximo estava transbordando de corpos, muito além do que deveria acomodar. Havia pessoas de pé em cada centímetro de espaço disponível, amontoadas da forma mais apertada possível em volta dos assentos. Glass sabia que lotar o módulo daquele jeito era extremamente perigoso — qualquer um que não estivesse com cinto de segurança seria jogado violentamente contra as paredes durante a descida. Eles com certeza morreriam, e provavelmente acabariam matando também alguns dos passageiros sentados. Mas ninguém os impedia, ou forçava os passageiros extras a sair do módulo de transporte. Não havia ninguém no comando.

Um novo som se juntou ao coro de gemidos e gritos. A princípio, Glass achou que estava imaginando aquilo, mas, quando olhou de relance para trás, avistou o músico de mais cedo parado no topo da rampa. Ele tinha posicionado o violino debaixo do queixo e estava deslizando o arco sobre as cordas. Com quase mil pessoas entre ele e o módulo de transporte mais próximo, o homem deve ter percebido que não conseguiria chegar. E, em vez de sucumbir ao pânico, decidiu terminar a vida fazendo o que mais amava.

Os olhos do homem estavam fechados, então não percebia os olhares confusos e as provocações raivosas de todos à sua volta. Mas, à medida que a melodia se propagava, seus rostos se abrandavam. Os trinados agridoces arrancavam a dor de seus peitos e a levavam para o ar. O medo esmagador se tornava um fardo compartilhado e, por um momento, aquilo se parecia com algo que poderiam suportar juntos.

Glass se virava de um lado para o outro, procurando Luke desesperadamente. Tendo crescido em Walden, ele nunca tinha assistido a um concerto do Dia da Lembrança, e ela queria que ele escutasse essa música. Se ele tivesse que morrer essa noite, ela precisava saber que seus últimos momentos foram marcados por algo que não fosse mágoa.

Um apito alto repentinamente ecoou pelo ambiente, quebrando o encanto da música, quando a porta do módulo de transporte mais afastado começou a se fechar. As poucas pessoas que tentavam forçar passagem começaram a se acotovelar, desesperadas para subir na nave antes que ela fosse lançada.

— Espere! — gritou uma mulher, se livrando da multidão para correr até a porta. — Meu filho está ali dentro!

— Detenham-na! — berrou outra voz.

Algumas pessoas correram para segurar a mulher, porém já era tarde demais. Ela escorregou para dentro da câmara de vácuo, mas não conseguiu entrar na nave. Quando percebeu o que tinha acontecido, virou-se e bateu freneticamente na porta travada da câmara de vácuo. Houve outro apito ainda mais alto, então silêncio.

Atrás dela, a nave se desconectou da Colônia e partiu na direção do globo azul-cinzento da Terra. Depois uma onda de arfadas horrorizadas se propagou pela multidão.

A mulher estava flutuando do lado de fora da janela, o rosto contorcido por um grito que nenhum deles foi capaz de escutar. Seus braços e suas pernas se debatiam de forma selvagem, como se ela achasse que podia se segurar à nave e entrar. Mas, em poucos segundos, ela parou de se mover e seu rosto ganhou uma coloração roxa profunda. Glass virou de costas para aquilo, mas não foi rápida o suficiente. Pelo canto do olho, viu a imagem nauseante de um enorme pé roxo inchado antes de a mulher flutuar para longe de sua vista.

Outro apito soou quando o próximo módulo de transporte começou a ser lançado. Agora restavam apenas quatro. O frenesi da multidão tinha alcançado seu grau máximo de descontrole, a plataforma de lançamento ecoava com sons de morte e pesar.

Rangendo os dentes, Glass puxou a mãe para a frente exatamente quando o mar de corpos as varria para ainda mais perto da rampa. O terceiro módulo de transporte se desconectou da nave e partiu. Uma ruiva passou por elas abrindo caminho com empurrões, e só depois que ela desapareceu, Glass percebeu que aquela era Camille. Será que aquilo queria dizer que Luke estava por perto? Ela começou a gritar o nome dele, mas o grito morreu antes mesmo de sair de sua garganta.

— Glass. — A voz da mãe surgiu às suas costas. Parecia que Sonja não falava fazia uma eternidade. — Não vamos conseguir chegar. Pelo menos, não juntas. Você precisa...

— Não! — gritou Glass, vendo uma abertura na multidão e se movendo na direção dela. Mas, enquanto se aproximava, viu Camille empurrar um menino magricela para fora do módulo de transporte e tomar seu lugar. Os gemidos angustiados de sua mãe chocada ecoaram pela plataforma quando as portas se fechavam com um último clique.

— *Saiam da frente!* — gritou uma voz severa.

Glass se virou e viu uma fila de guardas descendo a rampa correndo, suas botas batendo no chão em uníssono enquanto escoltavam alguns civis até a plataforma de lançamento. Um deles era o Vice-Chanceler.

Ninguém obedeceu às ordens do guarda. A massa de corpos continuou a se empurrar na direção dos módulos de transporte restantes. Mas os guardas continuaram a forçar passagem, empurrando pessoas para o lado com as coronhas de suas armas para liberar o caminho.

— Saiam!

Eles passaram violentamente por Glass e Sonja, carregando seus escoltados ao lado. Quando passou por elas, os olhos do Vice-Chanceler Rhodes se fixaram em Sonja, e um olhar que Glass não podia identificar surgiu em seu rosto. Ele parou, sussurrou algo para um guarda, e então se moveu na direção da mãe de Glass.

A multidão abria espaço enquanto três guardas avançavam na direção das pessoas que se empurravam. Antes que Glass tivesse tempo de reagir, os guardas a tinham segurado, assim como sua mãe, e as carregavam na direção do último módulo de transporte.

Os gritos furiosos e violentos que seguiram pareciam muito distantes. Glass mal conseguia registrar qualquer coisa além do som de seus frenéticos batimentos cardíacos e a sensação da mão de sua mãe apertando a sua própria. Será que elas realmente conseguiriam? Será que o Vice-Chanceler tinha acabado de salvar suas vidas?

Os guardas empurraram Glass e Sonja para o último módulo de transporte com o Vice-Chanceler. Todos os cem assentos estavam ocupados, a não ser três na parte frontal. Rhodes gesticulou para que elas se sentassem. Glass se movia como alguém num sonho enquanto acomodava Sonja ao lado do Vice-Chanceler, e depois se sentava no último assento.

Mas o alívio de Glass foi mitigado por uma tristeza profunda e dolorosa ao pensar que Luke provavelmente não estaria na Terra com ela. Não podia ter certeza de que ele não estava em um dos módulos de transporte anteriores, mas não acreditava naquilo. Luke não teria empurrado quem estava em seu caminho para conseguir um lugar no módulo de transporte, assim como não deixaria um amigo morrer por seu próprio crime.

Quando a contagem regressiva final começou, Sonja segurou a mão de Glass. Ao seu redor, as pessoas choravam, murmurando preces, sussurrando despedidas e pedidos de desculpas para aqueles que estavam deixando para trás. Rhodes estava ajudando Sonja com sua trava, e Glass começou a lutar com a sua própria.

Mas, antes que conseguisse travar a fivela no lugar, um guarda apareceu à porta. Seus olhos estavam arregalados e se movendo de forma selvagem enquanto segurava uma arma no ar.

— O que diabos você está fazendo? — gritou Rhodes. — Vá embora! Você vai matar todos nós!

O guarda deu um tiro para o alto e todos ficaram em silêncio.

— Agora, escutem — disse o guarda, olhando à sua volta. — Um de vocês vai sair deste módulo de transporte, ou todos morrem. — Seus olhos repletos de terror se fixaram sobre Glass, que ainda não tinha conseguido prender sua fivela. Ele deu alguns passos na direção dela e apontou a arma para a sua cabeça. — Você — cuspiu ele. — *Caia. Fora.*

Seu braço estava tremendo tão violentamente que o cano da arma quase arranhou a bochecha de Glass.

Uma voz desencarnada soou na nave:

— Um minuto para a partida.

Rhodes tentou abrir sua trava.

— Soldado! — exclamou ele, com sua voz mais autoritária de militar. — Sentido!

O guarda o ignorou, segurando o braço de Glass.

— Levante-se ou vou atirar em você. Eu juro por Deus que vou atirar.

— Cinquenta e oito... cinquenta e sete...

Glass permanecia imóvel:

— Não, por favor.

Ela balançava a cabeça.

— Cinquenta e três... cinquenta e dois...

O guarda pressionou a boca da arma na testa dela:

— Levante-se ou vou atirar em todo mundo aqui.

Ela não conseguia respirar, não conseguia ver, mas, de alguma forma, estava se levantando.

— Tchau, mãe — sussurrou ela, se virando na direção da porta.

— Quarenta e nove... quarenta e oito...

— *Não!* — gritou a mãe. De repente, ela estava ao lado de Glass. — Fique com o meu assento.

— Não. — Glass soluçou, tentando empurrar a mãe de volta para seu assento. — Pare, mãe!

O homem balançou a arma para a frente e para trás entre as duas:

— É melhor uma de vocês duas dar o fora daqui, ou vou atirar nas duas!

— Eu vou sair, por favor, não atire — suplicou Glass, empurrando a mãe e se virando na direção da porta.

— Pare!

Uma forma familiar chegou correndo, pulando na nave no último minuto.

Luke.

— Trinta e cinco... trinta e quatro...

— Abaixe a arma — gritou Luke. — Deixe-as em paz.

— Para trás — cuspiu o guarda, tentando empurrar Luke para longe. Num piscar de olhos, Luke tinha saltado por trás do homem, travando o braço em volta do pescoço do guarda e o jogando no chão.

Um estalo ensurdecedor e aterrorizante tomou conta do módulo de transporte quando a arma disparou.

Todos gritaram. Todos menos uma pessoa.

— Trinta... vinte e nove...

A mãe de Glass estava caída no chão, uma mancha vermelha escura se alastrando na parte da frente de seu vestido.

CAPÍTULO 27

Clarke

Durante os primeiros minutos, não conseguia se lembrar de onde estava. Nas últimas semanas, Clarke tinha acordado em tantos lugares diferentes — sua cela durante os últimos dias no Confinamento, a cabana da enfermaria lotada onde Thalia dera os últimos suspiros, enroscada ao lado de Bellamy debaixo de um céu repleto de estrelas. Ela piscou e escutou com atenção, esperando algo entrar em foco. Os contornos sombreados das árvores. O som da respiração constante de Bellamy.

Mas ainda não havia nada. Apenas escuridão e silêncio.

Começou a se sentar, mas se encolheu quando o pequeno movimento enviou uma dor lancinante para sua cabeça. Onde ela estava?

Depois se lembrou de tudo. Ela e Bellamy tinham entrado em Mount Weather. Aqueles guardas vieram atrás deles. E então...

— Bellamy — falou ela, a voz rouca, ignorando a dor enquanto sacudia a cabeça de um lado para o outro. Quanto seus olhos se ajustaram à escuridão, o ambiente à sua volta entrou em foco. Ela estava num pequeno quarto vazio. Uma cela. — *Bellamy!*

Ele tinha apontado uma flecha para os guardas. Será que determinaram que ele era uma ameaça grande demais? Seu estômago embrulhou quando se lembrou das armas que eles estavam carregando.

Algo gemeu a alguns metros dali. Clarke rastejou e engatinhou na direção do som. Havia um vulto comprido e esbelto estendido no chão de pedra.

— Bellamy — falou ela novamente, a voz falhando quando o alívio se apoderou dela.

Clarke se sentou novamente no chão e aninhou a cabeça dele em seu colo.

Ele gemeu, então seus olhos se abriram de forma vacilante.

— Você está bem? — perguntou ela, tirando o cabelo de seu rosto. — Você se lembra do que aconteceu?

Ele a encarou, aparentemente sem entender nada, então se levantou com um salto tão rápido que quase derrubou Clarke.

— Onde estão eles? — gritou Bellamy, olhando à sua volta de forma selvagem.

— Do que você está falando? — perguntou ela, tentando entender se ainda estava acordando de um pesadelo.

— Aqueles Terráqueos desgraçados que nos apagaram. — Ele passou a mão no pescoço. — Eles nos atingiram com dardos tranquilizantes ou algo assim.

Clarke levou a mão ao seu próprio pescoço. A vergonha que ela sentiu por não entender o que tinha acontecido se transformou em terror quando percebeu o que aquilo significava. Os Terráqueos supostamente pacíficos e civilizados — o povo de Sasha — tinham deixado Clarke e Bellamy inconscientes e os arrastado para uma cela escura.

— E *você* está bem? — Na luz fraca, ela viu o rosto de Bellamy abrandar quando sua fúria deu lugar à preocupação. Ele a puxou para ele e beijou sua testa. — Não se preocupe — murmurou ele. — Nós vamos sair daqui.

255

Clarke não falou nada. Isso era tudo culpa dela. Tinha insistido que descessem ali, implorara para que Bellamy viesse com ela. Não podia acreditar que tenha sido tão idiota.

Sasha tinha mentido a respeito de Asher. Mentira a respeito de Octavia. E ainda pior, provavelmente sabia o que aconteceria a Priya. Não havia outra "facção" de Terráqueos. Ela deve ter inventado aquilo para fazer os cem confiarem nela, para atrair Clarke e os outros para uma armadilha. Sasha fora tão vaga quando falou sobre os primeiros Colonos, sobre o "incidente" que tinha forçado os Terráqueos a expulsar todos eles. Clarke devia ter desconfiado de que algo estava errado.

Ela fechou os olhos e pensou nos túmulos que tinha encontrado. Será que era lá que ela e Bellamy acabariam depois que os Terráqueos os matassem? Ou seus corpos permaneceriam nesse bunker desolado para sempre?

Por um instante, tudo o que podia ouvir era a respiração de Bellamy e seus próprios batimentos cardíacos frenéticos. Mas então outro som surgiu, o barulho inconfundível de passos.

— Eles estão vindo — sussurrou Clarke.

Ela ouviu o retinir do metal, e então uma luz brilhante invadiu a cela, a cegando. Clarke levou a mão aos olhos e viu o contorno sombreado de uma pessoa junto à porta.

O vulto se aproximou, e um rosto entrou em foco. Era Sasha.

O medo de Clarke se dissipou, deixando apenas raiva e nojo.

— Sua *mentirosa* — exclamou ela, partindo para cima da menina. — Eu confiei em você! O que diabos você quer de nós?

— O quê? Clarke, não. — Sasha na verdade teve a audácia de parecer magoada enquanto se esquivava de Clarke.

— Wells me libertou, e eu vim o mais rápido que pude. Quis ter certeza de que estaria aqui quando vocês chegassem.

— Certo, para você poder combinar de sermos sedados e trancafiados — cuspiu Bellamy.

Sasha encolheu os ombros de forma encabulada:

— Sinto muito por isso. Mas você provavelmente não deveria ter tentado atirar neles com seu arco. — Ela se aproximou e tentou colocar a mão sobre o braço de Clarke, então se encolheu quando Clarke se esquivou. — Os guardas só estavam fazendo seu trabalho. Assim que fiquei sabendo do que tinha acontecido, desci correndo para encontrá-los. Está tudo bem agora.

— Se essa é a sua ideia de bem, eu odiaria ver o que você acha ruim — falou Bellamy, sua voz mais fria do que o ar úmido.

Sasha suspirou e abriu mais a porta:

— Apenas venham comigo. Vou levá-los para ver meu pai. Tudo fará sentido depois que vocês conversarem com ele.

Clarke e Bellamy trocaram olhares. Ela sabia que ele não acreditava em Sasha, mas sua única chance de fugir era sair da cela.

— Certo — disse Clarke, segurando a mão de Bellamy. — Nós vamos, mas depois você tem que nos mostrar como sair daqui.

— Com certeza. — Sasha balançou a cabeça. — Prometo.

Clarke e Bellamy a seguiram para fora da cela e na direção de um corredor mal iluminado. A maior parte das portas pelas quais passaram estava fechada, mas, quando viu uma que estava aberta, Clarke parou por um instante para olhar para dentro.

Era uma enfermaria, ou algo parecido. O equipamento era semelhante àquele que eles tinham em Phoenix. Ela reconheceu um monitor cardíaco, respiradores, e uma máquina de radiografia. Mas as camas estreitas estavam revestidas com cobertores maltrapilhos e diferentes um do outro, ou, em um caso, com o que parecia ser a pele de um animal.

E o mais impactante de tudo, a sala estava vazia — nenhum médico, nenhuma enfermeira e nenhum paciente à vista. Na verdade, enquanto Sasha os guiava por uma série de corredores, Clarke não viu uma só pessoa.

— Achei que tivesse falado que havia centenas de vocês. Onde estão todos? — perguntou ela, curiosidade por um momento prevalecendo sobre sua desconfiança.

Bellamy não se distraía tão facilmente:

— Provavelmente lá fora sequestrando mais dos nossos.

Sasha parou e se virou para Clarke:

— Ninguém vive de verdade aqui há cinquenta anos. Agora o bunker é usado principalmente para guardar todos os geradores e os equipamentos médicos, coisas que não poderiam ser levadas para a superfície.

— Então onde vocês *realmente* vivem? — perguntou Clarke.

— Vou lhes mostrar. Venham.

Sasha os guiou por uma esquina, passando por outra sala aberta cheia de gaiolas de metal vazias que Clarke podia apenas torcer que um dia tivessem abrigado animais, então parou em frente a uma escada vertical que se estendia por uma abertura no teto.

— Vocês primeiro — falou Sasha, apontando para os degraus.

— Não vamos primeiro de forma nenhuma — disse Bellamy, agarrando a mão de Clarke.

Sasha olhou para Clarke, depois para Bellamy, então apertou os lábios e pisou delicadamente em um dos degraus mais

258

baixos. Ela subiu a escada tão rápido que tinha quase desaparecido pela abertura quando gritou para que eles a seguissem.

— Você primeiro — falou Bellamy para Clarke. — Estarei logo atrás de você.

Aquilo era mais difícil do que Sasha fez parecer. Ou talvez fosse porque Clarke estava tremendo tanto que teve que usar toda a sua força para impedir que suas mãos escorregassem.

A escada desaparecia dentro de alguma espécie de duto de ventilação, quase um túnel vertical. Ele era tão estreito que Clarke podia sentir as costas da camisa roçarem na parede de pedra. Ela fechou os olhos e continuou a subir, imaginando que estava escalando na Colônia, não debaixo de milhares de quilos de pedra que pareciam sufocá-la, esmagá-la até não poder respirar. Suas mãos estavam suadas, e ela tentou limpá-las na camisa, com medo de a qualquer momento escorregar e cair sobre Bellamy. Ela se forçou a respirar com calma.

Finalmente, depois do que pareceu uma eternidade, ela percebeu a luz do dia sobre ela.

Quando estava alcançando o degrau mais alto, Sasha ofereceu a mão. Clarke estava tão exausta que a segurou sem hesitar, e permitiu que Sasha a puxasse para a grama.

Enquanto Clarke respirava com dificuldade e se levantava de forma trêmula, Sasha esticou o braço para ajudar Bellamy.

— Você escala isto todos os dias? — perguntou Bellamy, ofegante, colocando as mãos nos joelhos e enchendo os pulmões com o ar fresco da manhã.

— Oh, tem um jeito muito mais fácil de entrar e sair. Mas achei que vocês apreciariam a vista daqui de cima — disse Sasha, sorrindo.

Eles estavam parados no topo de uma montanha de frente para um vale tomado por estruturas de madeira. Havia dúzias de pequenas casas cujas chaminés estreitas cuspiam nuvens de fumaça no ar, uma construção maior que poderia ser um auditório, e algumas áreas cercadas cheias de animais pastando.

Clarke não conseguia parar de olhar para as pessoas. Elas estavam por toda parte: carregando cestas cheias de vegetais, empurrando enormes pilhas de lenha em carroças, correndo por ruas e se cumprimentando. Crianças riam enquanto faziam algum tipo de brincadeira no solo de terra que cercava as casas.

Clarke se virou para Bellamy e viu o mesmo olhar de espanto refletido em seus olhos. Pela primeira vez, ele não tinha palavras.

— Vamos lá — falou Sasha, começando a descer o morro. — Meu pai está nos esperando.

Dessa vez, nenhum dos dois protestou. Bellamy segurou a mão de Clarke, e eles seguiram Sasha ladeira abaixo.

Antes de os três chegarem à superfície plana, dúzias de pessoas tinham parado para olhar para eles. E, enquanto seguiam por uma das estradas de terra, parecia que toda a aldeia havia se reunido para observar Clarke e Bellamy.

A maioria dos Terráqueos apenas parecia surpresa ou curiosa, mas alguns os encaravam com uma clara desconfiança ou até mesmo raiva.

— Não se preocupe com eles — disse Sasha animadamente. — Eles acabarão se acostumando.

Mais adiante, havia um homem alto e duas mulheres, que estavam conversando animadamente, claramente discutindo. Ele escutava as duas, balançando a cabeça gravemente e falando pouco. Tinha o cabelo raspado bem curto e uma barba grisalha, o rosto chupado debaixo de suas maçãs do rosto salientes. Mas, apesar dessa aparência cadavérica, ele irradiava força. Quando seus olhos se fixaram sobre Sasha, Clarke e Bellamy, pediu licença às mulheres e se aproximou com passos largos e determinados.

— Pai. — Sasha parou em frente a ele. — Estes são os Colonos de que falei.

— Eu sou Clarke. — Ela deu um passo à frente, oferecendo a mão sem pensar. Não sabia se podia confiar nessas pessoas, mas algo no homem a forçava a ser educada. — E este é Bellamy.

— Max Walgrove — disse ele, apertando sua mão firmemente, depois esticando o braço para fazer o mesmo com Bellamy.

— Estou procurando minha irmã — falou Bellamy, indo direto ao assunto. — Você sabe onde ela está?

Max fez que sim com a cabeça, franzindo a testa:

— Há pouco mais de um ano, alguns membros de nossa comunidade partiram, acreditando que viveriam melhor seguindo suas próprias regras. Foram eles que levaram sua irmã — e infelizmente mataram aqueles dois jovens.

Ao seu lado, Clarke podia sentir a frustração de Bellamy. Ele fechava e abria os punhos e, quando falou novamente, seu rosto se contorceu com o esforço de manter sua voz firme:

— Sim, Sasha sempre menciona essa outra "facção" que está por aí. Mas até agora ninguém foi capaz de me dizer como diabos eu posso encontrar minha irmã. — Ele cruzou os braços e examinou o líder Terráqueo com olhos estreitos. — E como posso saber que não foram vocês que a levaram?

Clarke ficou tensa e tentou lançar um olhar de advertência para Bellamy. No entanto o pai de Sasha parecia mais entretido do que ofendido com o tom acusatório de Bellamy. Ele se virou para olhar para trás, para um campo delimitado por uma cerca de madeira. Do outro lado, um grupo de crianças parecia brincar de pique. Max ergueu a mão no ar, e elas todas vieram correndo em sua direção.

Enquanto se aproximavam, Clarke percebeu que nem todas eram crianças. Havia uma garota mais velha com elas, os longos cabelos pretos balançando enquanto corria sorridente pelo campo.

— Octavia!

Bellamy disparou e, num piscar de olhos, já a tinha tomado em seus braços. Ele estava longe demais para que Clarke pudesse ouvi-lo, mas, pela forma como seus ombros estavam se movendo, ou ele estava rindo, ou chorando. Possivelmente as duas coisas ao mesmo tempo.

Uma mistura estranha de sentimentos brotava no peito de Clarke enquanto ela assistia à reunião. Estava muito contente por Octavia estar em segurança, mas parte dela doía pensando sobre o encontro que poderia nunca ter.

Piscando para afastar as lágrimas, ela se virou novamente para Max e Sasha.

— Obrigada — falou ela. — Como vocês a encontraram?

Max explicou que tinha enviado uma equipe para vigiar os rebeldes. Quando ele descobriu que haviam sequestrado um Colono, a equipe planejou um ataque para resgatá-la.

— Nós só a resgatamos ontem à noite — explicou ele. — Eu estava pronto para escoltá-la até seu acampamento pessoalmente hoje, mas então vocês nos encontraram.

O canto da boca de Max se contraiu levemente, como se ele estivesse tentando evitar um sorriso.

— Não sei como poderei lhes agradecer o suficiente — disse Bellamy, se aproximando com Octavia. — Vocês a *salvaram*.

— Você pode me agradecer mantendo seu grupo na linha dessa vez, e não se misturando. Sasha me contou que vocês são pessoas boas e que a trataram bem, mas não posso arriscar outra tragédia.

— O que aconteceu na última vez, exatamente? — perguntou Clarke, de forma hesitante.

Ela estava desesperada para perguntar sobre seus pais, mas precisava escutar toda a história antes.

— Há pouco mais de um ano, um dos seus módulos de transporte caiu a cerca de dez quilômetros daqui. Sempre soubemos sobre a Colônia, mas nunca houve nenhuma forma de comunicação, então encontrar desconhecidos do espaço foi um pouco... assustador. Mas eles estavam em más condições, então tentamos ajudar os sobreviventes. Nós lhes demos comida, abrigo, acesso ao nosso hospital... tudo de que precisavam. Eles tinham sido enviados a este local porque sabiam sobre Mount Weather, que eles esperavam lhes fornecer abrigo e suprimentos. Obviamente, não contaram com a possibilidade de haver pessoas vivendo aqui.

— Você sabe o que os trouxe à Terra? — perguntou Clarke. — A missão foi secreta. Nenhum de nós sabia nada sobre ela até Sasha nos contar.

Max assentiu com a cabeça:

— Eles foram enviados para testar os níveis de radiação da Terra, para determinar se o planeta podia abrigar vida humana novamente. Nós tornamos aquela parte fácil para eles, obviamente.

— Quem eram eles? — interrompeu Clarke. — Eles eram voluntários, ou cientistas, ou prisioneiros como nós?

Max franziu a testa, mas, digno de crédito, respondeu a pergunta sem tocar no assunto:

— A maioria parecia hesitante em discutir seus passados, mas concluí que não eram exatamente cidadãos exemplares. Não criminosos, exatamente, ou imagino que teriam

sido mortos. Ou *arremessados no espaço*, como ouvi dizer.
— Ele fez uma leve careta, então continuou. — Eram mais
como pessoas que poderiam desaparecer sem chamar muita
atenção.

Clarke balançou a cabeça, assimilando a informação.

— E depois que eles chegaram aqui? — insistiu ela.

— Com o pouso forçado, perderam a capacidade de enviar mensagens para a Colônia. Nenhum deles tinha imaginado ficar indefinidamente separado da nave. Então acho que
as tensões começaram a se manifestar. Não tínhamos planejado torná-los membros permanentes de nossa comunidade,
e eles certamente não contaram com a possibilidade de ficar
aqui para sempre. — Ele fez uma pausa por um instante, e
seu rosto se fechou. — Ainda acho que foi um acidente o
que aconteceu com a criança. Mas nem todos viram dessa
forma. Tudo o que souberam foi que uma de nossas crianças,
um menininho, tinha levado alguns dos Colonos para pes-
car. Ele se ofereceu para lhes mostrar nosso melhor local de
pesca, orgulhoso por ser útil, mas, quando finalmente voltaram para casa no crepúsculo... — Max se encolheu com a
lembrança. — Estavam carregando seu pequeno corpo entre
eles. Tinha se afogado, o pobre menino. — Ele suspirou. —
Nunca me esquecerei dos gritos de sua mãe quando o viu.

— Foi um acidente — disse Sasha, sem expressão. — Sei
que foi. Tommy escorregou naquela pedra, mas nenhum dos
Colonos sabia nadar. Eles *tentaram* salvá-lo. Você se lembra
de como eles estavam molhados? Eles disseram que a mulher
loura praticamente se afogou tentando alcançá-lo.

— Talvez — continuou Max. — Porém eles pareceram
mais na defensiva do que arrependidos. E foi então que a briga
começou. Alguns membros do nosso povo, a família daquele
menino, o mesmo grupo que foi atrás de seu grupo assim que

vocês pousaram, se recusaram e continuar a lhes dar comida, disseram que eles precisavam se virar sozinhos. Acho que os Colonos ficaram assustados, mas encararam aquilo da forma errada. Começaram a roubar, a acumular coisas, até mesmo a ameaçar pessoas com violência. No fim, não tive escolha. Eles tiveram que ser banidos.

"Foi... uma decisão difícil de tomar. Eu sabia que quase todos eram pessoas boas. E sabia que não tinham muita chance de sobreviverem lá fora sozinhos. Mas nunca pensei que, quando eu anunciasse a decisão, eles iriam *contra-atacar*. E é claro que, depois daquilo, precisei defender meu povo. Não tive escolha."

— Então estão todos mortos? — perguntou Clarke, em voz baixa.

— Todos menos um casal, os médicos. Eles foram embora antes de as coisas ficarem feias, disseram que não concordavam com a forma como os outros Colonos estavam se comportando. Queriam recomeçar sozinhos, ver o máximo do planeta que pudessem.

— Médicos? — repetiu Clarke, forçando a palavra a sair enquanto o ar esvaziava seus pulmões.

Ela esticou o braço para se segurar em algo e sentiu Bellamy ao seu lado, ajudando-a a se equilibrar com seus braços fortes.

— Clarke, você está bem? — perguntou ele.

— Eles eram... você se lembra dos nomes deles? — Clarke fechou os olhos, repentinamente com medo de ver a expressão nos olhos do pai de Sasha quando ele ouvisse a pergunta. — Era Griffin?

Mas ela precisava olhar. Quando abriu os olhos, o líder dos Terráqueos estava balançando a cabeça:

— Sim. David e Mary Griffin. Eu me lembro.

Clarke sorriu, então arfou quando o peso que estava pressionando seu peito durante os últimos seis meses desapareceu. Seu rosto estava molhado; ela levantou a mão e percebeu que estava chorando. Ela não estava sozinha na Terra.

Seus pais estavam vivos.

CAPÍTULO 28

Glass

Ela não conseguia ouvir a contagem regressiva.

Não conseguia ouvir os gritos.

Tudo o que conseguia ouvir era o som da respiração entrecortada da mãe.

Glass estava no chão, ninando a cabeça da mãe enquanto o sangue brotava no peito de Sonja, deixando sua camisa com uma cor vermelha profunda a que Glass sempre havia tentado chegar ao tingir suas roupas, mas nunca tinha conseguido.

O guarda perturbado gritava algo para Glass, mas ela não conseguia entender. Houve muita movimentação quando Luke travou os braços no pescoço do homem e o arrastou para fora do módulo de transporte.

— Está tudo bem — sussurrou Glass, enquanto lágrimas escorriam no rosto. — Você vai ficar bem, mãe. Nós vamos chegar à Terra e então tudo ficará bem.

— O tempo está acabando! — gritou alguém.

No fundo de sua mente, Glass registrou que a porta estava prestes a se fechar, que a contagem regressiva estava em algum lugar em torno de trinta segundos, mas ela não conseguia processar as implicações.

— Glass — falou a mãe, com a voz rouca. — Estou tão orgulhosa de você.

Ela não conseguia respirar. Não conseguia falar.

— Eu te amo, mãe. — Glass forçou as palavras a saírem de sua boca e segurou a mão de sua mãe. — Eu te amo tanto.

Sonja a apertou em resposta, apenas por um instante, antes de suspirar e seu corpo perder o tônus.

— Mãe — disse Glass, a voz trêmula enquanto um soluço subia pelo peito. — Não, por favor...

Luke reapareceu ao lado de Glass. Tudo o que aconteceu em seguida foi um borrão.

As últimas palavras da mãe soavam em sua cabeça. Mais altas do que os gritos e berros vindos do lado de fora do módulo de transporte. Mais altas do que os alarmes. Mais altas do que o baque do coração partido de Glass.

Você é tão corajosa, tão forte.

Estou orgulhosa de você.

—Você quer que eu a acompanhe até em casa? — perguntou Wells, olhando de forma nervosa para o relógio. — Não percebi que era tão tarde.

Glass levantou os olhos. Era quase meia-noite. Mesmo se corresse, não chegaria em casa antes do toque de recolher. Não que ela fosse correr — aquela era uma forma eficaz de chamar a atenção de um guarda.

— Ficarei bem — disse Glass. — Nenhum dos guardas realmente se importa por você estar fora de casa depois do toque de recolher, contanto que não pareça que está armando algo.

Wells sorriu afetuosamente:

—Você está *sempre* armando algo.

— Não desta vez — respondeu Glass, guardando seu tablet na bolsa enquanto se levantava. — Sou apenas uma menina estudiosa e trabalhadora demais que perdeu a noção do tempo fazendo o dever de matemática.

Nos velhos tempos, antes de seu pai ir embora, Glass nunca seria vista estudando. Mas agora, essa era uma das únicas chances que tinha para ver Wells. E, estranhamente, até que era divertido.

—Você está dizendo que perdeu a noção do tempo *me* observando fazer o seu dever de matemática.

—Viu? É por isso que preciso da sua ajuda. Você sabe tudo de lógica.

Eles estavam sentados na sala de estar de Wells, que estava ainda mais arrumada do que o habitual. Sua mãe estava no hospital novamente, e Glass sabia que ele queria se assegurar de que o apartamento estivesse em perfeitas condições quando ela voltasse para casa.

Wells acompanhou Glass até a porta, então parou antes de abri-la:

—Você tem certeza de que não posso acompanhá-la?

Ela negou com a cabeça. Se Glass fosse descoberta violando o toque de recolher, receberia uma advertência insignificante. Se Wells fosse pego, aquilo significaria semanas de tratamento frio de seu pai — e ele não precisava disso nesse momento.

Ela se despediu e saiu para o corredor escuro e vazio. Glass estava feliz por ter tido a chance de passar algum tempo com seu melhor amigo, mesmo que fosse estudando. Ela quase não o via mais. Quando não estava na escola, ele estava com a mãe no hospital, ou no treinamento para oficiais. Ela o veria ainda menos quando ele terminasse a escola e se tornasse um cadete em tempo integral.

Glass desceu rapidamente e em silêncio a escadaria até a plataforma B, que ela teria que cruzar para chegar à sua própria unidade residencial. Ela parou por um instante enquanto passava pela entrada do Salão do Éden. O Dia da Lembrança estava se aproximando. Embora tivesse passado os últimos dias agoniada com seu vestido — ela teve que se esforçar muito mais para encontrar algo, agora que ela e a mãe estavam vivendo com seus escassos pontos de ração —, tinha feito muito pouco progresso na questão do seu par. Todo mundo achava que ela iria com Wells. Se nenhum dos dois arranjasse um par, provavelmente acabariam indo juntos, mas seria apenas como amigos. Ela se imaginava beijando Wells tanto quanto se imaginava se mudando para Walden.

Na verdade, Glass nunca tinha passado muito tempo pensando em beijar *alguém*. A diversão verdadeira estava em fazer os garotos quererem beijá-la. Escolher um vestido que certamente faria o coração de um garoto disparar era muito mais divertido do que deixá-lo babar todo o seu rosto, como Graham tinha feito naquela única vez que a encurralou na festa de aniversário de Huxley.

Glass estava tão concentrada pensando em sua roupa para o Dia da Lembrança que só percebeu os guardas quando já estavam bem diante dela. Eram dois, um homem de meia-idade com a cabeça raspada e um rapaz mais jovem — um garoto, na verdade, apenas alguns anos mais velho do que Glass.

— Está tudo bem, senhorita? — perguntou o homem mais velho.

— Sim, ótimo, obrigada — respondeu Glass, com uma mistura bem praticada de educação e indiferença, como se não fizesse ideia de por que tinha sido parada e não tivesse a menor vontade de descobrir.

— Já passou do toque de recolher — falou ele, olhando para ela de cima a baixo.

A forma como ele a encarou a deixou desconfortável, mas ela sabia que não deveria deixar que ele percebesse.

— É mesmo? — perguntou ela, revelando seu sorriso mais caloroso e brilhante. — Sinto muito. Perdi a noção do tempo estudando na casa de um amigo, mas estou voltando para casa agora.

O guarda mais velho bufou:

— Estudando? Sim, o que vocês estavam estudando? Atualizando-se em anatomia com um de seus namorados?

— Hall — falou o guarda mais jovem. — Pare com isso.

Seu parceiro o ignorou:

—Você é uma daquelas garotas que acha que as regras não se aplicam a você, não é? Bem, pense melhor. Tudo o que preciso fazer é entregar um relato deste incidente, e você vai se encontrar em circunstâncias *muito* diferentes.

— Isso não é de forma alguma o que acho — Glass se apressou para responder. — Sinto muito. Prometo que nunca violarei o toque de recolher novamente, independentemente de quanto eu esteja estudando.

— Eu gostaria de poder acreditar, mas você me parece ser o tipo de garota que perde a noção do tempo tão frequentemente quanto tira a...

— Já chega — disse o guarda mais jovem, com um tom autoritário.

Para a surpresa de Glass, o guarda careca ficou em silêncio. Depois estreitou os olhos e falou:

— Com todo o respeito, *senhor*, mas é por isso que não deixamos que integrantes da equipe de engenharia patrulhem os corredores. Vocês podem saber muito sobre caminhadas espaciais, mas não sabem nada sobre manter a paz.

— Então é melhor você garantir que não acabe novamente em um dos meus turnos de patrulha. — A voz do guarda mais jovem era leve, mas seu olhar era intenso. — Acho que podemos liberá-la com uma advertência, você não acha?

A boca do guarda mais velho se contorceu num sorriso malicioso:

— Como o senhor quiser, *Tenente*.

O título falava mais alto do que seu tom amargo. Claramente o guarda mais jovem era seu superior.

O rapaz se virou para Glass:

—Vou acompanhá-la até sua casa.

— Estou bem — disse Glass, sem saber por que seu rosto estava corando.

— Acho melhor eu fazer isso. Não queremos que você tenha que passar pelo mesmo processo daqui a cinco minutos.

Ele acenou para o parceiro, então seguiu com Glass. Talvez fosse porque ele era um guarda, mas Glass estava prestando muita atenção aos seus movimentos enquanto caminhavam pelo corredor. Como ele parecia encurtar sua passada naturalmente longa para acompanhar o ritmo dela. Como a manga dele roçou seu braço quando eles fizeram uma curva.

—Você realmente faz caminhadas espaciais? — perguntou Glass, ansiosa para preencher o silêncio.

Ele fez que sim com a cabeça:

— De vez em quando. Mas esses tipos de reparos não acontecem sempre. Exigem muita preparação.

— Como é estar no lado de fora?

Glass sempre tinha adorado olhar pelas pequenas janelas da nave, imaginando como seria sair no meio das estrelas.

Ele parou e olhou para Glass — realmente olhou para ela, não da forma como a maioria dos rapazes fazia quando flertava com ela, mas como se ele pudesse enxergar o que ela estava pensando.

—Tranquilo e assustador ao mesmo tempo — disse ele, finalmente. — Como se você repentinamente descobrisse as respostas para perguntas que nunca nem tinha pensado em fazer.

Eles tinham chegado à porta do apartamento de Glass, mas ela descobriu que a última coisa que queria fazer era entrar. Ela acionou o scanner de polegar de forma desajeitada.

— Qual é o seu nome? — perguntou ela, finalmente, enquanto a porta se abria.

Ele sorriu, e Glass percebeu que não era o fato de ele ser um guarda que estava fazendo seu peito palpitar.

— Luke.

Luke não soltou sua mão em momento algum. Não quando o módulo de transporte se desconectou da plataforma de lançamento com um tremor violento que fez a maioria das pessoas gritar. Nem quando o alarme estridente e o ronco dos propulsores deu lugar a um silêncio estarrecedor. Nem quando a Terra começou a se aproximar, ficando cada vez mais perto, até que a janela foi preenchida por nuvens cinzentas.

— Sinto muito — falou ele, levantando as mãos entrelaçadas para beijar seus dedos. — Eu sei o quanto você a amava. O quanto ela amava você.

Glass balançou a cabeça, com medo de que falar trouxesse de volta as lágrimas. A dor era tão nova, tão crua, que ela não tinha como saber que forma ela adotaria, que tipos de cicatrizes deixaria. Se seu peito arderia dessa forma pelo resto da vida.

Mas ela *poderia* ter uma vida — uma vida repleta de árvores, flores e ocasos e tempestades, e, acima de tudo, de Luke. Ela não sabia o que lhes aconteceria quando chegassem à Terra, mas o que quer que fosse, poderiam enfrentar, contanto que estivessem juntos.

O módulo de transporte começou a tremer, e Luke apertou a mão de Glass um pouco mais forte. Então toda a nave começou a se debater e adernar para um lado, desencadeando uma enxurrada de gritos.

— Eu te amo — disse Glass.

Não importava que Luke não pudesse ouvi-la. Ele sabia. Independentemente do que acontecesse, ele sempre saberia.

CAPÍTULO 29

Wells

Logo depois de juntar seus pertences, Wells caminhou em silêncio até o pequeno cemitério para prestar sua homenagem. A noite tinha caído, e as flores que cobriam as lápides estavam brilhando. Wells estava feliz por Priya ter pensado em decorar os túmulos com plantas vivas. Tendo crescido na nave, nenhum deles tinha conhecido a verdadeira escuridão e, dessa forma, seus mortos sempre teriam alguma luz brilhando sobre eles.

Mas, enquanto agachava ao lado da lápide de Priya, Wells estremeceu. Será que ela havia sentido que logo se juntaria aos outros?

Ele se levantou e caminhou até o túmulo de Asher, passando os dedos sobre as letras maiúsculas vacilantes entalhadas na madeira. Ele parou, se perguntando por que pareciam estranhamente familiares. A escrita em todas as lápides era diferente, mas ele tinha certeza de que vira letras de forma como essas antes.

— Adeus — sussurrou Wells, antes de colocar a mochila sobre o ombro e adentrar na floresta.

Ele cruzou a linha de árvores e encheu os pulmões com o ar fresco da floresta. Estava surpreendentemente calmo com a decisão de ir embora sozinho, mais relaxado na floresta do que tinha se sentido durante toda a manhã no acampamento.

O barulho do vento sacudindo as folhas era uma mudança bem-vinda dos sussurros cheios de malícia.

Ele tinha se deixado levar por fantasias de ir embora sozinho antes, apesar de, naqueles cenários, Clarke sempre estar com ele. Ou, mais recentemente, Sasha. Seu coração ficou apertado quando pensou nela voltando ao acampamento e descobrindo que ele havia partido. O que ela pensaria quando os outros lhe contassem que ele tinha ido embora? Será que ele a veria novamente? E o que aconteceria se seu pai descesse? Será que ele tentaria encontrar Wells, ou o consideraria uma desgraça?

— *Wells* — gritou uma voz para ele pela escuridão. Ele se virou e piscou quando o vulto esbelto de Kendall surgiu nas sombras. — Aonde você está indo?

— Não sei ainda. Embora.

— Posso ir com você? — perguntou ela, com uma mistura de avidez e melancolia que deixou claro que ela já sabia qual seria a resposta.

— Não acho uma boa ideia — disse ele cuidadosamente. — Você ficará muito mais segura se permanecer com o grupo.

Kendall se aproximou alguns passos. Quase nenhum luar atravessava pelas copas espessas das árvores, ainda assim, seus grandes olhos luminosos estavam olhando para ele tão atentamente que ele quase sentiu um calafrio.

— Você vai encontrar Sasha?

— Não... não faço ideia de aonde ela foi.

Na escuridão, Wells a viu balançar a cabeça:

— Isso é bom. Ela é perigosa, você sabe. Apenas pense no que aqueles Terráqueos fizeram a Priya.

— Aquilo não teve nada a ver com Sasha — respondeu Wells, sem saber por que a estava defendendo.

— Que tipo de pessoa faria aquilo a alguém? — continuou Kendall, como se não o tivesse ouvido. — Pendurar alguém numa árvore? Talhar uma mensagem em seus pés? Você teria que realmente querer provar seu ponto de vista.

A voz dela ganhara um jeito estranho, quase cantado, e um calafrio percorreu pela espinha de Wells.

— Você não pode confiar nos Terráqueos, lembre-se disso. — Ela deu mais alguns passos na direção dele, até que estava parada a menos de um metro de Wells. — Eu sei que ela é bonita, aquela menina. Mas ela não é uma de nós. Ela não o entende. Ela não fará o que for necessário para mantê-lo em segurança.

A respiração de Wells se encurtou quando de repente as coisas se encaixaram. Era por isso que a escrita no túmulo de Asher parecia familiar. As letras de forma — elas se pareciam muito com aquelas talhadas nos pés de Priya.

E se os Terráqueos não a tinham matado? E se...

— Até mais — falou Kendall, com um sorriso, enquanto voltava ao acampamento.

Wells ficou imóvel. Será que deveria ia atrás dela? Advertir os outros? Será que o terror em seu estômago era uma advertência verdadeira, ou apenas paranoia?

Um galho estalou à sua frente, e Wells se virou, o coração disparado. *É provavelmente apenas um animal*, pensou ele, desejando que tivesse engolido seu orgulho e pedido a Bellamy para ensiná-lo a atirar. Não havia sequer trazido uma lança.

Mas então os vultos adiante se transformaram em três figuras perceptivelmente humanas. Wells se retesou, examinando o chão à procura de algo que pudesse usar como arma. Um pedaço de pau, ou talvez uma pedra. Poderia lutar corpo a corpo, se fosse necessário — ele era o melhor em combate de sua turma do treinamento de oficiais —, mas não sabia se conseguiria lidar com os três se o atacassem ao mesmo tempo.

Ele encontrou uma pedra pontuda e se escondeu atrás de uma árvore, em posição de ataque. E então, enquanto os desconhecidos se aproximavam, *risadas* soaram através das árvores.

— Clarke? — gritou ele, chocado, deixando a pedra cair com um baque. O luar brilhava em seu cabelo como uma auréola, iluminando seu sorriso largo e alegre. Bellamy estava com ela... e será que aquela era *Octavia*?

Quando avistaram Wells, todos os três sorriram e correram na sua direção, falando ao mesmo tempo. Lentamente, ele juntou as peças do que tinha acontecido: a captura de Octavia, a visita de Bellamy e Clarke a Mount Weather, e tudo o que o pai de Sasha havia lhes contado.

O coração de Wells vacilou ao ouvir o nome dela:

— Então vocês viram Sasha? Ela está bem?

Ele e Clarke se olharam quando a compreensão surgiu em seu rosto. Ela sempre tinha sido boa em perceber os pequenos detalhes, ver coisas antes dos outros — isso fizera dela uma médica tão boa, ele pensava. Ela lhe mostrou um sorriso expressivo, e Wells soube que ela entendia o que Sasha significava para ele, e que não se importava com aquilo.

— Sasha está bem — disse Clarke. — Ela logo virá nos visitar, depois que tiver tempo para convencer o resto dos Terráqueos de que não queremos mal a eles. — Ela parou, como se estivesse tentando decidir quanta informação era apropriado compartilhar. — Acho que ela quer ver você.

— Você está indo a algum lugar? — perguntou Octavia, esticando o braço para puxar a mochila de Wells.

Bellamy e Clarke trocaram olhares enquanto Wells lhes contava o que tinha acontecido naquela manhã, como todos estavam furiosos por ele ter deixado Sasha fugir, como tinha decidido ir embora antes de eles o expulsarem.

— Isso é ridículo — falou Bellamy, com mais indignação do que Wells um dia achou que um waldenita poderia demonstrar em nome dele. — Você não pode simplesmente ir *embora* porque Graham e mais alguns deram chilique. Eles precisam de você. *Nós* precisamos de você.

— Por favor, Wells — interveio Clarke. — Vai ficar tudo bem. Especialmente quando contarmos que você estava certo sobre Sasha. Se não a tivesse libertado, nunca teríamos recuperado Octavia.

Ela olhou brevemente para a menina mais jovem, que já estava descendo a ladeira, ansiosa por sua entrada triunfal.

— Eu acho... — Ele passou a mochila de um ombro para o outro, então se virou para Bellamy. — Parabéns, cara. Estou muito feliz por você tê-la encontrado. Você nunca desistiu dela, e valeu a pena. — Ele olhou para Clarke, então novamente para Bellamy. — Acho que todos nós temos muito a aprender com você.

Bellamy encolheu os ombros:

— Eu realmente não sei viver de outra forma. Sempre cuidei dela. É como se... nós não nascemos apenas para nós mesmos. Temos que cuidar de outras pessoas.

Wells olhou para ele repentinamente:

— O que você acabou de dizer?

Bellamy tinha falado aquilo de forma casual, como se fosse uma frase que as pessoas usassem o tempo todo. Mas Wells nunca ouvira ninguém falar aquilo na Terra. Na verdade, ele não ouvia aquele ditado em voz alta há anos, mas aquilo não significava que ele não pensasse naquelas palavras todos os dias.

Há certas coisas de que você nunca se esquece.

CAPÍTULO 30

Bellamy

Bellamy olhou fixamente para Wells, se perguntando se o garoto tinha finalmente enlouquecido com a pressão. Por que Wells estava olhando para ele daquele jeito?

Bellamy encolheu os ombros:

— Isso é apenas algo que minha mãe costumava dizer sobre mim e Octavia. Como nós tínhamos sorte de termos um ao outro, e como era minha responsabilidade cuidar dela. — Ele bufou quando as lembranças amargas se misturaram dentro dele. — *Minha* responsabilidade, porque ela certamente não ia fazer aquilo. — Ele ficou em silêncio por um instante. — Acho que é algo que meu pai costumava dizer, apesar de ele usar aquilo para explicar por que nunca podia nos ver.

Wells pareceu empalidecer ao ouvir aquelas palavras.

— Ei... você está bem? — perguntou Bellamy, disparando um olhar para Clarke para ver se ela havia notado como Wells estava agindo de forma estranha.

Mas, antes de ela ter tempo de reagir, Wells continuou:

— O nome... o nome da sua mãe era Melinda, por acaso?

A palavra atingiu o peito de Bellamy com um baque. Ele não ouvia ninguém falar o nome de sua mãe há anos. Não desde o dia em que os guardas entraram em seu apartamento e a encontraram caída, gelada e imóvel no chão.

— Como... como você sabia disso? — perguntou Bellamy, a voz rouca, chocado demais para colocar um tom de hostilidade ou desconfiança em sua voz.

De uma forma estranhamente calma, Wells contou a Bellamy sobre o passado secreto do pai, seu caso com a mulher de Walden e seu comprometimento duradouro com sua família.

— Não vivemos apenas para nós mesmos... é o que meu pai sempre falava para justificar os sacrifícios que tinha que fazer, como não passar tempo suficiente comigo e com minha mãe... ou não se casar com a mulher que amava. Mas eu nunca soube que eles tiveram um filho juntos.

O mundo ao redor de Bellamy pareceu girar, se derretendo num borrão de sombra e luz das estrelas enquanto seu cérebro vacilava. A única coisa que o mantinha preso ao chão era a sensação da mão de Clarke em seu braço. O Chanceler — o homem que tinha sido baleado por causa dele — era seu *pai*? Ele não conseguia falar. Não conseguia respirar. Mas então sentiu o braço de Clarke em volta dele, e respirou fundo. Enquanto soltava o ar, seus arredores voltaram a ficar em foco. Os contornos escuros das árvores, os pedaços de céu repleto de estrelas, a expressão chocada de Clarke, o rosto nervoso do garoto que Bellamy tinha um dia achado que odiava, mas agora parecia ser... algo completamente diferente:

— Então isso faz de você...

— Seu meio-irmão. — Wells deixou a última palavra pairar no ar, como se estivesse dando aos dois tempo para examinar a forma daquilo antes de reivindicarem o título para si mesmos. — Acho que você e Octavia não são mais os únicos irmãos da Colônia.

Bellamy deixou escapar uma risada antes que tivesse tempo para impedi-la.

— Meio-irmãos — repetiu ele. — Isso é loucura. — Ele sacudiu a cabeça e, com um sorriso, estendeu o braço e apertou a mão de Wells. — Irmãos.

CAPÍTULO 31

Clarke

— Meio-irmãos — falou Clarke pelo que provavelmente era a 29ª vez aquela noite.

Ela esticou o braço e passou um dedo sobre a bochecha de Bellamy, como se tivesse a possibilidade de encontrar algum sinal que ela não havia percebido de que ele e Wells eram parentes.

Bellamy sorriu quando segurou delicadamente a mão dela e a levou até seus lábios para beijá-la:

— Sei que é difícil acreditar. É que eu sou *tão* mais bonito. — Mas então seu sorriso desapareceu. — Você acha isso tudo estranho demais?

Clarke se virou para olhar para Wells e Sasha, que tinha voltado ao acampamento ainda mais cedo do que o esperado. Eles estavam sentados no outro lado da fogueira, um pouco afastados do resto do grupo. Através das chamas bruxuleantes, ela podia ver Wells sorrir para a garota Terráquea, que parecia ruborizar. Algumas pessoas estavam olhando para eles cautelosamente, mas, agora que Octavia estava de volta, tinha sido muito fácil convencer o grupo de que ela havia falado a verdade sobre os Terráqueos do mal, e a maioria não demorou para perdoar Wells por libertá-la.

Clarke suspirou e encostou a cabeça no ombro de Bellamy:

— O lance é que o fato de você ser parente do meu ex-namorado nem é a coisa mais esquisita ao seu respeito.

Bellamy passou o braço em volta da cintura de Clarke e fez cócegas na sua barriga. Ela riu, e se moveu para retaliar, mas Bellamy ergueu as costas quando algo no outro lado da fogueira chamou sua atenção.

— É verdade! — Eles ouviram Octavia gritar, jogando os longos cabelos pretos sobre seu ombro.

Ela havia passado a última hora entretendo o grupo com histórias sobre seu tempo em Mount Weather.

— E como sabemos que você não voltou para nos espionar? — perguntou uma voz.

Os músculos de Clarke se retesaram quando Graham caminhou na direção de Octavia, o fogo lançando uma luz cintilante em seu sorriso maldoso. A voz dele era uma mistura de condescendência bem-humorada e hostilidade, mas Octavia não deixou aquilo perturbá-la. Ela inclinou a cabeça para o lado e encarou Graham com um olhar penetrante sob seus cílios escuros.

— Você pode achar que é difícil de acreditar, Graham, mas há coisas muito mais interessantes para ver na Terra do que sua pequena coleção de lanças. Se tivesse que espioná-lo, eu cairia no sono.

As pessoas sentadas perto de Octavia riram e, para a surpresa de Clarke, Graham também sorriu, apesar de, mesmo na escuridão, ela poder ver que o sorriso não se estendia até os olhos.

— Oh, acredite em mim, minhas *lanças* são maiores do que qualquer um pode aguentar — protestou ele.

Octavia deu uma risadinha.

— Eu devo dar um soco na cara daquele garoto agora, ou mais tarde? — rosnou Bellamy.

— Mais tarde — disse Clarke. — Estou confortável sentada aqui.

Ela só tinha se juntado ao grupo em volta da fogueira alguns minutos antes. Passara a última hora na cabana da enfermaria, se assegurando de que Molly, Felix e os outros estavam bem encaminhados em sua recuperação à medida que a inverneira saía de seus organismos. A expressão de alívio no rosto de Eric quando Clarke ajudou Felix a se levantar pela primeira vez desde que ficara doente foi o suficiente para Clarke esquecer que tinha caminhado quase 20 quilômetros em um dia.

Clarke se moveu para encostar suas costas no peito de Bellamy. Ele passou os braços em volta da cintura dela e se inclinou para trás, para os dois olharem para o céu. O rugido do fogo era suficiente para abafar as vozes de todos ao redor e, com os olhos apontados para o alto, quase parecia que eram as únicas duas pessoas na Terra.

Ela se perguntou se sua mãe e seu pai estavam olhando para o mesmo céu, se sentindo da mesma forma. Mais cedo naquele dia, Bellamy dissera a ela que, assim que Octavia tivesse se recuperado de sua experiência penosa, eles dois iriam ajudar Clarke a procurar os pais. Os Griffin tinham quase um ano de vantagem, mas aquilo não importava, Bellamy prometeu. Eles não desistiriam até encontrá-los.

A ideia era ao mesmo tempo excitante e aterrorizante, quase demais para sua cabeça. Então, por enquanto, se contentava em ficar abraçada a Bellamy, deixando o som de seus batimentos cardíacos constantes temporariamente abafar o resto de seus pensamentos.

— Veja aquilo — sussurrou Bellamy em seu ouvido.

— O quê?

Ele segurou a mão dela, delicadamente esticou um dos dedos e apontou na direção de um pontinho de luz se movendo rapidamente pelo céu.

— Você já fez pedidos para meteoros em Phoenix? Ou isso era uma coisa só de Walden? — perguntou ele, seu hálito quente na pele dela. — Você provavelmente já tinha tudo o que queria.

— Eu definitivamente não tinha tudo o que queria — murmurou Clarke, se aninhando contra o peito de Bellamy. — Mas acho que no momento posso estar chegando perto disso.

— Então você não quer fazer um pedido?

Clarke olhou de novo para cima. O ponto de luz estava se movendo extremamente rápido, até mesmo para um meteoro. Ela levantou um pouco o corpo.

— Não acho que aquilo seja uma estrela cadente — disse ela, sem conseguir afastar o tom de ansiedade da voz.

— O que você quer dizer com isso? O que mais poderia ser? — Mas então ela sentiu que ele ficou tenso atrás dela, uma percepção repentina se fixando em seus ossos. — Você não acha...

Ele parou de falar e a abraçou com mais força.

Eles não precisaram falar. Enquanto o resto do grupo estava sentado em volta da fogueira numa deliciosa ignorância, Bellamy e Clarke sabiam a verdade. O ponto de luz não era uma estrela — era um dos módulos de transporte.

Os cem logo não seriam mais os cem.

O resto da Colônia estava vindo para a Terra.

AGRADECIMENTOS

Sou profundamente grata a todos na Alloy por fazerem parte desta aventura. Nunca sequestraria nenhum módulo de transporte sem nenhum de vocês.

Enormes abraços espaciais para minhas brilhantes editoras, a assombrosamente inteligente Joelle Hobeika, e a infinitamente criativa Katie McGee, por sua infalível dedicação a esta série. É também um privilégio trabalhar com Josh Bank, Sara Shandler e Les Morgenstein — pessoas cuja visão leva a narrativa a novos patamares.

Muito obrigada à minha editora, Elizabeth Bewley, por sua orientação perspicaz, e aos magos da edição da Little, Brown por seu trabalho árduo e entusiasmo por *The 100*.

É necessária uma aldeia para manter um autor são durante o processo de escrita, e por isso estou eternamente endividada com meus amigos por seu apoio inabalável. Obrigada pelo café, mensagens de texto encorajadoras, festas de exibição glamourosas, e por me lembrarem de ficar animada quando eu não conseguia me lembrar nem de lavar minhas roupas. E um agradecimento especial aos meus colegas da Scholastic por tornar o escritório uma fonte constante de inspiração, sabedoria e alegria literária.

Acima de tudo, sou grata à minha família. Cada palavra que escrevo é moldada pelas histórias que vocês me deram, histórias guardadas em pilhas de livros, saltando de filmes na madrugada e contorcidas em acessos de risadas estridentes. Eu os amo mais do que todas as estrelas na galáxia.

Este livro foi composto na tipografia
Simoncini Garamond Std, em corpo 11/15, e impresso
em papel off-white no Sistema Digital Instant Duplex
da Divisão Gráfica da Distribuidora Record.